Heinz G. Konsalik

SPIEL DER HERZEN

CARL HABEL
VERLAG

Spiel der Herzen

(für Sonderausgabe des Carl Habel Verlages, St. Augustin)
Gesamtherstellung: Carl Habel Verlag, St. Augustin
Umschlaggestaltung: RINCÓN² Design & Produktion GmbH, Köln
Coverfoto: Bavaria Bildagentur GmbH

ISBN 3-87179-283-7

1

Eigentlich fing die ganze Geschichte damit an, daß der bis dahin in jeder Weise unbescholtene Architekt Frank Petar einen Freund besaß, der Redakteur in einem Verlag für innenarchitektonische Schriften war. Dieser hieß Werner Ebert.

Und der Frühling spielte mit, der kecke, eben erwachte, duftende Frühling, der die ersten Blüten aus dem Boden lockte und den Vögeln mit seiner warmen Sonne den Anreiz lieferte, zu jubilieren und in den blauen Himmel zu fliegen.

Heidenohl ist eine etwas in die Breite geratene Kleinstadt am Rand der großen Heide. Das Leben in Heidenohl verlief für gewöhnlich in geruhsamen Bahnen. Nur einmal im Jahr erhitzte sich die Atmosphäre – dann, wenn das traditionelle Heidenohler Skatturnier stattfand, das sogar über die Grenzen der Stadt hinaus bekannt war.

Frank Petar lebte in Heidenohl, desgleichen sein Freund Werner Ebert. Die beiden unterschieden sich von vielen anderen dadurch, daß sie keine Skatspieler waren. Das kam wohl daher, daß Frank und Werner nicht in Heidenohl das Licht der Welt erblickt hatten – sie waren zugezogen, ersterer aus Hamburg, der zweite aus Düsseldorf.

Petar war verheiratet, Ebert nicht. Helga hieß die Glückliche, die sich von Frank Petar zum Altar hatte führen lassen und der er die eheliche Treue hielt. Ähnliches ließ sich von Werner Ebert leider nicht behaupten. Er war ein Windhund. Treue zu einem weiblichen Wesen kannte er nicht. Die Namen seiner Gespielinnen, mit denen er abwechselnd schlief, waren daher kaum zu zählen.

Helga war eine echte – also eine geborene – Heidenohlerin. Ihr Mädchenname lautete Warmut. Sie war ihrem Frank in Hamburg über den Weg gelaufen, als sie dort einer Tante einen Besuch abgestattet hatte. Es war Liebe auf den ersten Blick zwischen den beiden gewesen. Frank stand damals gerade vor seinem Examen. Helgas Vater war selbständiger Architekt, der sich aus Gesundheitsgründen schon längere Zeit gerne aus seinem Büro zurückgezogen hätte. Was Wunder, daß er sich also mit Helgas Wahl, als diese auf Frank fiel, mehr als einverstanden erklärte, und auch Frank selbst war ehrlich genug, sich einzugestehen, daß die Dinge nicht besser für ihn hätten laufen können. Man darf aber sagen, daß er seine Helga, die ein bildhübsches Mädchen war, auch abgöttisch geliebt hätte, wenn sie arm und nackt – und gerade dann! – in die Ehe mit ihm getreten wäre. Verschmähen wollte er das väterliche Architekturbüro, das sie im Rücken hatte, freilich nicht. Bleibt noch zu sagen, daß Helga dem Skatspiel verfallen war, worüber sich Frank jedoch nur amüsieren konnte. Er störte sich daran nicht. Die Beziehungen zwischen ihm und Helga waren also absolut ungetrübt. Gefährden hätte sie nur ein einziger Faktor können: beiderseitige Eifersucht. Und in der Tat, diese Gefahr hing wie ein Damoklesschwert über dem Paar, obwohl sie vorerst noch im Schlummer zu liegen schien.

Frank Petars Freund Werner Ebert war, wie eingangs bereits erwähnt, Redakteur bei einem Verlag für innenarchitektonische Schriften. Dieser Verlag galt vielen als Heidenohls größte Errungenschaft überhaupt. Er war dem Städtchen nach dem Zweiten Weltkrieg durch eine Verlagerung des Stammhauses aus dem zusammengebombten Düsseldorf zugefallen. Zwar sollte sich der heiße, von allen Stadtvätern gehegte Wunsch, aus Heidenohl eine deutsche Bücher-Stadt im Stile von Leipzig erwachsen zu sehen, nicht erfüllen, doch verband sich ein gewisses Maß an Prestige schon mit der Tatsache allein, daß im Städtchen überhaupt ein Verlag ansässig geworden war, wenn er auch der einzige blieb.

Werner Ebert lebte schon länger als Frank Petar in Heidenohl und stand bei der Bürgerschaft in einem Ansehen, das in erster Linie seiner Stellung, dann aber auch seinem Charakter und seinem Aussehen angemessen war. Letzteres zählte naturgemäß besonders bei der Damenwelt, es glich dem eines jungen Gary Cooper, und das war überhaupt nicht in Einklang zu bringen damit, daß Ebert beim Standesamt noch als ledig geführt wurde. Nicht wenige Mädchen träumten des Nachts unruhig von ihm. Um den Nutzen, den er daraus laufend zu ziehen wußte, wurde er von Frank Petar insgeheim beneidet, obwohl die Liebe, die letzterer für seine entzückende Gattin Helga empfand, gar nicht mehr größer hätte sein können. (Der darin liegende Widerspruch findet seine Auflösung im ganz normalen Charakter eines Mannes, dem totale Monogamie einfach etwas Widernatürliches zu sein scheint.)

Frank Petar stattete seinem Freund Werner Ebert in dessen Redaktion häufig überraschende, unmotivierte Besuche ab, so auch heute wieder einen.

Lawinen – große und kleine – kündigen sich vorher nicht an, sie rollen einfach los. Und so ahnte denn niemand, was geschehen sollte, als Frank Petar bei Werner Ebert eintrat und ihm gutgelaunt auf die Schulter klopfte.

»Ein Wetter!« rief er und warf sich in einen der herumstehenden Sessel. »Ein Wetter ist das! Eins zum Heldenzeugen, sagten die alten Germanen! Und du? Was machst du?«

»Ich arbeite.«

Der ganze Raum »roch« danach. Auf Eberts Schreibtisch türmten sich die Papiere. Die Luft war verbraucht. Der Aschenbecher quoll schier über. Frank sprang wieder auf, lief zu einem Fenster und riß es auf. Er war einen halben Kopf kleiner als Werner – immer noch lang genug – und sah aus wie der junge Gregory Peck. Bei den Mädchen hatte er also auch stets leichtes Spiel gehabt, als er es darauf noch angelegt hatte – vor Helgas Zeit.

»Der Mief hier drinnen ist fürchterlich«, sagte er, vom Fenster zu seinem Sessel zurückkehrend.

»Hast du nichts zu tun?« fragte ihn Werner.

»Doch.«

»Den Eindruck erweckst du aber nicht.«

Frank grinste. »Mach's wie ich, Werner«, sagte er. »Schmeiß den Krempel für ein Stündchen hin. Laß uns auf ein Glas ins ›Belstner‹ gehen, los!«

Das ›Belstner‹ war *das* Café Heidenohls, mit Stühlen auf dem Bürgersteig bei geeignetem Wetter.

»Keine Zeit«, antwortete Werner knapp.

»Und warum nicht?«

Werner zeigte auf ein Manuskript, das aufgeschlagen vor ihm lag.

»Darum nicht.«

»Was ist das?«

»Ein Roman.«

»Den ihr veröffentlichen sollt?«

»Ja.«

Franks Stimme hob sich.

»Und deshalb willst du dich keine Stunde freimachen können?«

»Nein.«

»Gestatte, daß ich lache.« Frank lachte aber nicht, sondern fuhr, zum Manuskript hinnickend, fort: »Von wem ist denn das Ding?«

»Von einer Thekla Bendow.«

»Thekla Bendow?«

»Ja.«

»Sehr bekannt.« Franks Ironie war unverkennbar. »Ich dachte schon, Günther Grass oder Heinrich Böll.«

»Leider«, sagte nun auch Werner ironisch, »setzen die beiden nicht ihren Ehrgeiz darein, mit uns ins Geschäft zu kommen.«

»Dann komm«, sagte Frank und erhob sich, um zur Tür zu gehen.

»Tut mir leid, nein«, enttäuschte ihn Werner abermals. »Ich bleibe hier.«

»Warum denn, verdammt noch mal?«

Werner zeigte wieder einmal auf das Manuskript.

»Ich will das veröffentlichen, als Fortsetzungsroman in unserer Zeitschrift. Das hat aber einen Haken.«

»Welchen?«

»Der Text ist nicht gut genug.«

Frank riß die Augen auf.

»Was ist nicht gut genug?«

»Der Text.«

»Also doch! Ich dachte, ich hätte mich verhört.« Frank schüttelte den Kopf. »Dann wirf das Ding schleunigst in den Papierkorb. Oder gib es der zurück . . . wie heißt sie?«

»Thekla Bendow.«

»Woraus besteht denn ein Roman, wenn nicht aus Text?«

»Nicht immer nur daraus.«

»Woraus denn noch?«

»Aus zusätzlichen Illustrationen.«

Frank schaute überrascht. Dann richtete er seinen Blick auf den Roman der unbekannten Verfasserin, wobei er fragte: »Von der auch?«

Werner nickte.

»Ja.«

Franks Intelligenz reichte dazu aus, um das, was hier ungesagt im Raum stand, zu erfassen. Werners Äußerungen konnten nur den *einen* Sinn haben: daß diese Illustrationen vom Text abstachen; daß sie klasse waren.

»Laß mal sehen«, sagte Frank kurzerhand und griff sich das Manuskript. Als Architekt verfügte er selbst über ein gewisses Zeichentalent; die Materie war ihm also nicht gänzlich fremd.

Es wurde still im Raum. Frank blätterte in dem Manuskript, und nur das Rascheln der Seiten, das dabei entstand, war noch zu hören. Und dann stieß Frank den ersten Pfiff durch die Zähne aus, der ein aufschlußreiches Zeichen seiner Überraschung war.

Werner sah und hörte seinem Freund schweigend zu. Er hatte ja damit gerechnet, daß Frank in dieser oder ähnlicher Art reagieren würde. Zum Schluß klappte Frank das Manuskript zu und schob es auf der Schreibtischplatte wieder hinüber zu Werner. Dabei sagte er: »Das glaube ich nicht, daß die von der sind.«

»Die Illustrationen?«

»Ja«, nickte er und wiederholte: »Das glaube ich nicht.«

»Warum nicht?«

»Dafür sind die mir zu gut.«

Werner lachte kurz. Ihm war bekannt, daß Frank von Frauen in gewissen Dingen nicht viel hielt. Als Künstlerinnen sah er sie eigentlich nur in der Liebe. Das stellte aber keine Herabminderung dar, im Gegenteil. Eine Frau, die im Bett gut war – an der Spitze natürlich Helga –, bedeutete ihm mehr als ein Beuys auf Galerieparkett. »Das alte Lied«, sagte Werner grinsend. »Solche Illustrationen können für dich nur von einem Mann sein.«

»Genau.«

»Und warum dann dieses Versteckspiel? Denkst du, ein Mann würde so leicht seine Urheberschaft verleugnen? Dann kennst du Künstler schlecht.« Werner schüttelte den Kopf. »Nee, mein Lieber, ich gehe jede Wette ein, daß diese Thekla Bendow ... oder wie sie heißt ... sich da nicht mit fremden Federn geschmückt hat. Die Illustrationen sind von ihr.«

»Behauptet sie das?«

»Ja«, nickte Werner. »In ihrem Begleitschreiben.«

»Dann lügt sie«, blieb Frank bei seiner Überzeugung.

Den Streit fortzusetzen, schien Werner müßig.

»Egal«, sagte er. »Auf jeden Fall verdienen es diese

Zeichnungen, veröffentlicht zu werden. Die sollen nicht unbemerkt untergehen. In der Form aber, in der mir der Roman vorliegt, können wir ihn nicht bringen. Der Text ist einfach zu schwach, ich sagte es schon. Das ist das Problem, über das ich mir den Kopf zerbreche.«

»Dann zerbrich ihn dir«, sagte Frank, endgültig die Tür ansteuernd. »Was mich betrifft, ich geh' jetzt ins ›Belstner‹. Gehab dich wohl.«

Werner gab ihm das Geleit und brachte ihn draußen auf dem Flur noch bis zur Treppe, die hinunter ins Erdgeschoß führte. Die Redaktionsräume lagen in der zweiten Etage. »Grüß mir deine Süße«, sagte Werner.

»Mach' ich«, nickte Frank. »Und du mir die deine. – Moment mal«, besann er sich, »wie heißt denn die überhaupt?«

»Wer?«

»Deine derzeitige?«

»Clara.«

»Immer noch?« wunderte sich Frank. »Mit der geht das doch nun schon zwei Monate lang?«

»Drei.«

»Höchste Zeit für einen Wechsel, Mann!«

Beide lachten. Dann sagte Werner: »Laß dich wieder sehen.«

Sie nickten einander zum Abschied zu. Die deutsche Sitte, sich bei jeder Gelegenheit die Hände aus den Gelenken zu schütteln, als ob man sich zehn Jahre lang nicht mehr begegnet wäre oder die nächsten zehn Jahre nicht mehr begegnen würde, war bei den zweien längst nicht mehr im Gebrauch.

Helga Petar, geb. Warmut, ging zum Telefon, um ihren Mann anzurufen. Der Bungalow der beiden lag am Stadtrand. Franks Architekturbüro befand sich im Zentrum der Stadt.

Helga erreichte aber nur die Sekretärin ihres Mannes.

Wo er denn sei, fragte sie die Frau, die einige Jahre älter war als sie.

Die Antwort lautete: »Er ging weg. Wohin, sagte er mir nicht. Tut mir leid, Frau Petar.«

»Wann kommt er zurück? Sagte er Ihnen das, Fräulein Melchior?«

»Auch nicht.«

»Danke.«

»Bitte.«

Für Sabine Melchior war jedes Gespräch mit der Gattin ihres Chefs gewissermaßen eine Pflichtübung. Als ganz normale Sekretärin sprach sie nämlich jeder anderen Frau das Recht ab, mit ihrem gutaussehenden Chef, in den sie verliebt war, verheiratet zu sein. Die Heimlichkeit, die ihr dabei naturgemäß auferlegt war, hatte nur ein einziges kleines Ventil, das sie sich gestatten durfte – ihr Ton gegenüber Helga Petar; ein Ton, dem die Note »unpersönlich« zu geben sie ständig bemüht war.

Der Fehler war nur der, daß Helga überhaupt nicht merkte, was ihr da angetan wurde.

Nach dem Telefonat mit der Sekretärin rief Helga Werner Ebert an, mit dem sie sich auf Betreiben Franks auch schon seit geraumer Zeit duzte.

»Tag, mein Lieber«, begann sie. »Ich telefoniere hinter meinem Göttergatten her. Ist er vielleicht gerade bei dir?«

»Tag«, antwortete Werner. »Nein.«

»Schade.«

»Er war es.«

»Was?«

»Er war bei mir.«

»Wann?«

»Vor kurzem.«

»Und wo ist er jetzt? Weißt du das?«

»Ja.«

Helga wartete darauf, daß ihr Werner sagte, wo sich Frank befand. Doch es geschah nicht.

»Wo?« fragte sie deshalb.

»Ich weiß nicht, ob ich dir das sagen soll, meine Liebe.«

»Warum sollst du mir das nicht sagen?«

»Weil es ein schlechtes Licht auf ihn wirft.«

»Betrügt er mich?« Helga meinte das natürlich nicht ernst. Sie lachte dabei. Und doch . . .

Der Schlaf der Eifersucht in ihr war kein sehr tiefer.

»Das hoffe ich nicht, daß er das tut«, sagte Werner.

»Obwohl . . .«

»Was obwohl?«

»Die Hand kann man doch für keinen ins Feuer legen, das zeigt sich leider immer wieder.«

»Du nimmst das Maß von deinen Schuhen, Werner. Es gibt auch Ausnahmen.«

»Durchaus, Helga. Mich zum Beispiel.«

Das war starker Tobak.

»Dich am allerwenigsten«, sagte deshalb Helga lachend.

»Ihr tut mir alle unrecht«, seufzte Werner. »Glaub mir, gerade du könntest dir meiner völlig sicher sein, wenn ich mit dir verheiratet wäre. Leider ist das nicht das Fall. Ich finde deshalb auch keinen Schlaf mehr.«

»Wegen mir?«

»Ja«, seufzte Werner noch tiefer. »Weil du mir entgangen bist.«

»Du weißt dich aber ganz schön zu trösten.«

»Aus Verzweiflung.«

Wieder lachte Helga. Fast jedes ihrer Gespräche mit Werner Ebert spielte sich in dieser Art ab.

»Schuld an deinen Ausschweifungen bin also ich?« sagte sie.

»So ist es – falls man meine bescheidenen Lebensäußerungen, auf die du anspielst, mit dem keineswegs zutreffenden Ausdruck ›Ausschweifungen‹ belegen will.«

»Darf ich nun trotz des von mir zu verantwortenden gesundheitlichen Schadens, unter dem du zu leiden hast, meine ursprüngliche Frage wiederholen?«

»Welche?«

»Wo ich meinen Göttergatten erreichen kann?«

»Du brauchst ihn wohl sehr dringend?«

»Ja«, erwiderte Helga, obwohl das gar nicht so dringend war.

»Im ›Belstner‹«, meinte Werner endlich und fuhr fort: »Deshalb sagte ich auch, daß das ein schlechtes Licht auf ihn wirft. Statt zu arbeiten, um dir eine gesicherte Existenz zu bieten, macht er sich dort einen lauen Lenz. Mich wollte er auch dazu verführen. Es ist ihm aber, wie du siehst, nicht gelungen.«

»Das kenne ich doch gar nicht von ihm«, wunderte sich Helga.

»Jaja«, sagte Werner nur in einem gewissen Tonfall.

»Ob man ihn dort anrufen kann?« fragte Helga mehr sich selbst als Werner.

»Sicher. Soll ich dir die Nummer raussuchen?«

»Danke nein, das kann ich selbst. Wann sehen wir uns wieder, Werner?«

»Ich hoffe, nicht so bald.«

»*Was* hoffst du?«

»Das ist so, Teuerste: Jedesmal, wenn ich dich gesehen habe, werden mir meine schlaflosen Nächte vollends zur Hölle. Wir müssen das deshalb auf ein minderes Maß zurückführen.«

»Oder du weitest deine Schlaflosigkeit aus auf Clara?«

»Clara?«

»Ist die denn nicht mehr deine Favoritin?«

»Ihr fragt alle dasselbe.«

»Wer noch – außer mir?«

»Dein Gatte.«

»Siehst du, wir sorgen uns eben um dich.«

»Sie ist es noch.«

»Du verdienst die gar nicht. Adieu, mein Lieber.«

»Helga, warte –«

Es knackte in Werners Hörer, die Leitung war tot, Helga

hatte aufgelegt. Langsam tat auch Werner dasselbe, grinste dabei, und dann war das Manuskript mit dem mäßigen Text und den tollen Illustrationen wieder an der Reihe, ihn zu beschäftigen.

Helga blickte, nachdem sie aufgelegt hatte, unschlüssig das Telefon an. Sie schwankte, ob sie Frank im ›Belstner‹ anrufen sollte oder nicht. Vielleicht würde jemand mithören, sagte sie sich und faßte daher den Entschluß, es lieber nicht zu tun.

Das, was sie Frank gerne mitgeteilt hätte, war privater, ja intimer Natur. Und zwar war ihre Periode schon mehrere Tage ausgeblieben, hatte aber vor einer halben Stunde wieder eingesetzt, und das sollte ihr Mann möglichst bald erfahren, um darauf vorbereitet zu sein, daß in den kommenden drei, vier Nächten –

Telefongerassel unterbrach Helgas Gedanken. Sie hob den Hörer ab und meldete sich.

»Hallo, Helga!« antwortete ihr eine Frauenstimme, die ihr zwar irgendwie bekannt vorkam, aber doch nicht so bekannt, daß sie gleich gewußt hätte, wo sie sie hintun sollte.

»Entschuldigung«, sagte sie. »Mit wem spreche ich?«

»Das erkennst du nicht?« Auch das Lachen im Hörer, von dem diese Worte begleitet waren, glaubte Helga schon einmal gehört zu haben, allerdings nicht mehr in jüngerer Zeit.

»Tut mir leid, nein.«

»Mit Gertraud.«

Gertraud? Noch immer tappte Helga im dunklen. Bedauernd sagte sie deshalb: »Sie müssen mir schon noch mehr auf die Sprünge helfen ...«

Enttäuschung klang auf am anderen Ende des Drahtes. »Aber, Helga, du erkennst mich tatsächlich nicht mehr ... mich, deine alte Freundin Gerti? Wir zwei –«

Ein heller Schrei: »Gerti Maier?«

»Ja.«

»Gerti!« rief Helga. »Ich werd' verrückt! Warum sagst

du Gertraud? Niemals sagte jemand Gertraud zu dir! Immer nur Gerti! Wo bist du? Wie hast du mich gefunden?«

»Hör mal«, lachte Gerti/Gertraud, »nichts einfacher als das. Ich habe nach dir gefragt, und man hat mir Bescheid gesagt.«

»Ich heiße doch nicht mehr Warmut.«

»Nein, sondern Petar.«

»Das weißt du?«

»Schon am Bahnhof wurde es mir gesagt.«

»An welchem Bahnhof?«

»Hier in Heidenohl.«

»Gerti!« rief Helga wieder. »Du bist in Heidenohl?«

»Ja.«

»Wo? Am Bahnhof?«

»Nein, inzwischen im ›Weißen Schimmel‹. Der ist dir ja ein Begriff. Da wohne ich.«

»Seit wann?«

»Seit einer Stunde«, erwiderte Gerti. »Ich habe nur mein Zimmer bezogen, mich umgekleidet und bin hinuntergegangen zur Rezeption, um dich anzurufen.«

Der ›Weiße Schimmel‹ war Heidenohls bekanntestes Hotel. Diese Qualifikation besagte aber nicht allzuviel, da es insgesamt nur zwei nennenswerte Hotels in Heidenohl gab.

»Gerti«, erklärte Helga aufgeregt, »weißt du, was ich dir jetzt sage?«

»Was denn?«

»Daß du, wenn du nicht in fünfzehn Minuten bei mir auf der Matte stehst, gar nicht mehr zu kommen brauchst.«

»In fünfzehn Minuten?«

»Spätestens!« sagte Helga. »Also mach dich auf die Socken!«

»Also gut«, kicherte Gerti. »Ich werde mich beeilen.«

Sie und Helga waren zusammen in Heidenohl ins Gymnasium gegangen und unzertrennlich gewesen. Sie hatten zwar nicht die allerbesten Zeugnisnoten errungen, aber in puncto Schönheit schon als Teenager alle anderen ausgestochen. Helgas bestes Fach war Mathematik gewesen – merkwürdig genug für ein bildhübsches junges Mädchen. Gertraud Maier hatte sich im Zeichnen hervorgetan. Bis zum Abitur hatte es aber nur Helga gebracht, ihre Freundin war ein Jahr zuvor von der Schule geflogen. Sie war plötzlich schwanger gewesen – von ihrem Zeichenlehrer.

Ihre Eltern gaben sie damals an eine weit entfernte Privatschule im südlichsten Winkel Süddeutschlands an der österreichischen Grenze. Die Schwangerschaft wurde abgebrochen. Der Zeichenlehrer mußte den staatlichen Schuldienst verlassen. Schon nach wenigen Wochen zeigte sich bei Gertraud Maier, daß sie aus ihrem Fehler in Heidenohl gelernt hatte. Zwar war es wieder einer aus dem Schuldienst, von dem sie sich verführen ließ, aber nicht mehr vom Zeichenlehrer, sondern vom Besitzer des Internats. Der Zufall wollte es, daß er buchstabengenau auch Maier hieß. Ihm gehörten noch drei weitere über das Alpenvorland verstreute Privatschulen teuren Zuschnitts. Insofern hatte also Gertraud, wie gesagt, gelernt. Auch ihre zweite Schwangerschaft wurde wieder abgebrochen, wohlweislich aber erst nach ihrer Hochzeit mit dem Millionär. Er mußte sich folgendem Argument seiner frisch angetrauten Gattin beugen. »Sieh mal, Schatz, wenn ich das Kind kriege und es wird zehn, bist du sechzig. Sähe das nicht komisch aus? Nein, ich geh' zum Arzt.«

»Das hättest du mir aber auch schon früher sagen können«, brummte er.

»Wann?«

»Vor der Hochzeit.«

Die Ehe der beiden versprach also nicht das Beste. Kein Wunder – bei mehr als drei Jahrzehnten Altersunterschied. Die Trennung – wenn auch noch nicht die Scheidung – kam nach relativ kurzer Zeit, hauptsächlich angestrebt von der Gattin. Die Scheidung folgte dann bald.

Dies alles wußte aber Helga Petar noch nicht. Sie und

Gertraud bzw. Gerti hatten sich, wie das so geht im Leben, aus den Augen verloren, nachdem der Skandal mit dem Zeichenlehrer die Freundin von der Schule in Heidenohl verbannt hatte. Und nun stand also das Wiedersehen der beiden vor der Tür . . .

Zwar nicht schon nach fünfzehn Minuten, aber nach einer knappen halben Stunde fielen sich die zwei in die Arme, küßten sich ab, Helga zog Gerti vom Hausflur hinein ins Wohnzimmer, dann umarmten sie sich noch einmal, lösten sich endlich voneinander und sagten beide wie aus einem Munde: »Laß dich anschaun . . .«

Das gegenseitige Urteil fiel zur Zufriedenheit aus.

»Du siehst blendend aus«, sagte Gerti.

»Und *du* erst!« meinte Helga.

»Dein Mann muß ein toller Bursche sein.«

»Wieso der?«

»Weil es ihm gelungen ist, sich ein solches Mädchen zu angeln.«

»Und der deine?« lachte Helga. »Oder bist du etwa noch gar nicht verheiratet? Das könnte ich mir allerdings, wenn ich dich so ansehe, gar nicht vorstellen.«

»Ich war es.«

»Geschieden?«

»Ja.«

»Erzähle.«

Das tat Gerti bereitwillig. Ihren Bericht fand Helga äußerst spannend. Wenn ihr etwas unklar erschien, stellte sie Zwischenfragen. Vor Helgas Augen tat sich ein ganz anderes Leben auf als ihr geruhsames in dem verschlafenen Heidenohl. Zum Schluß erklärte Gerti, daß die Trennung von ihrem Mann für sie etwas sei, das ihr ein Tor zu einem neuen Dasein aufgestoßen habe. Sie erhoffe sich das jedenfalls.

Daraufhin lag für Helga die Frage nahe: »Und was machst du jetzt?«

»Ich habe mir eine kleine Wohnung genommen.«

»Wo?«

»In Düsseldorf.«

»Düsseldorf ist ein teures Pflaster. Kannst du dir denn das leisten? Arbeitest du?«

»Nein«, antwortete Gerti. »Vorläufig lebe ich noch von den Zuwendungen meines Mannes.«

»Aber den hast doch *du* verlassen?«

»Ja.«

»Dann müßte er gar nicht zahlen?«

»Nein, müßte er nicht.«

»Und er tut's trotzdem?«

Das Thema schien Gerti zu amüsieren. Sichtlich erheitert nickte sie.

»Das wundert mich aber«, sagte Helga. »Oder er liebt dich noch immer und möchte dich auf diese Weise zurückholen.«

Die Erklärung lag jedoch auf einem anderen Gebiet.

»Nein«, sagte Gerti. »Der Grund ist der, daß er es für besser hält, einem Krieg mit mir vorzubeugen. Ich könnte ihm sonst etwas madig machen.«

»Was denn?«

»Seine Steuererklärungen beim Finanzamt«, platzte Gerti lachend heraus.

Sie war ein Aas, ein bildhübsches, charmantes, von Sexappeal strotzendes Aas, das keine Hemmungen kannte. Männer, die ihr liebstes Spielzeug waren, schienen ihr dazu geschaffen, ihr in jeder Weise nutzbar zu sein.

»Und was führte dich wieder einmal nach Heidenohl?« fragte Helga. »Doch nicht die Sehnsucht nach mir?«

»Aber sicher, die in allererster Linie«, lachte Gerti erneut. »Und in zweiter die allgemein bekannte rätselhafte Kraft, die einen Verbrecher unwiderstehlich an seinen Tatort zurückzieht.«

›Tatort‹ war ein Stichwort für Helga. Es gab ihr den Anlaß, nach Herrn Walch zu fragen.

Albert Walch war jener Zeichenlehrer gewesen, mit

dem Gerti ihre sogenannten ersten »Erfahrungen« gesammelt hatte und den das so teuer zu stehen gekommen war.

»Soviel ich weiß«, erwiderte Gerti, »ging er damals nach Australien.«

Es war ganz deutlich zu sehen, daß das Schicksal des Mannes sie nie interessiert hatte.

»Und was machen deine Eltern?« fragte Helga.

Zum erstenmal nahm Gertis Gesicht einen ernsten Ausdruck an. Auch ihre Eltern hatten damals kurz nach dem Skandal, in den sie verstrickt gewesen war, Heidenohl verlassen, weil sie gedacht hatten, sich in dem Städtchen nicht mehr sehen lassen zu können, woraus hervorgeht, daß sie ihre Anschauungen aus einer Zeit bezogen hatten, die noch nicht die »neue« gewesen war.

»Sie sind beide schon gestorben«, sagte Gerti.

»Oh, das tut mir aber leid.« Helga wechselte schnell das Thema.

»Wie lange willst du hierbleiben?«

»Das weiß ich noch nicht. Ein paar Tage ...«

»Du kannst bei uns wohnen.«

»Nein danke«, wehrte Gerti ab. »Ich bleibe im Hotel.«

»Aber warum denn? Wir haben Platz.«

»Gib dir keine Mühe, Helga. Ich will euch keine Umstände machen.«

»Wenn ich zulasse, daß du uns das antust, wird mir mein Mann den Kopf waschen.«

Trotzdem ließ sich Gerti nicht umstimmen.

»Dann mußt du ihm aber das selbst sagen«, meinte Helga dazu schließlich.

Das werde sie tun, versprach Gerti und fragte: »Wann lerne ich ihn denn kennen?«

Das brachte Helga auf eine Idee.

»Wenn du willst«, erwiderte sie, »sofort.«

Natürlich wollte das Gerti. Sie war auf jeden Mann neugierig.

»Wo denn?« fragte sie. »Kommt er her? Oder hat er sein Büro in der Nähe? Gehen wir hin?«

»Er sitzt im ›Belstner‹.«

»Was macht er denn da? Er ist doch nicht Kellner? Man hat mir gesagt, er sei Architekt. Oder stimmt das nicht?«

»Doch«, lachte Helga. »Komm, sehen wir nach ihm, er kann uns zu einer Tasse Kaffee einladen.«

Während sich Helga im Schlafzimmer ausgehfertig machte, stellte sich Gerti vor den Garderobenspiegel in der Diele und verrichtete an Gesicht und Haar mit geübten Händen all das an Verschönerungswerk, was ihrem Empfinden nach getan werden konnte, aber gar nicht nötig gewesen wäre. Dasselbe traf auf Helga zu, so daß alle Voraussetzungen geschaffen wurden, daß sich dann auf der Straße die Männer nach den beiden umdrehten. Der Weg war, wie alle Wege in Heidenohl, nicht weit. Infolgedessen zögerten die zwei nicht, ihn zu Fuß zurückzulegen. In Amerika wäre ihnen auf Schritt und Tritt nachgepfiffen worden.

Vor dem ›Belstner‹ standen die Stühle trotz des schönen Wetters doch noch nicht auf dem Trottoir. Der Wirt wollte damit noch zwei, drei Tage warten, um ganz sicherzugehen, daß der Frühling schon festen Fuß gefaßt hatte.

Frank saß beim zweiten Glas Bier und hatte bereits einige Vergleiche angestellt, Vergleiche zwischen den Beinen seiner Frau und denen der Eis essenden Mädchen, die im Lokal zu sehen waren. Helga hatte dabei stets besser abgeschnitten. Ein drittes Bier wollte Frank nicht trinken. Er saß mit dem Rücken zur Tür und dachte nun nach über Helgas Periode, der er baldigstes Abklingen wünschte. Dadurch entgingen ihm Helga und Gerti, die am Eingang tuschelten und leise lachten, nachdem Helga auf Frank gezeigt hatte. Dann verschwand Helga in Richtung Toilette.

Frank zog die Geldbörse aus der Tasche, um die Bezahlung seiner Zeche in die Wege zu leiten.

»Hallo, Frank«, ertönte eine Frauenstimme hinter ihm.

Er drehte sich im Sitzen halb um. Die Luft blieb ihm weg. Das kam daher, daß er ein atemberaubendes Mädchen erblickte.

Mann! dachte er. Leider konnte sie ihn nicht gemeint haben, denn sie war ihm unbekannt. Er ließ deshalb seine Blicke umherschweifen, wo in seiner Nähe ein zweiter Frank sitzen würde.

Nirgends. Nur zwei ältere Damen, die Kaffee tranken, und ein Teenager, der sich mit Hingabe seinem Eis widmete, hatten sich in unmittelbarer Nähe niedergelassen.

Die muß doch mich gemeint haben, sagte er sich. Aber wieso?

»Darf ich mich zu Ihnen setzen?« fragte Gerti.

»Natürlich«, stieß er hervor, schoß in die Höhe und schob ihr den nächsten Stuhl am Tisch zurecht, auf den sich Gerti lächelnd niedersinken ließ.

»Danke, Frank.«

Schon wieder ›Frank‹.

Er räusperte sich, dann sagte er: »Es tut mir sehr leid . . .«

»Was tut Ihnen leid, Frank?«

»Daß ich Sie nicht kenne.«

»Oh!« Gerti gab sich den Anschein, als ob sie sich erheben wollte. »Wie stehe ich nun vor Ihnen da? Was müssen Sie von mir denken? Ich setze mich einfach hierher, spreche Sie an . . . ich bin unmöglich!«

»Nein«, widersprach Frank. »Bitte, bleiben Sie sitzen.«

Gerti sank auf ihren Stuhl zurück, wenn auch nur zögernd.

»Aber Sie kennen mich doch nicht«, sagte sie.

Im Hintergrund tauchte Helga auf und näherte sich langsam. Frank hatte jedoch nur Augen für Gerti.

»Vielleicht weiß ich nur nicht, wo ich Sie hintun muß«, sagte er. »Sie scheinen mich jedenfalls zu kennen.«

»Ja«, nickte Gerti. »Oder sind Sie nicht Frank Petar?«

»Doch.«

»Und ich bin Gertraud.«

»Gertraud?«

»Beziehungsweise Gerti.«

»Gerti?«

»Ihre Frau hat Ihnen sicher schon manches von mir erzählt.«

»Von Ihnen?«

»Von Gerti Maier. Die bin ich.«

»Gerti Mai . . .«. Plötzlich funkte es in Frank. »Gerti Maier! *Die* sind Sie?«

Helga trat lachend an den Tisch.

»Ja, das ist sie.«

Frank war so überrascht von dem Spiel, das da mit ihm getrieben worden war, daß er vergaß, seiner Frau einen Platz anzubieten, und statt dessen nur hervorstieß: »Was machst du denn hier?«

Helga setzte sich, ohne dazu aufgefordert worden zu sein.

»Dasselbe könnte ich dich fragen«, sagte sie vergnügt dabei.

»Solltest du um diese Zeit nicht in deinem Büro weilen und dich um den Unterhalt deiner Frau kümmern?«

Frank grinste.

»Mir schwant etwas . . .«

»Was denn?«

»Man hat dich wieder einmal gegen mich aufgehetzt. Gib's zu.«

»Verdächtige nicht zu Unrecht deinen Freund.«

»Nur von ihm konntest du erfahren haben, daß ich hier zu finden bin.«

»Er wollte mir das gar nicht verraten.«

»Aber er hat's getan«, sagte grinsend Frank. »Er ist ein Schurke und wird immer wieder einer sein, dabei bleibe ich!«

»Vergiß nicht, daß du ihm dadurch die Begegnung mit Gerti hier zu verdanken hast – ganz zu schweigen von meiner Anwesenheit.«

Frank wandte sich von Helga ab und strahlte Gerti an. »Das ist wahr«, sagte er. »Hat er Sie denn schon gesehen?«

»Wer?«

»Dieser Mensch.«

»Ich weiß nicht, von wem Sie sprechen«, meinte Gerti. Frank und Gerti zusammen ließen ihr daraufhin die nötige Aufklärung zuteil werden. Das geschah in amüsanter Form. Rasch wurde viel gelacht am Tisch. Gerti mußte auch von sich erzählen. Dabei wiederholte sich zwar manches, was Helga schon wußte, aber für Frank noch neu war. Eingerahmt von zwei so gutaussehenden jungen Damen, fühlte sich Frank so richtig als Hahn im Korb. Er war Feuer und Flamme für Gerti.

Das Büro, das wieder anzusteuern er sich schon angeschickt hatte, war vergessen. Kaffee und Kuchen für die Damen wurde bestellt, auch Frank selbst entschied sich nicht mehr für Bier, um sich nicht eine unangenehme Bierfahne zuzulegen.

»Euer Ladykiller ist aber kein Heidenohler?« fragte Gerti. Sie meinte damit Werner Ebert, auf den sie zurückkam. »Nein, ein Düsseldorfer«, sagte Frank.

»Ist er denn wirklich so schlimm?«

»Noch schlimmer«, nickte Helga. »Solltest du ihm je begegnen, sieh dich vor. Dem ist wahrhaftig kein Rock heilig.«

Gerti lachte hellauf.

»Ich trage sehr gerne Hosen«, sagte sie. »Was macht er denn beruflich?«

»Er ist Redakteur.«

Gerti merkte auf. Das interessierte sie wohl.

»Wo?«

»Beim Omega-Verlag.«

»Das ist ein Verlag«, erläuterte Frank, »der Schrifttum für Innenarchitektur herausgibt, darunter auch eine Zeitschrift.«

Gertis Interesse an dieser Sache, auch am Redakteur des

Verlages, schien aber rasch wieder zu erlöschen. Sie sagte nichts mehr.

Fast im selben Augenblick kam der Kellner an den Tisch und bat, abkassieren zu dürfen, da er abgelöst werde. Für Frank war das ein Signal. Er seufzte und sagte, daß er beim besten Willen nun nicht mehr länger bleiben könne. Die Pflicht rufe ihn. Den Frauen stellte er anheim, sich von seinem Abgang nicht stören zu lassen und neuen Kaffee zu bestellen.

Doch es wurde ein allgemeiner Aufbruch. Auch die beiden Damen verließen das Café zusammen mit Frank, um noch ein bißchen in der Stadt herumzulaufen. Helga sagte, sie könne Gerti manches Neue zeigen, denn in den vergangenen Jahren sei sogar auch Heidenohl nicht ganz stehengeblieben.

»Und was machen wir abends?« fragte Frank, ehe er sich von den Damen trennte. »Oder haben Sie schon eine Verabredung, Gerti?«

»Nein.«

»Wir essen bei uns«, schlug Helga vor. »Ich werde –«

»Du wirst dich keinesfalls in die Küche stellen«, unterbrach Gerti sie. »Ich schlage vor, ihr kommt zu mir ins Hotel.«

»Aber nur, wenn alles auf meine Rechnung geht«, sagte Frank.

»Das sowieso«, lachte Gerti. »Dachten Sie, wir zwei Hübschen würden Ihnen unsere Gesellschaft umsonst schenken?«

Frank blickte nur Gerti – und nicht auch Helga – an, als er sagte: »Und wenn ich mich finanziell völlig ruinieren müßte, wäre es mir die Sache wert.«

So ganz gefiel das Helga nicht . . .

Drinnen im Café saßen noch die zwei alten Damen und verarbeiteten die Eindrücke, die sie gesammelt hatten.

»Haben Sie die gesehen?« fragte die eine die andere.

»Sicher, das war doch dieser Architekt, der sich ins Warmut-Nest gesetzt hat, mit seiner Frau. Wer die andere war, weiß ich allerdings nicht. Irgendwie habe ich aber das Gefühl, als ob ich die auch schon mal gesehen hätte. Vor Jahren vielleicht.«

»Jedenfalls hat der mit jeder von den beiden etwas, daran zweifle ich keinen Augenblick.«

»Das ist doch heute gang und gäbe.«

»Haben Sie den Ausschnitt von der gesehen?«

»Welche meinen Sie? Seine Frau oder die andere?«

»Die andere.«

»Der von seiner Frau war auch nicht recht viel besser. Schamlos, würde ich sagen.«

»Zeiten sind das!«

Die zwei alten Damen hatten ihren Gesprächsstoff, mit dem sie noch für den ganzen restlichen Nachmittag versehen waren.

2

Am nächsten Morgen wäre Frank gerne noch länger liegen geblieben, durfte sich das aber nicht erlauben, da sich die Arbeit im Büro häufte. Er und Helga waren sehr spät ins Bett gekommen. Der Abend zuvor im ›Weißen Schimmel‹, zusammen mit Gerti, hatte sich hingezogen. Die allgemeine Lustigkeit hatte hohe Wellen geschlagen, der Alkohol war reichlich geflossen, dazu hatte Frank zwei Schachteln Zigaretten geraucht, und das Resultat von alldem war, daß Franks erste Frage, als ihn der Wecker aus Morpheus' Armen riß, den Spalttabletten galt.

»Wo sind die denn?« wollte er krächzend von Helga wissen.

»Wo sie immer sind«, lautete die nicht übermäßig

freundliche Antwort. Helga hatte mit sich selbst zu tun. Der Abend war auch für sie zu lang und zu feucht gewesen. Dazu kam, daß ihre Periode noch einmal ein bißchen eingesetzt hatte, was ihr ebenfalls zu schaffen machte. Zum Glück war sie wenigstens Nichtraucherin und entging dadurch den Spuren des Nikotinmißbrauchs, unter denen Frank zu leiden hatte.

»Reflektierst du auf ein Frühstück?«

Diese Frage Helgas erregte bei Frank, als sie ihn aus dem Bett seiner Gattin heraus erreichte, Abscheu.

»Um Gottes willen, nein!«

»Kommst du zum Mittagessen?«

»Ich glaube nicht.«

»Und zum Abendessen?«

»Frag mich das mal am späteren Nachmittag.«

Frank verschwand hustend im Bad. Als er wieder zum Vorschein kam, schienen seine Gedanken irgendeinen Zusammenhang mit der Alpenflora herzustellen, denn er stieß hervor: »Dieser Scheißenzian!«

Nach einer längeren Pause, in der er nach einem Schlips suchte, setzte er hinzu: »Von Knödeln hat sie auch noch geschwärmt.«

»Wer?« fragte Helga.

»Deine Freundin.«

»Davon weiß ich nichts.«

»Das mußt du doch auch mitbekommen haben?«

»Nein.«

»Aber du erinnerst dich doch an diesen Honigaufkäufer aus Bremen?«

»Dessen Frau auf getrennten Schlafzimmern besteht, weil sie frigide ist?«

»Hat er gesagt, ja.«

»Das sagen alle.«

»Jedenfalls fing der plötzlich an, von Labskaus zu schwärmen.«

»Richtig.«

»Und danach begann Gerti mit ihren Knödeln.«

Helga verstummte. Sie schien eine ganze Weile ihr Gedächtnis zu martern – vergeblich.

»Du erinnerst dich daran nicht?« fragte Frank.

»Nein«, erwiderte Helga. »Vielleicht war ich auf der Toilette.«

»Das mußt du aber dann lange gewesen sein. Die wollte doch schier nicht mehr aufhören.«

Wieder verging eine gewisse Pause, ehe Helga fragte: »Was will sie denn mit Knödeln?«

»Sie uns empfehlen«, antwortete Frank kopfschüttelnd. »Ich sage dir, die Bayern haben aus der für einen Mann von hier einen Problemfall gemacht.«

Helga drehte sich um und schlief noch einmal ein. Sie sagte, die Dinge ein bißchen durcheinanderwerfend, nur noch: »Labskaus mit Knödeln . . . man müßte es probieren . . .«

Frank verließ ohne Binder – er hatte keinen, der zum Hemd gepaßt hätte, gefunden – das Haus, begleitet von einem Hustenanfall, der ihn bis zu den Zehen durchschüttelte.

Die Vögel im Garten sangen ihr Morgenkonzert, aber Frank fand den Lärm keineswegs positiv. Auch dem ganzen Wetter, das wieder herrlich war, stand er heute mit Reserve gegenüber. Die Sonne schien ihm auf den brummenden Schädel, davon war er nicht begeistert. Im Auto schimpfte er laut auf die anderen Verkehrsteilnehmer und zeigte zweien aus nichtigen Anlässen den Vogel. Als ihm einer der beiden auf die gleiche Weise antwortete, war er bemüht, sich dessen Nummer zu merken, um ihn wegen Beleidigung anzuzeigen. Er scheiterte aber daran. Zwei Ampeln weiter war die Nummer aus seinem Kopf wie weggeblasen.

Im Büro wurde Frank bald von Werner Ebert angerufen, der ihm mitteilte, daß er ihn sprechen müßte.

Frank hatte gerade wieder einen solchen Hustenanfall,

daß er kein Wort Werners verstehen konnte, weshalb er, als Werner verstummte, fragte: »Was hast du gesagt?«

»Ich muß dich sprechen.«

»Wann?«

»Möglichst bald. Kannst du nicht bei mir vorbeikommen?«

»Heute nicht.«

»Oder ich bei dir?«

»Auch nicht.«

Werner wunderte sich über Franks kurzangebundene – um nicht zu sagen unfreundliche – Art, die er von ihm nicht gewohnt war.

»Was hast du?« fragte er. »Bist du mit dem linken Fuß aufgestanden?«

»Mann!« krächzte Frank. »Wenn du wüßtest, wie mir ist.«

Aha, dachte Werner, so liegt der Fall. Sein Tip traf ins Schwarze.

»Gesoffen?«

»Kennst du Enzian?« erwiderte Frank.

»Nur vom Hörensagen«, sagte Werner mit einem schadenfrohen Grinsen im Gesicht, das – zum Glück für ihn – Frank nicht sehen konnte.

»Sei froh.«

»Soviel ich weiß, brennen die den aus Wurzeln.«

»Das glaube ich ohne weiteres«, meinte Frank. Wurzeln – welcher Art auch immer – schienen für ihn ein für allemal erledigt zu sein.

»Wo warst du denn?« fragte Werner.

»Im ›Schimmel‹.«

»Mit wem?«

»Mit Helga und einer Schulfreundin von ihr.«

»Sonst trinkst du doch nur deinen ewigen Bommerlunder.«

»Gestern nicht, das war mein Fehler.« Das verlangte nach einer Ergänzung, deshalb fügte Frank hinzu: »Ich wurde das Opfer eines bayerischen Abends.«

»Wie denn das?« lachte Werner.

»Schuld daran war Gerti.«

»Welche Gerti?«

»Die erwähnte Schulfreundin von ...« Ein neuerlicher Hustenanfall erzwang eine Unterbrechung. Erst als er vorüber war, schloß Frank: »... Helga.«

»Ist sie hübsch?«

»Wer?«

»Die Schulfreundin?«

Hätte Werner das nicht gefragt, wäre das über die Maßen verwunderlich gewesen.

»Sehr«, antwortete Frank knapp.

»Was hat sie mit Bayern zu tun?«

»Sie hatte dorthin geheiratet. Nun tauchte sie wieder auf.«

»Als Propagandistin für Enzian, wenn ich dich richtig verstehe«, machte sich Werner lustig.

»Und für Knödel auch noch!« setzte Frank anklagend hinzu.

Nachdem dies aber ins Uferlose führen konnte, fragte er seinen Freund abrupt: »Also, warum rufst du mich an? Was willst du?«

»Dich sprechen.«

»Das tust du doch schon die ganze Zeit. Schieß los.«

»Nicht am Telefon. Wir müssen uns zusammensetzen.«

»Dann komm her.«

»Ich denke, du fühlst dich dazu heute nicht in der Lage?«

»Wie lange würde es dauern?«

»Nicht lange«, erwiderte Werner, wobei er dachte: Das wirst du dann schon sehen.

»Gut, ich erwarte dich.«

Als die beiden sich wenig später in Franks Büro gegenübersaßen, hatte Werner das Manuskript jener Thekla Bendow mitgebracht. Er legte es Frank auf den Schreibtisch und sagte in seiner zupackenden Art: »Ich weiß jetzt, wie das gemacht werden muß mit der Veröffentlichung. Ich brauche dich dazu.«

»Mich?«

»Du schreibst einen neuen Text.«

»Ich?«

»Zusammen mit Thekla Bendow.«

Frank blickte Werner an wie einen Bekloppten, eine ganze Weile tat er das. Dann sagte er: »Ich frage mich, wer von uns beiden besoffen gewesen sein muß – ich oder du?«

»Du«, grinste Werner. »Ich brütete die halbe Nacht über diesem Manuskript, bis ich –«

»Hattest du mir nicht versprochen, daß es nicht lange dauern würde?« unterbrach Frank.

»Ja, aber –«

»Dann auf Wiedersehen.«

So schnell war aber Werner Ebert nicht bereit, die Flinte ins Korn zu werfen. Daß ihm hier eine sogenannte schwere Geburt bevorstehen würde, war ihm klar gewesen, seit er sich auf den Weg gemacht hatte.

»Sieh mal«, sagte er, auf das Manuskript zeigend, »die Sache ist so: Diese Bendow hat einen Roman in Briefen geschrieben. Ein Mann und eine Frau unterhalten sich schriftlich über die Liebe, über Freud und Leid, über Gutes und Schlechtes, Schönes und Häßliches, und immer wieder über die Liebe. Im Laufe der Zeit wird ihnen bei ihrem Briefwechsel mehr und mehr bewußt, daß sie eigentlich ideal zueinanderpassen würden. Schließlich vereinbaren sie ein Treffen und stellen dann bei dieser Gelegenheit fest, daß . . . naja, du weißt schon, Happy-End usw. Dazu die entsprechenden Illustrationen, die du schon gesehen hast. Sie sind, das sagtest auch du, toll. Aber der Text!« Werner nahm das Manuskript, hob es mit zwei Händen hoch und ließ es wieder auf die Schreibtischplatte fallen. »Zu schwach. Da fehlt die nötige Substanz. Kein Pfeffer, besonders in dem, was der Mann schreibt. Das sind die Teile des

Manuskripts, die am meisten abfallen. Du kannst dich selbst davon überzeugen, Frank . . .«

Werner schubste das Manuskript hinüber zu seinem Freund und sagte dabei: »Ich lasse es dir da.« Umgehend lag das Manuskript, von Frank zurückgeschubst, wieder vor Werner.

»Nee!«

»Warum nicht? Du mußt dir doch ein Bild von der Sache machen, ehe du in sie einsteigst, Frank.«

»Wenn du das glaubst, bist du gewaltig auf dem Holzweg, mein Junge.«

»Wie willst du es anders machen?«

»Überhaupt nicht! Ich bin doch kein Idiot!«

»Natürlich nicht. Wenn du ein Idiot wärst, müßte ich mir für diese Aufgabe einen anderen suchen, das ist doch klar.«

Frank blickte zur Tür und wiederholte das, was er schon einmal gesagt hatte, auf französisch: »Au revoir.«

Werner gab trotzdem nicht auf.

»Stell dich nicht so an, Frank«, sagte er. »Ich habe lange genug über das Ganze nachgedacht. Dies ist der Weg, der mir gangbar erscheint.«

»Au revoir.«

»Dann sag mir, warum du partout nicht willst.«

Daraufhin machte Frank den Fehler, diese Frage zu beantworten. Damit begann er sich auf eine Debatte einzulassen, bei der er unterlag.

»Ich bin Architekt und kein Schriftsteller.«

»Natürlich bist du Architekt, Frank, das bestreitet ja gar keiner. Du bist sogar ein guter Architekt.«

»Dann versuch nicht, mich zu einem Schriftsteller umzufunktionieren. Wie stellst du dir das überhaupt vor?«

»Übertreib nicht, Frank. Niemand denkt daran, von dir zu verlangen, daß du mit Thomas Mann stilistisch in Konkurrenz treten solltest.«

»Ach nee!« rief Frank ironisch. »Wirklich nicht?«

»Das wäre sogar absolut falsch, Frank, wenn du das versuchen würdest. Unsere Leser und Leserinnen sollen nämlich glauben, sich mit dem Briefwechsel identifizieren zu können. Deshalb sollst du so schreiben, wie dir der Schnabel gewachsen ist, verstehst du, frei von der Leber weg.«

Das Telefon läutete und verschaffte Frank einen Zeitgewinn. Der Architektenverband rief an und bat um Beantwortung einiger Fragen für eine statistische Erhebung.

»Außerdem«, sagte Werner, nachdem Frank wieder aufgelegt hatte, »bin ja notfalls auch ich immer noch da, um dir zu helfen, wenn du Schwierigkeiten mit deiner Aufgabe hättest.«

»Das ist nicht meine Aufgabe, sondern die *deine*, Werner«, sagte Frank mit Nachdruck. *»Dein* Fach ist das. *Du* hast das Schreiben gelernt, also dichte dir das selbst zusammen und laß mich aus dem Spiel.«

»Das geht nicht, Frank.«

»Warum nicht?«

»Das will ich dir sagen: Weil zwischen dieser Thekla und der Redaktion – also mir – wird ein geschäftlicher Kontakt entstehen. Sie wird deshalb früher oder später herkommen. Da muß nämlich das Honorar ausgehandelt und ein Vertrag abgeschlossen werden. Außerdem hat man sich über Termine abzustimmen. Und noch einiges mehr. Dadurch wäre es jedenfalls unvermeidlich, daß sie mich und ich sie kennenlernen würde.«

»Na und?«

»Das darf nicht geschehen, jedenfalls nicht, solange es sich vermeiden läßt. Warum? wirst du mich fragen. Weil die Qualität, die dem Manuskript bisher fehlt, *daraus* entstehen würde, daß sich Briefschreiberin und Briefschreiber, Thekla und« – Werner grinste – »du also, bis zuletzt nicht kennen. Verstehst du? Ein gewisser Reiz wird wirksam werden auf euch. Ein Hauch des Geheimnisses wird euch, wenn ich so sagen darf, gegenseitig aus der Feder fließen ...«

Werners Rede hatte geradezu poetische Kraft gewonnen. »Eurer Phantasie«, fuhr er fort, »sind keine Grenzen gesetzt. Ihr werdet euch die verschiedensten Bilder voneinander machen. Und wenn du mich fragst, dann bin ich jetzt schon sicher, daß die ein ganz tolles Weib ist.«

»Woher willst du das wissen?« war Frank, in dem sich gegen seinen Willen Interesse regte, zu vernehmen.

»Das sagen mir die Illustrationen von der. Ein solches Maß an latenter, von der Zeichnerin kaum mehr zu zügelnder Erotik ist mir bis zum gestrigen Tag noch nicht vorgekommen.«

»Erotik, sagst du?«

»Ja.«

»Gib her«, sagte Frank, nachdem er automatisch die Hand nach dem Manuskript ausgestreckt hatte.

Gespannt schaute Werner ihm zu, wie er herumblätterte und seine Bekanntschaft mit den Zeichnungen erneuerte. Schweigen herrschte. Werners Zuversicht, sein Ziel zu erreichen, wuchs. Um so enttäuschter war er, als Frank das Manuskript plötzlich zuschlug, es von sich schob und sagte: »Mag ja sein, daß du recht hast, aber das ändert nichts an meiner Weigerung.«

Ein neuer Gedanke war in Frank aufgetaucht, von dem Werner noch einmal zurückgeworfen wurde.

Frank fuhr fort: »Weißt du, wen du nämlich bei deinen ganzen Überlegungen vergißt?«

»Wen?«

»Helga.«

»Was hat die damit zu tun?«

»Sie ist meine Frau.«

»Ach nee«, meinte Werner ironisch. »Welche Neuigkeit für mich.«

»Du ahnst nicht, wie eifersüchtig die sein kann, wenn ich ihr den geringsten Grund dazu gebe.«

»Und welcher Grund wäre das in diesem Falle?«

»Die Korrespondenz mit einer anderen Frau. Allein das würde ihr genügen.«

Werner blickte Frank geringschätzig an. Er schien an dessen Intelligenz zweifeln zu wollen.

»Was ich nicht weiß«, sagte er, »macht mich nicht heiß. Ich meine damit deine Frau. Bindest du ihr denn immer alles auf die Nase?«

»Bisher schon, ich habe keine Geheimnisse vor ihr.«

»Dann wird's höchste Zeit, daß das aufhört«, sagte Werner. »Oder du bist kein Mann mehr. Was glaubst du, welchen Spaß dir das machen wird. Ich kenne nichts Schöneres.«

In Frank arbeitete es. Kein Mann mehr zu sein, das ließ er sich nur ungern sagen.

»Wer garantiert mir denn«, fragte er zögernd, »daß nicht doch etwas durchsickern würde zu Helga?«

»Von wem denn, wenn du dein Maul hältst?« antwortete Werner rasch, das Eisen schmiedend, solange es heiß war.

»Von dir zum Beispiel.«

»Von mir?! Bist du verrückt?! Ich würde mich doch ins eigene Fleisch schneiden. Erstens geht's mir um die Veröffentlichung des Romans. Und zweitens kann ich mir vorstellen, was die nicht nur dir, sondern auch mir erzählen würde, wenn sie hinter die Sache käme. Ich wäre doch in ihren Augen der Anstifter.«

»Das wärst du auch.«

»Sicher.«

Beide verstummten. Werner ließ Frank Zeit. Franks Blick wanderte zu dem Manuskript. Werner schob es ihm sachte wieder zu. Frank schob es nicht mehr zurück. Er räusperte sich.

»Werner«, fragte er, »was weißt du denn überhaupt schon von der?«

»Das, was ich ihrem Begleitschreiben entnehmen konnte.«

»Und was war das?«

»Erstens ihr Name: Thekla Bendow –«

»Der kann doch falsch sein«, unterbrach Frank.

»Du denkst wohl an ein Pseudonym?«

»Richtig.«

Werner winkte mit der Hand.

»Und wenn schon, das würde keine Rolle spielen«, sagte er. »Zweitens ihr Alter: sechsundzwanzig. Drittens: geschieden. Viertens: ihre Adresse.«

»Geschieden heißt ›nicht unerfahren‹«, meinte Frank.

»Genau«, grinste Werner.

»Die Adresse?«

»Düsseldorf, postlagernd.«

»Sehr aufschlußreich«, sagte Frank prompt.

Werner zuckte mit den Schultern. Man kann das nicht ändern, hieß das; jedenfalls vorläufig noch nicht.

»Ist sie denn Düsseldorferin?« fuhr Frank fort.

»Vermutlich.«

Der Name Düsseldorf hatte in Frank eine Saite zum Erklingen gebracht.

»Du weißt«, sagte er zu Werner, »daß ich in Düsseldorf drei Semester studiert habe.«

»Ja.«

»Eine herrliche Zeit!«

»Soll ich dir sagen, was dir da am besten gefallen hat?«

»Was?«

»Die leckeren Mädchen.«

»Ja«, lachte Frank lüstern, »da kann ich dir nicht widersprechen.«

»Ich weiß doch Bescheid», grinste Werner, der ja selbst auch Düsseldorfer war. Dann packte er, zum Manuskript hinnickend, zu.

»Sind wir uns also einig?«

»Du machst mich fertig«, seufzte Frank. »Aber ich will es mir mal ansehen, laß es da.«

Rasch erhob sich Werner, damit es sich Frank nicht noch einmal anders überlegen konnte. Zur Tür gehend, erklärte er: »Sobald ich eine Antwort von der habe, gebe ich dir Bescheid. Ich werde unverzüglich alles in die Wege leiten. Dann geht's los.«

Das hieß, daß er es eilig damit hatte, einen Brief an Thekla Bendow, Düsseldorf, postlagernd, hinausgehen zu lassen, in dem der geschiedenen Sechsundzwanzigjährigen all das auseinandergesetzt wurde, was zwischen ihm und Frank vereinbart worden war. Bezüglich des Einverständnisses der Dame mit dem Ganzen machte er sich keine Sorgen.

»Soll ich denn schon versuchen, einen Brief zusammenzubasteln?« fragte Frank. Nachdem die Würfel gefallen waren, schien er plötzlich geradezu wild auf seine Aufgabe zu sein.

Werner hatte bereits die Türklinke in der Hand.

»Nicht nötig, Frank. Warten wir den ersten Brief von der ab, das wird die Sache für dich vereinfachen, weil du ihr darauf gleich antworten kannst.«

»Bis wann, glaubst du, wird die sich rühren?«

»Sehr bald, davon bin ich überzeugt.«

Doch das war ein Irrtum. Thekla Bendow schien es, wie sich herausstellte, überhaupt nicht eilig zu haben.

Helga und Gerti frischten tagelang alte Erinnerungen auf. Das machte ihnen großen Spaß. Helga entdeckte an ihrem Heimatstädtchen manches Neue, über das vorher ihr Blick achtlos hinweggeglitten war. Gerti stieß auf Dinge, von denen sie glaubte, daß sie neu seien, die es aber bereits in ihrer Heidenohler Zeit gegeben hatte. Sie hatte sie eben nur total vergessen. Helga hatte dann jeweils Mühe, ihre Freundin über den Irrtum aufzuklären, in dem sie sich befand.

So liefen denn die beiden kreuz und quer durch das Städtchen, und an jeder Ecke begann entweder Helga oder Gerti eine Geschichte mit den Worten: »Weißt du noch, hier ...«

Als die zwei an ihrer alten Schule vorbeikamen, leerte sich gerade das düstere Backsteingebäude, das schon längst wieder einmal einen neuen Anstrich vertragen hätte. Ganze

Scharen lärmender Jungen und Mädchen aller Altersklassen quollen aus der Pforte heraus, die täglich um die Mittagszeit herum die Belegschaft des Gymnasiums in die Freiheit entließ.

Helga und Gerti sahen dem Schauspiel zu, das für die Anwohner mit so viel Krach verbunden war, und fühlten sich ziemlich alt dabei.

»Möchtest du noch einmal so jung sein?« fragte Gerti.

»Du?«

Sie schauten einander an. Plötzlich brachen beide in helles Gelächter aus, nachdem ihnen klargeworden war, daß sie ja so taten, als ob sie selbst schon Greisinnen wären.

Lachend wandten sie sich von der Schule ab und bummelten die Straße entlang, die hinausführte aus der Stadt, hinein in die nahen, weiß und grün in der Sonne leuchtenden Birkenwälder, an deren Rändern sich die weite Heide dehnte.

»Was ist schöner, Gerti, das hier oder die Berge?« fragte Helga. »Du hast ja nun beides kennengelernt.«

»Das kann man nicht miteinander vergleichen, Helga. Die Alpen sind toll, herrlich, gewaltig – aber auch die Heide ist wunderbar, in einer ganz anderen Weise allerdings.«

»Wo möchtest du lieber leben?«

Gerti dachte nicht lange nach.

»Hier.«

»Heimat bleibt Heimat«, meinte Helga.

»Richtig.

»Dann zieh doch wieder her.«

Wieder kein langes Nachdenken Gertis.

»Nein.«

»Warum nicht?«

»Den Lebenskreis, der mir vorschwebt, seit ich mich von meinem Mann getrennt habe, kann ich mir hier nicht schaffen. Dazu brauche ich die Großstadt.«

»Düsseldorf?«

»Ja«, nickte Gerti. »Es könnte aber auch Köln sein ...

oder Frankfurt . . . oder Hamburg . . . eben eine Großstadt. Auf Düsseldorf fiel meine Wahl eher zufällig. Was ich unbedingt brauche, ist eine Hochschule . . .«

»Eine Hochschule? Willst du denn noch einmal zu studieren anfangen?«

»Ja.«

»Und was?«

Gertis Antwort entbehrte der Präzision.

»Verschiedenes.«

Naja, dachte Helga, ›verschiedenes‹ haben schon viele studiert, ehe sie dann die Finger doch von allem gelassen haben. *Dein* Studium wird, wenn man dich so ansieht, vornehmlich den Männern gelten. Oder andersherum, das Studium der Männer wird dir gelten.

»Und wieder heiraten, wie steht's damit, Gerti?«

»Dazu«, lachte Gerti, »muß ich erst einmal geschieden sein.«

»Aber ein grundsätzliches Interesse, wäre das vorhanden oder nicht?«

»Kein gesteigertes.«

Helga guckte ungläubig. Das kam daher, daß sie selbst eben überaus glücklich mit ihrem Frank verheiratet war. Sie konnte sich nichts Besseres für eine Frau vorstellen. »Weißt du«, fuhr Gerti fort, »den nächsten sehe ich mir vorher ganz genau an. Unter keinen Umständen darf er wieder älter sein als ich.«

Stille breitete sich aus. Die letzten Häuser der Stadt lagen schon ziemlich weit hinter den beiden. Nur die Vögel zwitscherten. Das Gesumme der Bienen, von dem man in Schilderungen der Heide so oft lesen kann, fehlte noch. Die Voraussetzungen dazu, das Meer der Blumen, war nämlich erst im Entstehen begriffen in diesen Tagen. »Köstlich, der Friede hier,« sagte Helga, und Gerti nickte beifällig.

Beide sahen den Bussard über sich kreisen, ergötzten sich an seinem stolzen, herrlichen Flug, und beide dachten, wie alle Menschen, nicht daran, für wie viele Mäuse jeden

Tag solche Flüge mit dem Tod verbunden sind. Beide sahen den Sperber »rütteln«, für den ähnliches galt. Beide dachten nicht an den Fuchs in seinem Bau, der schlief und einen Fasan verdaute. Beide vergaßen die vielen, vielen Ameisen, die sich ständig auf kleine Lebewesen stürzten und sie töteten, Lebewesen, die noch kleinere Lebewesen im Magen hatten. Beide bewunderten das Spinnennetz im Geäst eines Strauches als »Kunstwerk«, das als Inbegriff des Mörderischen in der Welt der Fliegen gelten muß.

Friedliche Natur . . .

Eine Birke, die sich in Kniehöhe über dem Boden in zwei Stämme teilte, zog die Aufmerksamkeit Gertis auf sich. Der Baum stand etwas abseits des Weges am Rand einer kleinen, wannenartigen Vertiefung des Geländes. Auf ihn zeigend, sagte Gerti mit einem belustigten Ausdruck im Gesicht: »Den erkenne ich wieder.«

»Die Birke?«

»Ja, an der lehnten damals unsere Räder.«

»Eure Räder?«

»Ja, das meine und das vom Walch.«

Helgas Interesse erwachte jäh.

»Soll das heißen, daß es hier passiert ist zwischen euch beiden?«

»Ja«, lachte Gerti mit der ihr eigenen Frivolität. »Zum ersten Mal. Die kleine Mulde siehst du ja. Sie kam mir damals vor wie ein Bett. Inzwischen schätze ich ›Liebe im Freien‹ nicht mehr so sehr. Die Ameisen, weißt du . . .«

»Dazu kann ich nichts sagen«, meinte Helga.

»Willst du damit sagen, daß dir einschlägige Erfahrungen absolut fehlen?«

»Ja«, erwiderte Helga, angesteckt von Gertis Offenheit. »Ich habe dazu bisher immer vier Wände um mich herum gebraucht – und ein Bett oder zumindest eine Couch. Habe ich dadurch etwas versäumt?«

»Gewiß nicht, meine Liebe. Ich sage dir ja, die Ameisen . . .«

Ameisen sind, lernt man in der Schule, staatenbildende Tiere. Was man im Schulunterricht nicht lernt, sondern sich außerhalb der Schule, in der freien Natur, selbst aneignen muß, ist, daß es also zum Wesen der Ameisen gehört, der menschlichen Liebe entgegenzuwirken.

»Kehren wir um?« fragte Helga.

Gerti nickte.

In der Stadt gingen sie einen anderen Weg als vorher und kamen an einem kleinen Modegeschäft vorüber, das mit der Zeit ging und sich deshalb ›Boutique‹ nannte. Es war die einzige am Ort. Ihre Besitzerin war vor zwei Jahren aus Celle zugezogen, um ihren Unternehmungsgeist sozusagen auf jungfräulichem Boden ins Kraut schießen zu lassen. Sie hatte immer noch zu kämpfen. Den Heidenohlerinnen war nicht so leicht etwas Neues schmackhaft zu machen.

Im Schaufenster lag ein Pulli, der Gerti ins Auge stach.

»Hübsch«, sagte sie.

»Finde ich auch«, meinte Helga. »Ich bin hier Kundin.« Durchs Schaufenster konnte man über eine halbhohe Blende hinweg ins Ladeninnere sehen. Kein Betrieb. Nur eine einzelne Dame war dabei, Briefe zu öffnen. Wohl Geschäftspost. Anscheinend die Besitzerin.

»Der Umsatz hält sich wohl in Grenzen«, meinte Gerti.

»Leider«, sagte Helga. »Vielleicht muß die wieder zumachen. Das wäre schade.«

Auf dem Schild an der Ladenfront, das den Namen der Firma auswies, stand in großen, soliden, schnörkellosen Buchstaben CLARA.

Die Kleinunternehmerin blickte von ihren Briefen auf und entdeckte durchs Schaufenster die beiden Damen vor ihrer Auslage. Da ihr Helga bekannt war, nickte sie, freundlich grüßend. Helga lächelte zurück.

»Die sieht gut aus«, konstatierte Gerti. »Und jung ist sie auch noch.«

»Und sehr nett im Wesen.«

»Also wie geschaffen für einen Mann. Hat sie denn keinen, daß sie auf das Geschäft pfeifen könnte?«

»Doch«, erwiderte Helga. »Aber auf den ist kein Verlaß.«

»Dann würde ich mir einen anderen anlachen.«

»Ich auch.«

Gerti faßte den Pulli noch einmal ins Auge. Wenn ich nicht schon zwanzig hätte, würde ich ihn mir kaufen, dachte sie.

»Erinnerst du dich an den Mann, von dem wir im ›Belstner‹ gesprochen haben?« fragte Helga.

»Ah, den angeblichen Ladykiller?«

»Ja«, nickte Helga. »Das ist er. Mit dem hat sie ein Verhältnis.«

Sie gingen weiter.

Wenn man den Teufel nennt, kommt er grennt, lautet ein altes Sprichwort.

Schon nach wenigen Schritten stieß Helga hervor: »Das darf nicht wahr sein!«

»Was denn?« fragte Gerti.

»Da kommt er.«

»Wer?«

»Der Ladykiller.«

»Wo?«

Ein himmellanger Mensch, der alle anderen Passanten auf dem Bürgersteig überragte, kam ihnen entgegen, entdeckte Helga und grinste schon von weitem.

»Wen sehe ich?« begann er. »Den Traum meiner schlaflosen Nächte . . .«

»Tag, Werner«, sagte Helga. »Gerade haben wir von dir gesprochen . . .«

»Schlecht, nehme ich an«, sagte er mit verstärktem Grinsen.

»Ja«, lachte Helga.

Werner hielt es nicht für nötig, dagegen rhetorisch anzukämpfen. Er ging großzügig darüber hinweg und wandte sich Gerti zu.

»Der Traum meiner schlaflosen Nächte scheint sich verdoppelt zu haben«, sagte er zu ihr. »Ist denn das die Möglichkeit?«

Helga oblag es, die beiden einander vorzustellen. Sie sagte: »Darf ich bekannt machen – Herr Doktor Ebert, Frau Maier.«

Werner verbeugte sich.

»Ich bin hingerissen.«

»Ganz meinerseits«, lachte Gerti.

»Sie sind die Dame mit bayerischer Vergangenheit?«

»Woher wissen Sie das?« fragte Gerti überrascht.

»Von meinem Freund Frank Petar. Er hat mich auf Sie vorbereitet.«

»So?«

»Darf ich Ihnen etwas verraten?«

»Was denn?«

»Ich liebe Enzian.«

»Wirklich?« lachte Gerti. Sie amüsierte sich köstlich.

»Und Knödel.«

Helga mischte sich ein, indem sie sagte: »Wir halten den ganzen Verkehr auf . . .«

Sie hatte recht. Der Bürgersteig war schmal. Die Leute, die passieren wollten, mußten hinuntertreten auf den Fahrdamm. Eine Ausfahrt aus einem Haus, ein paar Meter weiter, bot den dreien die Möglichkeit, sich in sie hineinzustellen.

»Ich wette«, sagte Helga zu Werner, »daß du für Enzian nichts übrig hast . . .«

»Doch, doch.«

»Ganz bestimmt nichts für Knödel!«

»Aber sicher!« Werner hob die drei Schwurfinger. »Sogar fürs Jodeln und Schuhplatteln!«

Die Leute wunderten sich über das Gelächter des Trios in der Torausfahrt.

»Tragen Sie immer so dick auf, Herr Doktor?« fragte Gerti.

»Mißtrauen Sie mir etwa?« antwortete Werner.
»Ich mißtraue jedem Mann.«
»Dann muß ich Ihnen Gelegenheit geben, mich näher kennenzulernen. Wann hätten Sie dazu einen Termin frei? Und wo?«
Ebenso schlagfertig erwiderte Gerti: »Meine Termine sind, fürchte ich, in nächster Zeit alle schon vergeben.«
»Aber –«
»Werner«, unterbrach ihn Helga, »du hast es sicher sehr eilig. Wir wollen dich nicht mehr länger aufhalten.«
»Du irrst dich, Helga, ich habe Zeit.«
»Wolltest du nicht zu deiner Freundin?«
»Nein«, log er.
»Dann laß dich von uns dazu animieren. Sie wird sich sicher sehr freuen. Zeit hast du ja, sagst du.«
»Aber –«
»Das finde ich auch«, fiel Gerti ein und streckte die Hand aus.
»Der Vorschlag ist gut. Auf Wiedersehen, Herr Doktor. War nett, Sie kennenzulernen.«
Überrumpelt stand Werner Ebert da (das passierte ihm selten) und blickte den beiden Damen noch nach, als sie mit ihren aufregenden Hinteransichten schon eine ganze Weile um die nächste Ecke verschwunden waren.

3

Zwei Wochen nachdem der Brief an Thekla Bendow geschrieben und abgesandt worden war, trafen sich Frank Petar und Werner Ebert in einem kleinen gemütlichen Lokal, dessen verwitwete Wirtin zwar nicht besonders gut kochte, die aber erstaunlicherweise dafür ihren Ehrgeiz dareinsetzte, ihr Pils, das sie ausschenkte, am besten zu pflegen in ganz Heidenohl. Der Erfolg für sie war, daß eine Schar treuer Gäste immer wieder den Weg zu ihr fand. Zu diesen Männern gehörten auch Frank und Werner.

Das Tagesgespräch war heute ein Sieg der deutschen Fußballnationalmannschaft über die österreichische. Allgemein wurde die Auffassung vertreten, daß es eine Katastrophe gewesen wäre, wenn die Deutschen gerade dieses Spiel verloren hätten.

»Dann hätten wir uns«, sagte ein pensionierter Briefträger, der neben einem noch aktiven Tankwart am Tresen stand, »heimgeigen lassen können.«

»In der Tat! Ich war mal vor drei Jahren in Wien in Urlaub, da haben die Ungarn im Praterstadion gespielt. Das guckst du dir an, dachte ich. Mann! sage ich dir. So was von Fanatismus habe ich noch nicht erlebt. Da sind wir Waisenknaben dagegen.«

»Dazu muß man wissen, daß zwischen den Österreichern und den Ungarn – oder Magyaren, wie die sagen – eine alte Erbfeindschaft besteht.«

»Genau wie zwischen uns und den Österreichern.«

»Deshalb sage ich ja, daß es eine Katastrophe gewesen wäre, wenn wir verloren hätten.«

»Was mich allerdings stört«, meinte der Tankwart, »ist, daß wir nur durch einen Elfmeter gewonnen haben.«

»Gewonnen ist gewonnen.«

»Umstritten war er auch noch.«

»Was heißt ›umstritten‹? Der Schiedsrichter hat gepfiffen, und wenn der Schiedsrichter pfeift, ist das eine Tatsachenentscheidung, damit basta. Wo kämen wir denn hin, wenn das nicht so wäre!«

»Hast du gesehen, wie die protestiert haben? Der Torwart ist übers halbe Feld gelaufen, um sich mit dem Schiedsrichter herumzustreiten.«

»Natürlich habe ich das gesehen. Aber das kennt man ja von den Österreichern. Mit dem Sportsgeist hapert's bei denen. Wenn ich der Schiedsrichter gewesen wäre, hätte ich dem rasch gezeigt, wo's langgeht. Rote Karte, verstehst du? Kurz und schmerzlos.«

Der Tankwart blickte eine Weile stumm in sein Glas. Er schien nachzudenken. Schließlich fragte er den Briefträger: »Was sagst du denn dann zu dem berühmten dritten Tor bei der WM 66 in England?«

»Dazu?«

»Ja.«

»Was soll ich dazu sagen?«

»Das war doch die größte Fehlentscheidung, die es je gegeben hat.«

»Sicher.«

»Einem solchen Schiedsrichter gehört einfach das Handwerk gelegt, das lasse ich mir nicht nehmen, da kannst du mir sagen, was du willst.«

»Vergiß nicht den Linienrichter, der daran entscheidend mitgewirkt hat.«

»Ein Russe!«

»Das sagt alles.«

»In solchen Fällen dürfte auch eine Tatsachenentscheidung nicht unumstößlich sein«, erklärte der Tankwart mit unnachgiebiger Stimme.

»In solchen Fällen nicht«, pflichtete ihm der Briefträger bei.

»Der Schiedsrichter war ein Schweizer, das hat noch dazu gepaßt. Die Neutralität von denen ist doch längst nicht mehr wahr.«

»Den größten Blödsinn hat ja schon die FIFA gemacht. Wie kann man einem solchen Gespann die Leitung eines solchen Spieles anvertrauen?«

»Guck dir doch diese Hampelmänner an, wenn sie sich im Fernsehen wichtig machen. Oder in der Zeitung.«

Eine dritte Stimme wurde vernehmbar, die der Wirtin. Wenn ihr zuviel gequatscht wurde, griff sie ein.

»Vergeßt das Trinken nicht, ihr zwei«, sagte sie. »Das Bier in euren Gläsern siedet schon bald.«

Beliebt bei ihren Gästen, stand sie hinter der Theke und hatte stets ein wachsames Auge auf alles, was ihrem Geschäft förderlich war oder nicht. Ein unverblümtes Wort, das ihr aus dem Herzen kam, war ihr erlaubt. Ihre Kundschaft bestand ausschließlich aus Männern, denen klar war, daß sie, wenn sie über die Schwelle dieses Lokals traten, nicht in ein Grandhotel hineingingen.

Der Briefträger und der Tankwart grinsten, führten ihre Gläser zum Mund, leerten sie und schoben sie der Wirtin hin zum Nachschenken.

Frank und Werner saßen für sich an einem kleineren Tisch zwischen zwei Fenstern des Gastzimmers. Auch ihr Gespräch galt zunächst einmal dem Fußball.

»Hast du das Spiel gesehen?« fragte Werner.

»Klar«, antwortete Frank.

»Und was sagst du dazu?«

»War nichts Besonderes, sieh dir doch das Ergebnis an. Ein Ach- und Krachsieg.«

»Der Elfmeter war in meinen Augen nicht berechtigt.«

Frank glaubte, nicht recht gehört zu haben.

»Aber selbstverständlich war er das, Mensch! Die Hand ging einwandfrei zum Ball, und nicht der Ball zur Hand!« Nun mußte sich Werner außerordentlich wundern.

»Ich glaube, du brauchst eine Brille, Junge.«

»Oder du!«

Sie konnten sich nicht einigen, wer von ihnen dringender zum Augenarzt mußte.

»Wenn es so um dich steht«, sagte Werner, »dann kannst du auch nicht das gesehen haben, was mir wieder einmal aufgefallen ist.«

»Was denn?«

»Daß wir seit Helmut Rahn keinen richtigen Außenstürmer mehr haben.«

»Soll ich dir sagen, warum dich das wundert?«

»Warum denn?«

»Weil du nicht siehst, daß das am System liegt.«

»Was heißt am System?«

»Das heißt«, antwortete Frank mit der überlegenen Miene eines Lehrers, der einem Klippschüler etwas erklärt, »daß heute ein anderer Fußball gespielt wird als zu Rahns Zeiten. Außenstürmer sind nicht mehr gefragt.«

»Unsinn!« widersprach Werner. »Natürlich wären die gefragt, wenn es welche gäbe. Aber es gibt sie nicht mehr, sie sind ausgestorben. *Daran* liegt's.«

»Ach was!«

»Das zeigt sich doch nicht nur bei uns. Das zeigt sich auch in ganz Europa und in Südamerika. Nicht einmal bei den Brasilianern hat Garincha einen Nachfolger gefunden. Oder willst du das bestreiten?«

»Werner«, sagte Frank, »das könnte ich sehr wohl bestreiten, aber dazu fehlt uns, denke ich, die nötige Zeit. Oder willst du den ganzen Abend über Fußball reden, ohne etwas davon zu verstehen?«

»Damit meinst du wohl dich selbst, Junge«, sagte Werner. »Aber lassen wir das.« Er räusperte sich, um ein anderes Thema anzuschneiden. »Ich habe dich angerufen, weil wir über diese Frau sprechen müssen ...«

»Die rührt sich also nicht?« sagte Frank.

»Nein.«

»Das hast du nicht erwartet?«

»Nein.«

»Was willst du nun machen?«

Werner zuckte mit den Achseln.

»Darüber bin ich mir noch im unklaren. Was meinst du, was ich machen soll?«

»Keine Ahnung«, erwiderte Frank. »Das mußt du schon selbst wissen. *Du* bist der Fachmann auf diesem Gebiet.« Recht weit schien es aber mit Werners Ideen nicht herzusein, denn seine Antwort ließ auf sich warten. Er kratzte sich am Kopf, und das, was er dann sagte, war auch kein besonderer Geistesblitz.

»Wissen müßte man«, meinte er in grübelndem Ton, »warum die schweigt.«

»Vielleicht ist sie beleidigt«, sagte Frank.

»Wieso beleidigt?«

»Weil du ihren Text abqualifiziert hast. Vielleicht will sie deshalb auf eine Veröffentlichung überhaupt verzichten. Entweder du akzeptierst beides zusammen – Text *und* Illustrationen! –, oder du kannst ihr den Buckel runterrutschen, sagt sie sich.«

»Dann spinnt sie!«

Eine Weile herrschte Schweigen. Werner zündete sich eine Zigarette an, Frank folgte seinem Beispiel. Als sie bemerkten, daß der Wirtin Blick auf ihnen ruhte, griffen sie im Gleichklang nach ihren Gläsern und leerten sie.

»Am Drücker«, sagte dann Frank, »ist die, Werner, und nicht du. So sehe ich die Sache. Oder befinde ich mich da in einem Irrtum?«

»Ich kann der jederzeit ihren Dreck zurückschicken.« Werner klopfte mit dem Zeigefinger auf die Tischplatte und wiederholte mit Nachdruck: »Jederzeit!«

Frank nickte.

»Das kannst du, ja – aber damit wäre das ganze Projekt gestorben! Willst du das?«

»Nein«, erwiderte Werner.

»Also nicht.« Frank blickte Werner an. »Was dann? Wie soll es sich ändern, daß du auf der Stelle trittst?«

Werner gab Franks Blick zurück.

»Vielleicht liegt der Schlüssel bei dir, Frank.«

»Bei mir?«

»Vielleicht solltest doch du den ersten Brief schreiben und den Stein ins Rollen bringen. Was hältst du davon?«

»Wenn die nicht will«, lautete Franks Entgegnung, »erreichen wir auch damit nichts.«

»Dann zeig mir einen anderen Weg.«

Doch wieder schüttelte Frank den Kopf.

»Ich weiß keinen«, sagte er. »Das einzige, von dem man

sich vielleicht etwas versprechen könnte, wäre ein persönliches Gespräch. Aber dazu bietet sich ja keine Möglichkeit, weil wir die Adresse von der nicht haben, um sie aufzusuchen.«

»Und wenn ich nach Düsseldorf fahren würde, Frank?«

»Wozu?«

»Um sie aufzustöbern.«

»Wie denn?« antwortete Frank unwillig. »Dir fehlt doch die verdammte Adresse. Wie oft soll ich dir denn das noch sagen?«

»Ich müßte versuchen, bei der Post anzuhebeln.«

Frank schwieg sekundenlang verblüfft, dann stieß er hervor: «Absoluter Blödsinn!«

»Wieso?«

»Weil du dir an denen die Zähne ausbeißen würdest.«

»Wer sagt mir denn das?«

»Ich sage dir das, Werner. Das sind doch Beamte. Sture Böcke.«

»Nicht alle.«

»O doch.«

»Die mögen früher ausnahmslos alle so gewesen sein — heute nicht mehr.«

»An ihre Vorschriften halten die sich auch heute noch, Werner.«

»Natürlich müßte man«, sagte Werner Ebert, der von seiner Idee nicht mehr abzubringen war, »nach dem Motto ›Eine Hand wäscht die andere‹ vorgehen.«

Vor Frank Petar tat sich dadurch eine Perspektive auf, die ihn erschreckte.

»Werner«, entfuhr es ihm, »woran denkst du?«

»Paß auf dein Glas auf, Frank, du hättest es beinahe umgestoßen.«

»Woran denkst du, Werner?«

»Ich glaube nicht, sage ich noch einmal, daß die alle so sind wie früher. Ich muß nur den richtigen erwischen.«

»Sei da bloß vorsichtig.«

»Wer nicht wagt, der nicht gewinnt«, führte Werner schon wieder ein Motto im Mund.

»Und wenn der Schuß nach hinten losgeht?« fragte ihn Frank pessimistisch. »Wenn du da doch einen falsch einschätzt und er dir ein Verfahren an den Hals hängt?«

»Ein Verfahren an den Hals hängt?« Werner fand das geradezu lächerlich. »Das, was mir vorschwebt, ist doch heute gang und gäbe. Ich verstehe dich nicht.«

»Ich denke gerade an einen mir bekannten Architekten in Braunschweig, der deine Ansichten teilte. Er ging erst kürzlich ins Städtische Bauamt hinein, und als er wieder herauskam, war er praktisch seine Lizenz los.«

»Ein Bauamt ist doch kein Postamt, Frank.«

»Ich weiß nicht, Werner . . .«

»Außerdem«, fuhr Werner fort,«ist bei mir keine Lizenz in Gefahr. Ich habe keine. Ich bin Redakteur. Redakteure üben ihren Beruf ohne Lizenz aus.«

Werner Ebert ließ sich sein Vorhaben nicht mehr ausreden. Das sah auch Frank Petar endlich ein. Er seufzte.

»Du muß wissen, was du tust«, sagte er.

»Und zwar sehr bald«, nickte Werner entschlossen.

»Wann?«

Werner dachte kurz nach, dann erwiderte er: »Du kennst meinen Grundsatz, nichts auf die lange Bank zu schieben. Morgen oder übermorgen habe ich noch keine Zeit. Aber dann!«

Dic Wirtin kam an den Tisch und sagte zu Frank: »Herr Petar, Sie werden am Telefon verlangt . . .«

»Von wem?«

»Von Ihrer Sekretärin. Sind Sie da oder nicht? Ich sagte ihr, ich müßte erst nachsehen.«

»Ich bin nicht da. Was die will, kann sie mir auch morgen sagen.«

Die Wirtin nickte und ging zurück zur Theke.

»Was will sie denn?« fragte Werner.

Frank zuckte die Achseln.

»Ich weiß es nicht. Sicher irgend etwas Unwichtiges. Vielleicht mich fragen, ob sie mich morgen telefonisch wecken soll.«

»Wieso? Bist du denn allein?«

»Ja.«

»Und Helga?«

»Die ist weggefahren.«

»Wohin?«

»Nach Düsseldorf.«

»Ohne dich?« fragte Werner erstaunt. »Das kennt man ja gar nicht von ihr.«

»Ihre Freundin hat sie eingeladen, für ein paar Tage mitzukommen.«

»Wohnt die in Düsseldorf?«

»Ja.«

Werner verdrehte die Augen.

»Eine Superfrau! Ich bin ihr begegnet.«

»Ich weiß, Helga hat es mir erzählt.«

»Besucht die euch mal wieder?«

»Sie versprach es.«

»Dann ladet ihr mich aber auch ein.«

Frank grinste impertinent.

»Zusammen mit Clara, ja.«

Die Wirtin näherte sich ein zweitesmal. Sie ließ verlauten: »Herr Petar, Ihre Sekretärin bat mich, Ihnen, wenn ich Sie heute noch sehen sollte, zu bestellen, daß Sie sich um Ihr Frühstück morgen nicht zu kümmern brauchen. Das bekommen Sie im Büro.«

»Danke«, sagte Frank sehr knapp.

Als sich die Wirtin wieder entfernt hatte, ließ Werner seiner Ironie freien Lauf.

»Jetzt weiß ich, was die von dir will«, erklärte er.

»Nicht das, was du schon wieder denkst«, sagte Frank.

»Bist du sicher?«

»Ja.«

»Wie alt ist sie denn?«

»Du siehst sie doch dauernd, wenn du zu mir ins Büro kommst.«

»Richtig«, nickte Werner grinsend. »Und deshalb sage ich dir, daß ich mich auskenne.«

Frank winkte abwehrend mit der Hand.

Unbeeindruckt davon, fing Werner an, seinen eigenen Grundsatz zu preisen, als Sekretärin keine Kraft unter fünfundfünfzig einzustellen. Nur so sei in seinem Büro gewährleistet, daß an nichts anderes als an Arbeit gedacht würde. Von beiden Seiten nicht.

»Hast du keinen anderen Gesprächsstoff?« fragte Frank.

»Doch, du kannst morgen schon mal anfangen, an deinem ersten Brief an Thekla zu feilen . . .«

Spontan schüttelte Frank den Kopf.

»Nee.«

»Warum nicht?«

»Weil ich das erst mache, wenn ich weiß, daß das Ganze einen Sinn hat. Ich bürde mir doch keine Arbeit auf, die sich, wie's jetzt aussieht, als überflüssig erweisen kann.«

Dagegen war nichts Stichhaltiges zu sagen.

»Na schön«, brummte deshalb Werner.

»Trinken wir noch einen?« fragte Frank.

»Gerne, du bist doch Strohwitwer«, erwiderte Werner. »Dich erwartet zu Hause niemand.«

»Dich auch nicht.«

»Dann können wir ja noch ein Weilchen hier sitzen bleiben.«

Aus dem ›Weilchen‹ wurden Stunden, bis Mitternacht schon vorbei war. Erst die Sperrstunde gebot auch den letzten Aufbruch, zu denen Frank und Werner gehörten. Zusammen mit dem Tankwart und dem pensionierten Briefträger, die sich beide an der Theke die Beine in den Leib gestanden hatten, räumten sie das Lokal. Von dem Briefträger schien Frank eine vage Vorstellung zu haben, denn er sagte, auf ihn zeigend, mit schwerer Zunge zu Werner: »Soviel ich weiß, hat der . . . der mit der Post . . . zu tun.«

»Dann kann ich ihn ja fr . . . fragen«, antwortete Werner ebenso mühsam, »wieviel ich in Düssel . . . Düsseldorf anlegen muß.«

»Zw . . . zwecklos.«

»Warum?«

»Weil Düsseldorf eine . . . Großstadt ist . . ., und einen ganz anderen Ta . . . Tarif hat als Heidenohl.«

»Das stimmt.«

Draußen mußten sich die beiden trennen, da sie verschiedene Wege nach Hause hatten.

»Wo wohnt deine Sekr . . . Sekretärin?« fragte Werner.

»In der neuen Siedlung. Warum?«

»Schade, das ist mir zu . . . weit. Gruß an Hel . . . Helga. Weck sie . . . sie aber nicht.«

»Nein. Sie braucht . . . auch ihren . . . Schlaf.«

4

Frank hatte zwar zu Werner gesagt, daß er seinen ersten Brief an die ihm unbekannte Partnerin in Düsseldorf nicht eher schreiben werde, als bis feststünde, daß dies Sinn und Zweck habe; er war auch am nächsten Tag noch der absoluten Überzeugung, daß nichts anderes für ihn in Frage käme, aber dann dauerte es doch nicht mehr lange, bis sein Entschluß wankend zu werden begann. Mehr und mehr trat Frank dem Gedanken näher, einen Text mit dem Namen »Entwurf« zu verfassen. Die beste Gelegenheit dazu bot sich ihm zu Hause, wo er aufgrund der Abwesenheit Helgas völlig ungestört war. Dort war er also am übernächsten Tag so weit, daß er sich hinsetzte und folgendes zu Papier brachte:

Sehr verehrte gnädige Frau!

Als Freund der schönen Künste, denen ich als leidlich begabter Architekt mein halbes Herz bis zur linken Herzkammer verpfändet habe (die andere Hälfte gehört den prosaischen Dingen des Lebens: gutem Essen, mäßigem Trinken, Reisen, nicht zuletzt auch dem Beruf), hatte ich Gelegenheit, Ihren Roman zu lesen, den Sie dem Omega-Verlag eingesandt haben. Sie wissen das ja inzwischen schon von Herrn Ebert, dem zuständigen Redakteur des Verlages. Er ist mein Freund. Welche Rolle er mir zugedacht hat, ist Ihnen deshalb auch schon bekannt. Was halten Sie davon? Schreiben Sie mir das, ja?

Wenn Sie mich fragen, was *ich* davon halte, so muß ich sagen, daß mir nicht recht wohl ist in meiner Haut. Und warum das? Weil ich nun mal kein Schriftsteller bin. Im ersten Moment habe ich, als der Vorschlag von Herrn Ebert kam, glattweg abgelehnt. Ich fragte mich sogar, ob er noch ganz dicht sei – verzeihen Sie, daß ich das so offen sage. Kennt man diese Redewendung auch in Damenkreisen? Aber dann, im zweiten und dritten Moment ... nun, Sie sehen ja, daß er sein Ziel erreicht hat. Ich begann, der Sache den nötigen Reiz abzugewinnen.

Sind Sie geborene Düsseldorferin? Ich selbst bin geborener Hamburger und ging in Hamburg auch zur Schule (einschließlich Hochschule). Was ich beruflich mache, erwähnte ich schon. Heute lebe ich in Heidenohl und unterhalte da ein Architekturbüro ...

Franks Kugelschreiber erlahmte vorübergehend. Der Grund war der, daß Frank dachte, daß nun der Anlaß erwähnt werden müßte, der zur Übersiedlung von Hamburg nach Heidenohl geführt hatte. Er fragte sich aber: Ist denn das so wichtig?

Die Antwort, die er sich gab, lautete: nein. Er schrieb weiter:

Sie sind natürlich noch nie in Ihrem Leben in Heidenohl gewesen, gnädige Frau. Es ist ein kleines Städtchen, das seine Reize aus der engsten Nachbarschaft mit der großen Heide bezieht. Darauf läßt ja schon der Name schließen. Ich will aber gar nicht versuchen, Ihnen sozusagen die Zähne lang zu machen nach einem Ort, den es in Ihrer Vorstellung bis jetzt noch gar nicht gegeben haben kann. Das von einer Düsseldorferin zu erwarten, würde auch auf den gleichen Dachschaden hinweisen, den ich im ersten Moment meinem Freund zugeschrieben habe, als er mir den Briefwechsel mit Ihnen vorschlug.

Nun möchte ich meine ersten Zeilen an Sie schließen und der Hoffnung Ausdruck geben, daß es nicht die letzten sind (was von Ihnen abhängt) und wir uns gegenseitig – bitte bildlich – fruchtbar anregen.

Ihr ergebener Frank Petar

PS: Bei nochmaliger Durchsicht des Briefes stellte ich einen Fehler fest, und zwar studierte ich nicht nur in Hamburg, sondern drei Semester auch in einer anderen Stadt. Wissen Sie, wo? In *Düsseldorf.* Was sagen Sie jetzt?

Frank kam zu Werner in die Redaktion und legte ihm sein Werk auf den Schreibtisch.

»Was ist das?« fragte Werner.

Frank zeigte sich ein bißchen verlegen, als er erwiderte: »Mein Einstieg in die Literatur.«

»Dein erster Brief?«

»Ja«, nickte Frank.

»Ich denke, du wolltest warten, bis die den Anfang gemacht hat?«

»Ich hab's trotzdem schon mal probiert.«

Werner nahm den Bogen und las. Frank zündete sich eine Zigarette an und wartete auf das Urteil aus fachmännischem Mund. Es dauerte ihm viel zu lange. Endlich ließ Werner den Bogen sinken und blickte grinsend Frank an.

»Gar nicht so schlecht«, sagte er.

»Ja?«

»Ein Haus, das ich bauen müßte, würde sicher nicht so gut ausfallen.«

»Im Ernst?« freute sich Frank.

Werner schob ihm den Brief auf der Schreibtischplatte zu, und dann kam die kalte Dusche für Frank, denn Werner sagte: »Trotzdem hast du dich für den Papierkorb abgeplagt.«

»Wieso?«

»Deine Mühe war umsonst.«

Franks Freude hatte sich verflüchtigt. Er hatte das Gefühl, von Werner an der Nase herumgeführt zu werden.

»Du glaubst wohl, ich bin dein Hampelmann«, sagte er erbost.

»Keineswegs.«

»Gib den Brief her!« fauchte Frank, den Bogen an sich reißend.

»Hör mir doch erst zu, ehe du dich aufregst«, sagte Werner. »Dein Brief hat sich deshalb erledigt, weil vor einer knappen Stunde von Thekla einer kam.«

Frank saß starr.

»Was sagst du?«

»Die hat geschrieben.« Werner grub in dem Wust von Papieren vor sich, wurde fündig, schwenkte in jeder Hand einen Bogen. »Hier, sogar zwei Briefe – einer an mich, einer an dich. Der an dich ist der wichtigere, der an mich nur ein Begleitschreiben zu dem deinen. Sieh dir beide an ...«

Franks Überraschung war anscheinend immer noch so groß, daß er, ohne etwas zu sagen, zugriff, als ihm Werner die Briefe über den Schreibtisch herüberreichte, und zu lesen begann.

Das sogenannte Begleitschreiben war kurz und bündig und lautete:

Sehr geehrter Herr Ebert!

Sie hätten sich ruhig unverblümter ausdrücken können.

Ich habe selbst nicht geglaubt, mich mit meinem Text zwischen Maupassant und Stendhal – um nur zwei Große der Literatur zu nennen, die ich besonders liebe – ansiedeln zu können. Ich gebe Ihnen recht: Das, was ich zu bieten habe, sind meine Illustrationen, die aber auch noch verbesserungsfähig sind – glaube ich.

Ihr Vorschlag, mich mit Herrn Petar gewissermaßen zusammenspannen zu lassen, um einem besseren Text auf die Beine zu helfen, erscheint mir passabel. Ich nehme ihn deshalb gerne an und lege gleich meinen ersten Brief an den Herrn bei. Wir werden sehen, was sich daraus – qualitativ, meine ich – entwickelt.

Mit besten Grüßen

Ihre Thekla Bendow

Und im Brief an Frank hieß es:

Sehr geehrter Herr Petar!

Im Krieg schreiben Mädchen an ihnen unbekannte Soldaten. Das hat mir mein Vater wiederholt erzählt. Zu welchem Zweck, weiß ich nicht. Sein Gedanke kann ja wohl nicht gewesen sein, mich auf einen weiteren Krieg einzustimmen, und auf das, was ich dann zu tun hätte.

Wie komme ich auf Krieg? Hat mich eine Ahnung beschlichen, daß wir beide uns in die Haare geraten könnten? Herr Petar, das passiert nur, wenn Sie versuchen wollten, mir mitzuteilen, daß Sie ein Mann sind, bei dem die guten Seiten die schlechten überwiegen. Einen solchen Mann gibt es nämlich nicht. Verstehen Sie mich jedoch nicht falsch, ich bin nicht etwa eine Frau, die den Männern abgeneigt wäre. Ich mache mir nur keine Illusionen über sie.

Ich verlange aber auch von keinem Mann, daß er sich

über die Frauen (im allgemeinen) und über mich (im besonderen) Illusionen macht.

Mögen Sie Kinder? Ich finde sie gräßlich. Ich nehme an, daß Sie unverheiratet sind, sonst wäre die Wahl Ihres Freundes, mit mir zu korrespondieren, sicherlich nicht auf Sie gefallen. Oder doch? Dann müßte ich mich fragen, warum er keinen anderen gefunden hat. Mit dem Einfall, den Briefwechsel zwischen Ihnen und mir ins Leben zu rufen, verfolgt er doch einen bestimmten Zweck; dadurch soll, wie er selbst bekennt, etwas zwischen uns beiden »zum Prickeln kommen«. Ich glaube aber nicht, daß davon eine eventuell existierende Ehefrau begeistert wäre.

Sie leben in Heidenohl. Gefällt Ihnen das? Im allgemeinen ist es ja so, daß sich Kleinstädter nach dem Leben in der Großstadt sehnen – und umgekehrt. Ich selbst liebe die Abwechslung, einmal so, einmal so.

Kommen Sie bitte nicht auf die Idee, mich um ein Foto zu bitten. Vielleicht später einmal. Auch ich werde Sie vorläufig um keines angehen. Das sei immer das erste gewesen, hat mein Vater erzählt und sich lustig gemacht darüber. Sollten Sie aber aus meinem Widerstand den Schluß ziehen, daß ich mich vielleicht nicht vorzeigen könnte, lassen Sie mich Ihnen mit allem Selbstbewußtsein, über das ich verfüge, sagen, daß das ein Irrtum von Ihnen wäre. Ich war schon in Amerika und mußte (durfte) dort erleben, daß die Söhne des Landes darin wetteiferten, mir ihre anerkennendsten Pfiffe hinterherzusenden. Ich lüge nicht. In den Jahren vorher hatte ich immer gelesen, daß die Amerikaner jeden Schritt mit dem Auto fahren und es ablehnen, zu Fuß zu gehen. Die Mädchen nicht, die bewegen sich gern per pedes auf dem Bürgersteig. Warum wohl?

Herr Ebert weiß von mir, daß ich geschieden bin. Ob schuldig oder unschuldig, habe ich ihm nicht mitgeteilt. Sie sollen es wissen, Herr Petar – schuldig. Ich habe meinem Mann nicht das geringste ankreiden können, trotzdem hatte ich die Ehe mit ihm restlos satt und löste sie deshalb auf. Der Fehler, den ich machte, war der, daß ich das nicht schon viel früher vollzogen habe. So eine bin ich!

Mit besten Grüßen

Thekla Bendow

Frank hatte die Lektüre beendet, hob den Kopf, schaute Werner an.

»Die legt ganz schön los«, meinte er.

Werner grinste.

»Ich beneide dich.«

»Die kennt keine Hemmungen«, fuhr Frank fort.

»Ich sage dir ja, ich beneide dich.«

Frank wiegte den Kopf. Skepsis hatte ihn beschlichen, allerdings nur für einen kurzen Augenblick.

»Vielleicht besteht die Gefahr«, meinte er, »daß du mich eher bemitleiden solltest.«

»Angst?«

»Das wäre übertrieben.«

»Was dann?«

»Ich denke an Helga«, antwortete Frank. »Die darf unter keinen Umständen etwas erfahren«

»Darüber sind wir uns doch einig.«

»Ich wollte nur noch einmal daran erinnert haben.«

Nun begannen die beiden die Briefe eingehend zu analysieren, die in Düsseldorf aufgegeben worden waren. Das ging aus dem Poststempel hervor.

»Grundsätzlich«, meinte Werner, »können wir also davon ausgehen, daß Thekla Bendow ein tolles Weib ist.«

»Ein so tolles«, sagte Frank ironisch, »daß ihr Verflossener wahrscheinlich froh ist, daß er sie los ist.«

»Oder er weint ihr nach, das kann auch sein.«

»Heißt sie denn überhaupt Thekla Bendow?«

»Darüber haben wir uns schon einmal unterhalten . . .«

»Und sind zu keinem Schluß gekommen.«

»Das wird uns auch heute beschieden sein«, sagte Werner.

Frank nickte, überflog noch einmal den an ihn gerichteten Brief, zeigte auf eine bestimmte Stelle und sagte vorwurfsvoll: »Von den Männern hält sie gar nichts. Die sind für sie anscheinend ohne Ausnahme Charakterschweine.«

»Sei nicht albern«, grinste Werner.

»Ich werde ihr Bescheid stoßen.«

»Das wirst du nicht tun!«

»Warum nicht?«

»Merkst du denn nicht, wie die das meint?« entgegnete Werner. »Für die sind nur solche Charakterschweine in Anführungszeichen interessant. Andere Männer langweilen sie. Über die rümpft sie ihre hübsche Nase.«

»Hübsche Nase«, wiederholte Frank. »Woher willst du das schon wieder wissen?«

»Denkst du, die Amerikaner pfeifen hinter einer häßlichen her?«

»Die Pfiffe von denen gelten den Beinen der Mädchen, nicht den Nasen.«

»Und den Ärschen«, konnte sich Werner nicht diesen Hinweis verkneifen.

Mit solchen Äußerungen verfolgte er die Taktik, dem Schwung Franks für seine Aufgabe, der etwas erlahmt schien, wieder Auftrieb zu geben. Der Erfolg blieb nicht aus.

»Wenn man dir so zuhört«, sagte Frank, »könnte einem das Wasser im Mund zusammenlaufen.«

»Das tut es mir schon lange.«

»Bei dir ist das aber nicht, wie bei mir, mit Problemen verbunden, du bist frei.«

»Frank«, seufzte Werner, »fang mir nicht schon wieder damit an, daß du verheiratet bist.«

»Das kann man nicht so leicht abschütteln, Werner.«

Eine kleine Gesprächspause trat ein, in der Werner seinen Freund schweigend anblickte, ehe er ihn fragte: »Weißt du, worüber ich erstaunt bin?«

»Worüber?«

»Daß der Ehekrüppel in dir so tief sitzt.«

Das war zur Abwechslung ein psychologischer Peitschenhieb. Werners Taktik bestand eben aus jenem berühmten Gemisch aus Zuckerbrot und Peitsche.

»Auch dich wird's noch erwischen«, blickte Frank in die Zukunft.

»Aber erst werde ich mir noch Thekla Bendow zur Brust nehmen.«

»Wen?« stieß Frank hervor.

»Thekla Bendow.«

»Wieso *du*?«

»Weil *du* sie dir nicht zur Brust nehmen willst«, sagte Werner grinsend. »Deshalb stellt sich mir diese Aufgabe. Ich sehe das so kommen, letzten Endes jedenfalls, wenn deine Briefe ausgedient haben werden. Verstehst du, was ich meine?«

Frank schwieg. Er blickte Werner nur stumm an. Was er sich dachte, war seiner Miene nicht zu entnehmen. Noch am gleichen Tag schrieb er an Thekla Bendow. Er koppelte seinen Brief ganz bewußt völlig vom ersten Entwurf ab, so daß es keine Ähnlichkeit mehr gab. Der Brief lautete:

Sehr verehrte gnädige Frau!

Ihr reizender Brief hat mich erreicht. Möge er der Beginn einer Kette sein, die so bald nicht abreißt und uns beiden Freude bereitet. Ihren Zeilen, die ich in Empfang nehmen darf, wird das sicher leichter gelingen als den meinen, die ich Ihnen schreibe.

Sie haben also damit angefangen, mich einem unbekannten Soldaten gleichzusetzen, dem im Krieg von einem ihm unbekannten Mädchen geschrieben wird. Sie beriefen sich dabei auf die Erzählung Ihres Vaters. Daraus konnte ich schließen, daß Ihr Vater den Krieg überlebt hat. Viele haben das nicht und waren so daran gehindert, eine Tochter in die Welt zu setzen, die voller Rätsel ist.

Sie mögen keine Kinder, schreiben Sie. Das ist für mich eines dieser Rätsel. Angeblich lieben viele Frauen Kinder nicht – aber welche Frau gibt das ohne weiteres zu? Das bringt sie doch in Mißkredit? Das widerspricht ihrer Natur? So heißt es doch?

Ich weiß nicht, ob das stimmt. Ich bin keine Frau. Würden Sie sich dazu noch näher äußern? (Falls Sie Lust dazu haben.)

Das zweite Rätsel, das Sie mir aufgaben, ist, daß Männer, deren gute Eigenschaften die schlechten überwiegen, für sie Fabelwesen sind. Darf ich Ihnen nur ein paar Namen entgegenhalten: Abel (Kains Bruder); Kaspar Hauser; Dr. Guilletin (Wegbereiter einer schmerzlosen Hinrichtungsart); Albert Schweitzer. Die müßten Ihnen doch auch zu denken geben. Man könnte noch viele, viele anführen, die ganzen Heiligen der zahlreichen Religionsgemeinschaften z.B.

Lassen Sie mich aber gleich sagen, daß ich nicht daran denke, mich selbst auch in eine dieser Reihen eingliedern zu wollen. Ein solcher Verdacht könnte Ihnen ja gekommen sein. O nein, ich bin einer mit vielen Fehlern und kaum einer Tugend! Und das stimmt wirklich, es hat nichts damit zu tun, daß mir Werner Ebert (Sie wissen, wer er ist) geraten hat, mich Ihnen gegenüber möglichst schlecht zu machen. Er ist zwar mein Freund, aber, wie Sie sehen, ein Schurke. Gerade deshalb verstehe ich nicht, daß er bei Frauen so großen Erfolg hat. Den hat er nämlich. Ich nicht. Mich lassen fast alle links liegen. Warum? Ich weiß es nicht. Frauen machen sich nichts aus Äußerlichkeiten, heißt es immer. Wenn das wirklich so wäre, müßte ich mich nicht mehr retten können vor ihnen. Leider ist aber das, wie gesagt, nicht der Fall. Vielleicht können Sie sich jetzt den Grund denken.

Sie können das sogar sicher, denn aus Ihrem Brief geht hervor, daß Sie sehr intelligent sind – und humanistisch gebildet. Ich entnehme das dem Satz in Ihrem Brief, daß sich die amerikanischen Mädchen gern *per pedes* auf dem Bürgersteig bewegen. Auf deutsch heißt das *zu Fuß*. Warum haben Sie das nicht so geschrieben? Zeigen Sie den Leuten gern Ihre Bildung vor?

In Amerika war ich noch nicht, aber in Heidelberg. Insofern erzielte ich also Deckungsgleichheit mit einem amerikanischen Urinteresse.

Sie müssen ganz toll aussehen, gnädige Frau. Die Boys aus den USA – Ihre Kronzeugen, die Sie anführen – haben Ihnen das bestätigt. Als ich das in Ihrem Brief las, wurde ich grün vor Neid. Warum ist es uns armen, degenerierten Europäern verwehrt, einer Dame unsere Bewunderung auch in einer solchen Form zu erkennen zu geben?

Nun zum Schluß, gnädige Frau: Sie sind geschieden; schuldig. Na und? Heutzutage denkt man doch darüber ganz anders als zu Großmutters Zeiten. Es wäre gar nicht nötig gewesen, diese Beichte in Ihrem Brief abzulegen. Nachdem Ihre Ehe ein Fehlschlag war, ist Ihnen zuzustimmen, wenn Sie sagen, daß es ein Versäumnis von Ihnen war, die Auflösung nicht schon viel früher vollzogen zu haben.

Mit allerbesten Grüßen

Frank Petar

PS: Bei nochmaligem Durchlesen des Briefes stellte ich fest, daß er unmöglich ist. Er hat kein Niveau und keinen Stil, es geht durcheinander wie Kraut und Rüben, es fehlt jegliches System. Außerdem ist er viel zu lang.

Tut mir leid, gnädige Frau, ich bin Architekt und kein Schriftsteller. Was machen Sie eigentlich beruflich?

5

Werner Ebert blickte zufällig aus dem Fenster seiner Redaktion hinunter auf die Straße und entdeckte, daß sich Besuch für ihn ankündigte. Seine Freundin Clara war auf dem Bürgersteig im Anmarsch. Clara besaß natürlich auch noch einen Familiennamen: v. Berg.

Da es mitten am Tag war, konnte es nicht anders sein, als daß sie ihr Geschäft im Stich gelassen hatte.

Clara v. Berg war eine hübsche junge Dame, die sich sehr geschmackvoll zu kleiden wußte. Von der Besitzerin einer Boutique durfte man das auch erwarten.

Als Clara nach kurzem, energischem Klopfen bei Werner eintrat, war er gerade dabei, die Fensterscheibe als Spiegel zu benutzen und festzustellen, daß er übernächtig aussah.

»Guten Tag«, sagte Clara und lächelte flüchtig. »Störe ich?«

»Aber nein. Du – nie!«

Mit zwei, drei langen Schritten trat er auf sie zu und schob ihr einen Stuhl zurecht.

»Danke«, sagte sie, sich setzend.

Die Schreibtischplatte war überladen mit Zeitschriften, Korrekturfahnen, Manuskripten, sonstigen Papieren. Auf allen Redaktionsschreibtischen der Welt sieht's ähnlich aus. Werner setzte sich auf die Kante der Platte. Was dabei an Papierkram unter seinem Hintern zu liegen kam, schien ihm egal zu sein. Die Bügelfalte seiner Hose pendelte vor Claras Augen.

»Vertritt dich jemand?« fragte er.

»Im Geschäft?«

»Ja.«

»Nein, ich habe eine halbe Stunde zugesperrt. Ein Zettel hängt an der Tür. Hast du eine Zigarette?«

»Bitte.«

Clara bediente sich aus Werners Packung, die er ihr präsentierte, ließ sich von ihm auch Feuer geben und paffte ein paar Wölkchen in die Luft, wobei zu sehen war, daß es ihr dazu an jeder Routine fehlte. Sie war keine Gewohnheitsraucherin. Werner wußte das, sagte aber nichts.

Dann lehnte sich Clara zurück und schlug die Beine übereinander. Dies tat sie durchaus mit Routine. Wie von selbst fing auch ihr Bein, das obenauf lag, an zu pendeln. Verführerisch schimmerte der Nylonstrumpf.

Ihre Unterschenkel sind etwas zu kurz, dachte Werner, die Proportion mit den Oberschenkeln stimmt nicht. Das war eine neue Erkenntnis. Trotzdem verspürte er ein kleines Rieseln in den Schläfen.

»Du siehst nicht gut aus«, sagte Clara.

»Darin unterscheide ich mich von dir«, erklärte Werner. Clara lächelte kaum.

»Ich meine, du siehst müde aus«, sagte sie.

Er zuckte die Achseln.

»Weißt du, die Arbeit . . .«

»Läßt sie dir keine Zeit mehr, deine Versprechen einzulösen?«

»Welche Versprechen?«

»Du wolltest vorgestern abend zu mir kommen.«

»Nein, Clara«, widersprach er, »ich hatte dir angekündigt, daß ich verhindert sein könnte.«

»Richtig«, nickte sie. »Aber dann wolltest du mich anrufen, damit ich nicht umsonst warten würde. Das ist nicht geschehen.«

Schuldbewußt gab er zu: »Das habe ich vergessen, verzeih mir.«

»Und was war gestern?«

Claras nervöses, unbeholfenes Rauchen störte ihn. Sie sollte das lassen, wenn sie's nicht kann und auch gar nicht abhängig ist davon, dachte er. Streifte aber sein Blick ihren Busen, an dem es nichts auszusetzen gab, stimmte ihn das weniger kritisch.

»Gestern«, sagte er, »hat mich mein Verleger den ganzen Tag mit Beschlag belegt. Er war in Urlaub und wollte wieder in alles, was sich getan hatte, eingeweiht werden. Abends gingen wir dann zusammen essen.«

»Das hättest du mir am Telefon alles sagen können.«

»Weißt du was?« zog er sich aus der Affäre. »Zur Strafe für mich gebe ich dir heute Gelegenheit, mit mir zu machen, was du willst. Wann soll ich dich abholen?«

Clara sprang auf, strahlte plötzlich.

»Gleich!«

Dagegen erhob Werner Einspruch.

»Nach Feierabend, dachte ich.«

Clara hatte ihn aber schon am Arm gepackt und zog ihn, ungeachtet seines spürbaren Widerstandes, den er ihr dabei entgegensetzte, von der Schreibtischkante herunter.

»Sei vernünftig«, versuchte er sie zu bremsen. »Was ist mit deinem Geschäft?«

»Das bleibt geschlossen.«

»Und meine Arbeit« – er zeigte auf den Wust von Papier auf der Schreibtischplatte – »wer macht die?«

»Die holst du nach.«

»Ausgeschlossen! Du hast keine Ahnung, was –«

»Paß auf!« unterbrach sie ihn.

»Clara, ich ...« Er verstummte. Clara hatte sich schon an ihn gedrängt und ihm an die Hose gegriffen. Das machte ihn erst mal stumm. Nicht gar zu fest, aber auch nicht gar zu sanft – genau richtig – streichelte sie ihn an seiner empfindlichsten Stellen, die bei ihm das sicherste Grab der besten Vorsätze war, beruflichen Pflichten nachzugehen. Ganz rasch und mächtig beulte sich die Hose aus. Sein Atem wurde schwer.

Wenige Meter weiter, im Vorzimmer, klopfte die siebenundfünfzigjährige Sekretärin Werners auf ihrer Schreibmaschine herum. Das hatte zur Folge, daß Werner, als er zu stöhnen begann, sich dies nur in unterdrückter Form erlauben durfte. Das Schreibmaschinengeklapper konnte jeden Augenblick aufhören, und dann mußte man damit rechnen, daß die Sekretärin erschien, mit irgendeiner Frage auf den Lippen. Stehend drehte sich deshalb Werner halb um die eigene Achse, um der Tür zum Vorzimmer wenigstens den Rücken zuzuwenden, falls diese aufgehen sollte. Er tat dies langsam, damit der Kontakt, den Claras unentwegt streichelnde Hand mit seiner Hose hergestellt hatte, keinen Augenblick abriß. Gesprochen wurde zuerst nichts, aber dann ächzte Werner: »Was machst du?«

Meistens sind es die Frauen, die in solchen Situationen den Männern diese überflüssigste aller Fragen stellen.

Leise wie er entgegnete Clara: »Soll ich nicht?«

Er schloß die Augen, ihre Hand zog seinen Reißverschluß nach unten, glitt suchend in den offenen Hosenschlitz hinein. Der Atem stockte ihm, ging wieder, als er Claras Finger ihr nacktes, pralles, zuckendes Ziel erreichen fühlte.

»Ich soll also«, sagte sie.

»Ja«, ächzte er.

»Alles?«

»Ja, ich bitte dich.«

Clara begann ihm seinen Wunsch zu erfüllen, nachdem er selbst den dazu nötigen Freiraum geschaffen hatte, indem er den Schlitz, soweit es ging, auseinanderzog und an beiden Seiten festhielt. Ihre eigene Erregung mußte Clara zurückstellen. Das fiel ihr nicht leicht, aber sie wußte ja, daß sie schon auch noch auf ihre Kosten kommen würde.

Vorläufig mußte es ihr genügen, Werners Reaktionen zu beobachten. Auch das war ein Genuß.

Ein erstes Zittern ging durch seine Knie.

»Schön?« fragte Clara.

»Oooh.«

»Sehr schön?«

»Ooooooh.«

»Himmlisch?« fragte Clara, ihrer Hand keine Ruhepause gönnend, denn sie wußte, daß das ein Fehler gewesen wäre.

Noch längergezogen stöhnte Werner. Plötzlich aber riß alles ab. Claras Hand erstarrte, zuckte aus Werners Hosenschlitz heraus. Das Schreibmaschinengeklapper im Vorzimmer hatte aufgehört. Sowohl Werner als auch Clara hielten den Atem an. Beide starrten zur Tür. Würde sie sich öffnen?

Stille.

Werners Reißverschluß war noch offen. Clara – oder Werner selbst – hatte vergessen, ihn zu schließen. Erst nach Sekunden holte Werner das Versäumte nach.

Immer noch Stille.

Und dann war zu hören, daß Frau Lehner wieder zu tippen begann. Die Spannung wich aus den Gesichtern der Lauschenden. Clara neigte aber nun nicht mehr dazu, ihr Tun wieder aufzunehmen. Gewissermaßen war jetzt dieser Fall für sie erledigt. Sie betrachtete die Stimmung als gestört. Werner würde, dachte sie, genauso empfinden wie sie. Das erwies sich aber als Irrtum.

»Bitte«, sagte Werner leise.

»Was?«

»Bitte!«

»Was denn?«

Mit einer Hand zog er selbst den Reißverschluß nach unten, mit der anderen ergriff er Claras Rechte und schob sie sich in den geöffneten Schlitz. Dadurch zeigte sich, daß er wieder einmal von einer Minute auf die andere vergessen hatte, daß Clara Linkshänderin war. Das hätte er sich nun weiß Gott schon einprägen können, dachte sie. Nachdem sie seinen Fehler korrigiert hatte, setzte sie ohne ihre ursprüngliche Begeisterung ihr unterbrochenes Werk fort, mit einem Ohr bei den Schreibmaschinengeräuschen im Vorzimmer, mit dem anderen bei den unterdrückten Lauten der Lust aus Werners Mund. Letztere gewannen dann in ihrer Wirkung auf Clara rasch wieder die Oberhand, so daß sich bei ihr auch abermals das uneingeschränkte Interesse und die Freude an dem, was sie tat, einstellte.

»Gut?«

»Oooh.«

»Versprichst du, nie mehr eine Verabredung mit mir zu vergessen?«

»Jaaaa, das verspreche ich.«

»Schwörst du es?«

»Jaaaaaa!«

»Psst, nicht so laut.«

Der Höhepunkt nahte, das Ende aller Wonne leider auch.

»Langsamer«, bat er.

Clara erfüllte ihm auch noch diesen Wunsch, obwohl sie nicht vergaß, daß ihnen Frau Lehner gewissermaßen im Nacken saß. Clara bewies damit beträchtliche Nervenstärke.

Werner drohten die zitternden Knie einzuknicken. Auf dieses Zeichen hatte Clara gewartet, sie kannte es.

»Zufrieden?« fragte sie ein letztesmal.

Werners Antwort bestand nur noch in Stöhnen, Stöhnen. Er nahm nichts anderes mehr wahr als das unbeschreibliche Ausmaß seiner immer noch anwachsenden Lust.

»Dein Taschentuch, bitte«, sagte Clara.

Aber darauf reagierte er nicht mehr. Was blieb Clara deshalb anderes übrig, als mit ihrer Linken ihr Werk zu vollenden und ihre Rechte Werner rechtzeitig auf den

Mund zu pressen, als sein Aufbäumen ankündigte, daß ihm jegliche Kontrolle über sich verlorengegangen war. Ein unterdrücktes, langes, von Claras Handfläche gedämpftes Heulen begleitete den Orgasmus, der stattfand und im selben Moment endete, in dem Frau Lehner einen fertiggeschriebenen Brief aus ihrer Maschine drehte, um ihn ihrem Chef zur Unterschrift zu bringen.

Blitzschnell reagierte Clara wieder, langsamer wich Werner der Nebel von den Augen. Claras Schuh beseitigte auf dem Boden die Spuren dessen, was geschehen war. Werner handhabte seinen Reißverschluß erst, als ihn Claras gezischte Aufforderung daran erinnerte.

»Herr Doktor«, sagte Frau Lehner, über die Schwelle tretend, »welche Adresse hat diese Thekla Bendow? Das müssen Sie mir noch sagen.«

Noch halb im Gedanken an das Paradies, in das er geblickt hatte, antwortete er: »Düsseldorf, postlagernd.«

»Und wie schreibt man ›in absentia‹? Groß oder klein?«

»Klein.«

»Mit Te oder mit Zet?«

»Mit Te.«

»Dann hab' ich's falsch geschrieben und muß es noch einmal ändern.«

Nachdem Frau Lehner mit ihrem Brief wieder verschwunden war, sagte Werner zu Clara: »Warum fragt sie mich das nicht vorher?«

»Sei froh drum«, antwortete Clara. »Sonst wäre sie nämlich schon früher reingekommen.«

»Stimmt«, mußte er zugeben, wobei er grinste.

»Komm«, sagte sie.

Sein Blick wechselte von ihr zum Schreibtisch. Der Sinn nach Arbeit war wieder in ihm erwacht.

»Wohin?« fragte er.

»Zu mir.«

»Jetzt?«

»Was denn sonst, mein Lieber?«

»Warum?«

»*Warum*?« wiederholte sie, ihm das Messer auf die Brust setzend. »*Da*rum!«

Noch hoffte er, sie umstimmen zu können.

»Clara«, meinte er, »ich lüge wirklich nicht, wenn ich dir sage, daß mir die Arbeit über den Kopf wächst.«

Claras Rede konnte sein wie ein Messer, auch wenn – und gerade wenn – ihre Worte von einem Lächeln begleitet waren.

»Davon habe ich in der letzten Viertelstunde nichts gemerkt«, erklärte sie.

»Clara!« stieß er nur hervor; mehr nicht.

»Ja?«

Er blickte sie an, sie ihn. Es war ein stummes Duell. Am Ausgang war nicht zu zweifeln. Nicht sie war ihm noch etwas schuldig, sondern er ihr.

»Na gut«, seufzte er schließlich, »meinetwegen. Laß uns aber wenigstens noch warten, bis die den Brief ausgebessert hat.«

Clara lächelte; nun aber wieder lieb.

»Einverstanden, Süßer.«

Frau Lehner hätte dann von ihrem Chef gern auch gewußt, ob sie ihn heute noch einmal wiedersehen würde, als er sich anschickte, zusammen mit Clara das Büro zu verlassen. Sie fragte ihn das.

»Sicher«, antwortete er, obwohl er daran nicht glaubte. Auf der Straße hängte sich Clara bei ihm ein, kuschelte sich an ihn.

»Süßer«, sagte sie, »wir gehen ins Bett, das ist dir doch klar?«

Diesem Gedanken rasch wieder Freude abgewinnend – das Büro lag hinter ihm; es war vergessen –, nickte er: »Prima!«

»In deines oder in meines?«

»In deines, sagtest du doch.«

Ihres lag auch einen halben Kilometer näher als seines.

»Ich muß dich aber darauf aufmerksam machen«, teilte sie ihm lachend mit, »daß meine Kissen noch naß sind.«

»Naß? Von was?«

»Von den Tränen, die ich in den vergangenen zwei Nächten in sie hineingeweint habe.«

»Komm«, sagte er, seinen Schritt beschleunigend, »laß sie uns trocknen.«

Sie widersprach: »Im Gegenteil, sie sollen noch nässer werden.«

»Wie das? Von deinen Tränen?«

»Das möchte dir so passen.« Sie puffte ihn in die Seite. »Nein, von deinem Schweiß, den ich dir abverlangen werde.«

Claras Wohnung war nichts Besonderes – zweieinhalb Räume in einem Altbau. Hervor stach aber die Einrichtung: die Möbel, die Teppiche, die Bilder. Vieles antik; es lieferte den Hinweis auf Claras Herkunft aus einem adeligen Haus, von dem sie sich vor einigen Jahren plötzlich abgenabelt hatte. Sie hatte auf eigenen Beinen stehen wollen, beweisen, daß sie das fertigbrachte. Sie war verlobt gewesen, fast ein Jahr lang schon, mit einem reichen, jungen Baron, der ernsthaft auf Eheschließung gedrängt hatte. Auch ihn hatte sie sausen lassen. Was sie zurückbehielt vom Kontakt mit ihm, war Freude am Sex. Diesbezüglich hatte sie der liebestolle junge Baron bis an die Grenze zum Perversen auf den Geschmack gebracht. Clara hatte von einer Großtante sogar einen echten Spitzweg geerbt. Das Bild hing im Wohnzimmer über der Couch. Werner war ein besonderer Verehrer des kleinen gelernten Apothekers zu München, der ein großer Maler war. Werner hätte sich auch heute gerne wieder einige Zeit vor das Bild gestellt, um es zu bewundern. Clara erlaubte ihm das aber nicht. »Jetzt gibt's Besseres zu tun«, sagte sie und schob ihn in ihr kleines Schlafzimmer. »Los, wir wollen sehen, wer wen am schnellsten auszieht.«

Die Kissen waren natürlich nicht naßgeweint, aber noch

zerwühlt. Clara machte ihr Bett nur in unregelmäßigen Abständen. Wenn es sich nicht vermeiden ließ, daß darüber gesprochen wurde, sagte sie, daß in ihrem Elternhaus versäumt worden sei, ihr das besser beizubringen. Für Werner war aber Claras ungemachtes Bett nichts Neues mehr, deshalb konnte also auch heute wieder sozusagen darüber hinweggegangen werden.

Das »Rennen«, zu dem Clara den Startschuß gegeben hatte, gewann sie selbst. Als Werner noch an ihrem BH herumfummelte und ihr dann endlich auch noch das Höschen an den Beinen herunterstreifte, war es ihr schon gelungen, ihn alles Wichtigen zu entblößen. Nur die Socken trug er noch.

»Die ziehst du dir selbst aus«, sagte sie und schlüpfte unter die Decke.

»Mach' ich«, grinste er.

»Beeil dich.«

Es konnte ihr gar nicht schnell genug gehen. Sie verzehrte seine Nacktheit mit ihren Blicken. Als er aber bei ihr lag, wurde ihre Geduld noch minutenlang hart auf die Probe gestellt. Minuten können in solchen Situationen für Frauen wie Ewigkeiten sein.

Claras heißer Griff unter der Decke ging sofort wieder dorthin, wo er Werners totale Pflichtvergessenheit in der Redaktion hervorgerufen hatte.

»Oje«, sagte sie.

»Nur keine Angst«, antwortete er.

»Hoffentlich.«

»Ich bin allerdings keine zwanzig mehr –«

»Das fühle ich.«

»– aber auch noch keine siebzig.«

»Wie alt bist du denn?«

»Das weißt du längst – vierunddreißig.«

»Den nackten Tatsachen nach zu schließen, die ich in der Hand habe, reicht das bei weitem nicht mehr«, sagte Clara frivol.

»Kleine Erholungspause gönnst du ihm keine?«

»Nein.« Clara unterstrich das, was sie sagte, dadurch, daß ihre Hand, mit der sie sich an ihm zu schaffen machte, keinen Augenblick stillhielt. »Oder ist dir das, was ich anstelle, zuwider?«

Werner schwieg ein Weilchen, schloß die Augen, genoß Claras enorme manuelle Geschicklichkeit und ächzte: »Nein.«

Das Ächzen ließ Clara wieder Hoffnung schöpfen, auch wenn ihre sensiblen Finger noch keinerlei greifbares Anzeichen des Erfolges, den sie anstrebten, verspürten.

Clara war aber noch nicht an der Grenze ihrer Leistungsfähigkeit angelangt.

»Vielleicht genügt dir die Hand nicht?« fragte sie ihn.

»Doch.«

»Ich meine, dazu, daß es schneller geht.«

»Bitte«, sagte er, im Liegen achselzuckend, »wenn dir die Zeit gar so sehr auf den Nägeln brennt . . .«

Claras frivoles Mundwerk feierte wieder Urständ.

»Auf den Nägeln nicht, Süßer.«

Das war aber dann für einige Zeit das letzte Wort, das sie sprechen konnte, denn Zunge und Lippen waren blockiert dadurch, daß Clara die Ablösung ihrer Hand durch ihren Mund vornahm. Ihr Ziel war Werners Erektion, beileibe nicht schon wieder sein Orgasmus. Letzteren wollte sie ja jetzt verknüpfen mit ihrem eigenen. Und sehr bald konnte sie sagen: »So, nun komm und mach mich –«

»Nicht aufhören!« flehte er.

»Doch, doch, jetzt bist du an der Reihe, mich glücklich zu machen. Lange genug warte ich nun schon darauf. Außerdem fällt ja dabei das gleiche noch einmal auch für dich ab.«

Während sie dies sagte, brachte sie sich in die entsprechende Position, legte sich auf den Rücken, zog ihn auf sich und öffnete weit ihre Schenkel.

Und nun war er es, der seine ganze Routine ausspielte.

Pulvertrocken blieb er dabei. Ein Mann wie er lief keine Gefahr, im Bett in Schweiß zu geraten. Er bot ihr alle Variationen, die sie liebte. Er wechselte Rhythmus und Tempo, Stärke und Sanftheit, Tiefe und nur Andeutung. Mit letzterer schreckte er sie, so daß sie rief: »Nicht! Wir verlieren uns! Fester, fester, tiefer!«

»So?« fragte er, ihrem Wunsch nachkommend.

»Ja, so!«

»Oder so?« Er schob seine Arme unter ihre Kniekehlen, hob ihre Beine an und legte sie sich auf die Schultern. Dabei unterbrach er jene Tätigkeit, auf die es hauptsächlich ankam, keinen Augenblick. Dies tat er auch nicht, als sie einen Laut von sich gab, den er für einen Schmerzenslaut hielt, und er sie fragte: »Tu ich dir weh?«

Das Stakkato seiner Bewegungen äußerte sich in ihrer Antwort.

»Im ... Ge ... gen ... teil.«

»Ich warte«, sagte er.

»Auf ... was?«

»Auf deine Bitte um Verzeihung.«

»Ich ... bit ... te ... um ... Ver ... zei ... hung.«

»Noch mal.«

»Ich ... bit ... te ... um ... Ver ...« Sie brach ab, stöhnte nur noch, ihr Orgasmus kam. Hier, in ihrer Wohnung, mußte sie sich – oder er ihr – keinen Zwang antun. Ohne Werners Hand auf ihrem Mund heulte sie: »Ja ... jaa ... jaaa ... jaaaa ... jaaaaa ... jaaa ... jaaa ... jaa ... ja.«

»Neunmal«, sagte Werner anerkennend. »Ein neuer Rekord:«

Er entfernte sich aus ihr, ließ ihre Beine von seinen Schultern gleiten, kniete da und blickte auf sie hinunter. Sie sah sein sieghaftes Grinsen nicht, ihre Augen waren geschlossen. Still lag sie da, regungslos, vollkommen erschlafft. Fast hätte man sie für tot halten können, wenn nicht zu sehen gewesen wäre, daß sie noch atmete. Werner rutschte auf den Knien ein bißchen zurück, bis er über ihr rechtes Bein hinwegsteigen konnte. Dann kletterte er aus dem Bett und holte sich aus seiner Hose eine Zigarette. »Du auch?« fragte er Clara.

Die Zigarette im Mund, stand er zwischen Tür und Bett und hatte die Hose noch in der Hand. Clara öffnete die Augen und sah ihn stehen, nackt, in seiner ganzen männlichen Pracht, von der er noch gar nichts eingebüßt hatte, da er ja auf einen eigenen Orgasmus Verzicht geübt hatte, übrigens ganz bewußt.

Langsam kehrte Leben in Claras Gestalt zurück. Sich zur Seite drehend, damit sie ihn bequemer sehen konnte, sagte sie: »Du hattest dein Vergnügen nicht.«

»Woher willst du das wissen?« fragte er. »Du warst doch gar nicht mehr in der Lage, das wahrzunehmen.«

»Sieh dich an«, erwiderte sie, »dann weißt du, woher ich das weiß.«

Er sah an sich hinunter, lachte und sagte: »Dieser Verräter!«

»Was war der Grund?« fragte sie. »Machte es dir keinen Spaß mehr?«

»Doch, doch.«

»Warum dann?«

»Zigarette?« fragte er sie noch einmal, und als sie verneinte, zündete er sich die eigene an, setzte sich auf die Bettkante und fuhr fort: »Weil du dir heute einen Lohn verdient hast, der an keine Grenze stößt. Verstehst du mich?«

»Nein.«

»Heute mache ich dich satt.«

Sie sah ihn an.

»Ohne dich selbst zu sättigen?« fragte sie.

»Ohne mich selbst so lange nicht zu sättigen, bis du mir erklärst, genug zu haben, und mich bittest, aufzuhören.«

»Süßer!« rief sie, die Arme nach ihm ausstreckend. »Ich blicke ins Land der Verheißung!«

Um von ihr nicht gleich wieder unter die Decke gezogen zu werden, sagte er: »Laß mich erst fertigrauchen, bitte.«

»Natürlich«, meinte sie vergnügt und fragte ihn: »Womit habe ich dich denn mir gegenüber so sehr verpflichtet?«

»Mich begeistern mutige Mädchen.«

»War ich das?«

»Ja.«

»Wann und wo?«

»Heute in der Redaktion.«

»Ach, das meinst du«, sagte sie, lachte, blickte ihn an. »Und du denkst, daß das mutig war von mir?«

»Etwa nicht?«

»Nein, das war spannend. Das reizte mich, anfänglich jedenfalls. Deshalb hatte ich die Idee.«

»Aber es konnte doch jeden Augenblick die alte Lehner reinkommen?«

»Eben!« lachte sie noch stärker. »Das war ja der Kitzel für mich!«

Daran hatte Werner ein bißchen zu kauen. Nach zwei tieferen Zügen an seiner Zigarette fragte er: »Und was hättest du gemacht, wenn die uns wirklich überrascht hätte?«

»Dieselbe Frage kann ich wohl auch dir stellen, Süßer.« Werners Antwort kam nicht sofort. Seine Freundin anblikkend, schüttelte er den Kopf, wobei er dann sagte: »Du bist pervers, Clara!«

»Hat's dir gefallen oder nicht?«

»Du bist pervers, sage ich!«

»Ob's dir gefallen hat oder nicht?«

»Das spielt nicht die entscheidende Rolle!«

»Ja oder nein?«

»Ja!«

»Na also!«

Clara sprang behende aus dem Bett, nahm Werner die brennende, erst halb gerauchte Zigarette aus der Hand, lief in die kleine Küche, warf den Glimmstengel kurzerhand in die Spüle, kam zurück, schlüpfte wieder unter die Decke, lupfte sie einladend und sagte: »Komm endlich, verdammt noch mal!«

Werner leistete ihrer Aufforderung Folge, seufzte aber dabei: »Und so was ist adelig.«

»Du kannst mich nicht beleidigen«, raunte sie ihm heiß ins Ohr. »Weißt du, wie ich das sehe?«

»Wie?«

»Daß du mir zwar den Pelz wäschst, mich aber nicht naßmachen kannst.«

»Klar«, erwiderte er. »Wie denn auch? Im Moment ist doch nicht einmal ein Hemdchen vorhanden, geschweige denn ein Pelz.«

»Irrtum.«

»Wieso?«

»Ein Pelz ist durchaus da«, raunte sie ihm noch heißer ins Ohr. »Zwar ein kleiner, aber ein sehr dichter.« Dabei ergriff sie seine Hand und führte sie bei sich dorthin, wo sich die Sehnsucht nach seinen Fingern regte.

Obwohl ihm das gefiel, meinte er: »Trotzdem muß ich dir sagen, daß die Anwendung von Sprichwörtern nicht deine Stärke zu sein scheint.«

»Nein?«

»›Wasch mir den Pelz, aber mach mich nicht naß‹ sagt man, wenn –«

»Aber die Pelz-Verbindung herzustellen«, unterbrach Clara, »ist mir doch gelungen, Süßer?«

»Schon, nur –«

»Dann laß sie nicht wieder abreißen, bitte.«

»Nein, aber –«

»Bitte!«

Hier war nicht Germanistik gefragt. Nichts dergleichen. Dies einsehend, praktizierte Werner von nun an einen halben Tag lang nichts anderes mehr als Liebe. Möglich war ihm das nur, weil er sich an das Konzept hielt, das er Clara angekündigt hatte. Erst als Clara das Gefühl hatte, nicht mehr Wollust zu empfinden, sondern aus dem Leim zu gehen, und sie ihm das sagte, setzte er auch für sich selbst den vollen Schlußpunkt, der ihn für alle vorausgegangene Entsagung entschädigte. Er wußte, daß sie die Pille nahm, deshalb konnte er es sich gestatten, ganz und gar auf seine Kosten zu kommen.

Danach brauchten sie beide Ruhe, um sich zu erholen. Sie blieben noch im Bett liegen. Werner holte sich wieder eine Zigarette.

»Was ist mit dir?« fragte er Clara. »Du auch?« Sie lehnte abermals ab.

»Ist auch besser«, nickte er. »Rauchen steht dir nicht.«

»So?«

»Das hat man heute in der Redaktion wieder gesehen.«

»Ich rauche nur, wenn ich nervös oder wütend bin.«

»Soso.«

»Und da war ich es!«

»Was warst du?« grinste er. »Nervös oder wütend?«

»Beides.«

»Aber nicht lange.«

»Wenn du mich noch einmal versetzt, werde ich es sehr lange sein.«

Sie drehte sich auf den Bauch, stützte die Ellenbogen auf die Kissen, legte das Kinn in die Handflächen und blickte ihn an.

»Du sagst nichts, Werner?«

»Was soll ich sagen?«

»Daß du mich nicht mehr versetzen wirst.«

»Das habe ich dir doch schon versprochen.«

»Du weißt das noch?«

»Natürlich.«

»In Anbetracht der Situation, in der du das gesagt hast, hätte es ja sein können, daß du da gar nicht mehr richtig bei dir warst.«

»Daraus geht hervor«, antwortete er, wobei er natürlich wieder grinste, »daß du, wenn du etwas aus mir herausholen willst, immer eine solche Situation herbeiführen solltest.«

»Trotz Frau Lehner?«

»Es gibt ja auch noch andere Örtlichkeiten.«

»Du bist frivol.«

»Und das aus deinem Munde!«

»Werner«, sagte Clara plötzlich in einem ganz anderen Ton, »ich liebe dich.«

Unvorbereitet auf so etwas, meinte er nur: »Schön.«

»Ich liebe dich sehr.«

»Sehr schön.«

»Dann sag mir eines . . .«

»Was?«

»Wer ist diese Thekla Bendow?«

Völlig überrascht nahm er erst einen Zug aus seiner Zigarette, ehe er entgegnete: »Wie kommst du denn plötzlich auf die?«

»Ist die verheiratet?«

»Warum?«

In Claras Augen tauchte ein neuer Schimmer auf.

»Verheiratete Frauen lassen sich ›postlagernd‹ schreiben.«

Der äußerst fragende Ausdruck, mit dem Werner Clara anblickte, konnte sie nicht von dem abbringen, was sie dachte.

»Von Liebhabern«, ergänzte sie.

Nun zeigte ein erstes Zucken in Werners Gesicht, daß ihm ein Licht aufzugehen begann.

»Soll ich lachen?« fragte er.

»Ich finde das gar nicht zum Lachen.«

»Weil du verrückt bist.«

»Wie alt ist sie?«

»Sechsundzwanzig, aber –«

»Und hübsch, nicht?«

»Sehr hübsch, kein Zweifel, aber –«

»Seit wann kennst du sie?«

Werner wußte wirklich nicht, ob er lachen oder eher weinen sollte. Was ihm da plötzlich entgegentrat, war groteskeste Eifersucht, eine Eifersucht, die jeden Funken Verstand bei Clara aus dem Gehirn drängte.

»Clara, bist du denn wirklich verrückt geworden?«

»Seit wann kennst du sie?«

»Überhaupt nicht.«

»Du lügst!« brach es aus ihr heraus. »Man schreibt nicht postlagernd einer hübschen, verheirateten, sechsundzwanzigjährigen Unbekannten, die diesen Briefwechsel vor ihrem Mann zu verbergen hat!«

»Das ist doch Wahnsinn!« rief Werner.

»Was ist Wahnsinn?«

»Das, was du dir da zusammenphantasierst.«

Plötzlich flossen Tränen, sie liefen Clara über die Wangen und tropften auf die Kissen.

»Du bist halt mal der Typ, der jedes Mädchen betrügt«, schuldigte sie ihn schluchzend an. »Denkst du, das habe ich noch nicht gemerkt?«

»Ich weiß nicht, was du schon gemerkt haben willst«, erwiderte er. »Fest steht nur, daß das, was du mir im Moment erzählst, ein Riesenblödsinn ist.«

»Dann erkläre mir, warum du mich belügst.«

Die dreht sich im Kreise, dachte er, während er erwiderte: »Ich belüge dich nicht.«

»Seit wann kennst du sie?«

»Überhaupt nicht! Das sagte ich schon.«

»Und das soll keine Lüge sein?!« Claras Tränen flossen verstärkt.

Geschrei oder auch nur Worte unterdrückten Zornes wären hier fehl am Platz gewesen. Werner zwang sich deshalb zur Ruhe, zu sanftem Ton, als er sagte: »Hör zu, Clara, dieses Mädchen –«

»Ich denke, sie ist verheiratet«, unterbrach sie ihn schon wieder.

»Geschieden.«

»Auch dann ist sie kein Mädchen mehr, sondern eine Frau.«

»Das spielt doch keine Rolle, Clara. Sie hat uns jedenfalls ein Manuskript geschickt, das wir veröffentlichen wollen. Ich –«

»Gib mir eine Zigarette.«

»Wozu?«

»Wozu schon? Zum Rauchen.«

»Nein.«

»Warum nicht?«

»Weil du nur rauchst, wenn du nervös oder wütend bist«, sagte Werner. »Dazu hast du aber im Moment nicht die geringste Veranlassung.«

»Doch, weil ich dir nicht glaube!«

»Dann komm, zieh dich an . . .«

Er stieg aus dem Bett und bückte sich nach seinen Kleidungsstücken, die, zusammen mit den ihren, seit dem hastigen, gegenseitigen Striptease in diesem Zimmer verstreut auf dem Boden herumlagen.

»Wohin?« fragte Clara.

»In die Redaktion. Ich werde dir zeigen, daß dein Verdacht hirnrissig ist«, antwortete Werner und begann sich anzuziehen.

Clara setzte sich im Bett auf, sah ihm stumm zu, zweifelte noch daran, daß es ihm ernst war.

»Los, komm schon!« sagte er.

Sie rührte sich nicht. Ihre Tränen schienen jedoch zu versiegen.

»Wenn du nicht mitkommst«, meinte er daraufhin, »gehe ich allein und bringe dir die nötigen Beweisstücke hierher.«

Clara fragte: »Welche Beweisstücke?«

»Das Manuskript der Briefe.«

So etwas konnte seine Wirkung auf Clara nicht verfehlen.

»Warte doch einen Moment«, sagte sie.

»Auf was?«

»Zieh dich wieder aus.«

Er hatte schon die Hose und Socken an und knöpfte sich gerade sein Oberhemd zu.

»Nee, mein Kind«, sagte er kopfschüttelnd. »Wir führen hier kein Affentheater auf. Ich –«

»Bitte, Werner.«

Nun blieb *er* störrisch.

»Tut mir leid.«

»Ich will dir ja glauben.«

»Jetzt auf einmal.«

»Komm her.« Sie klopfte mit der flachen Hand auf den Bettrand. »Setz dich.«

»Nein.«

»Bitte«, sagte sie abermals und fügte hinzu: »Ich will jede Buße tun.«

Endlich kam er zum Bett, wenn auch widerstrebend, und setzte sich, ebenfalls widerstrebend, auf die Kante.

»Ich liebe dich, Werner.«

Er schwieg. Sie begann, ihm das Hemd wieder aufzuknöpfen.

»Ich liebe dich so sehr«, sagte sie dabei, »daß es mich dumm macht.«

»Dein Verdacht war wirklich saudumm«, schonte er sie nicht.

»Verrückt gemacht hat mich der Ausdruck ›postlagernd‹. Postlagernd lassen sich oft Männer oder Frauen schreiben, die ihre Partner betrügen. Das muß du zugeben.«

»Warum uns die ihre normale, richtige Adresse bisher verschwiegen hat und immer noch verschweigt, das hat seinen Grund. Uns kommt das sogar gelegen.«

»Du kennst sie also wirklich nicht?«

»Ich habe sie noch nie gesehen. Was ich von ihr weiß, habe ich ihrem Begleitschreiben zu dem Manuskript, das sie uns eingesandt hat, entnommen.«

»Ich werde nie mehr eifersüchtig sein, Liebling.«

Abwarten, dachte er und sagte: »Weißt du, was ich partout nicht verstehen kann?«

»Was?«

»Du hast doch gesehen, daß ich den Brief an diese Bendow meiner Sekretärin diktiert habe?«

»Ja.«

»Und trotzdem hast du geglaubt, daß das ein Liebesbrief von mir an eine andere sein könnte?«

Mit zerknirschter Miene nickte sie.

»Begreifst du, daß das keine besondere Intelligenzleistung von dir war, du Schaf?«

Sie nickte erneut.

»Außerdem hast du mich damit beleidigt. Ist dir das klar?«

Zum drittenmal nickte sie. Dabei zog sie ihm aber das Hemd vom Körper, nachdem sie alle Knöpfe geöffnet hatte.

»Ich muß es als beleidigend empfinden, daß du mir eine solche Geschmacklosigkeit – oder Dummheit – zugetraut hast.« Er blickte seinem Hemd nach, das sie aus dem Bett warf. »Was machst du da?«

»Ich bereite das Feld für meine Buße vor.«

»Nein«, widersprach er. »Heute nicht mehr. Die Natur macht nicht mehr mit.«

Clara lächelte.

»Die deine vielleicht nicht mehr, Süßer. Die meine schon noch. Und die deine können wir entbehren.«

Sie lockerte ihm den Hosenbund.

»Steh bitte auf, Süßer.«

Werner erhob sich, sagte aber dabei: »Es hat wirklich keinen Zweck . . .«

Die Hose glitt ihm von den Hüften und rutschte hinunter auf den Boden, sich ziehharmonikaartig zusammenfaltend. Dort lag sie nun, und er stieg aus den Röhren heraus. Bald hatten sich zu der Hose auch seine Unterhose und Socken gesellt.

Clara seine Vorderseite zukehrend, sagte dann Werner: »Sieh selbst, daß es wirklich zwecklos ist.«

Doch Clara schien von ihrem Optimismus nicht lassen zu wollen.

»Jetzt bist *du* begriffsstutzig«, sagte sie und streckte die Arme nach ihm aus. »Komm.«

Das berühmte Dichterwort ›Halb zog sie ihn, halb sank er hin‹ erfuhr wieder einmal eine Bestätigung, aber als Werner seinen alten Platz an Claras Seite – Haut an Haut – eingenommen hatte, sah es in der Tat nicht danach aus, daß sich Clara davon das, was sie begehrte, würde versprechen können.

»Was habe ich dir gesagt?« seufzte Werner.

Clara erwiderte nichts, lächelte, ihre Hand verweilte bei ihm nur kurz dort, wo seine Natur, wie angekündigt, ihr – und ihm – die kalte Schulter zeigte; dann richtete sich Clara auf, schlug die Decke zurück und begann, von Werners Brust über seinen Bauch hinunter eine Spur von Küssen zu legen. Jeder Zweifel daran, wo diese Kette enden würde, war ausgeschlossen.

Werner lag still, ächzte aber bald: »Guuut.«

»Gut?« fragte Clara. Um sprechen zu können, mußte sie ihre mit dem Mund ausgeübte Tätigkeit unterbrechen.

»Nicht aufhören!« rief Werner sofort flehentlich. »Siehst du«, sagte Clara mit Genugtuung.

»Mach weiter, ich bitte dich.«

Clara wohnte, um das noch einmal zu erwähnen, in einem Altbau, der über solide, dicke Mauern verfügte. Das zahlte sich nun aus. Wären nämlich Clara und Werner von den hellhörigen Wänden neuerer Bauart umschlossen gewesen, hätten Nachbarn zu vieles von dem mitbekommen, was sich in Claras Schlafzimmer zutrug. Die Laute, die Werner von sich gab, hätte jeder gehört, der auf der Etage anwesend gewesen wäre. Und die Art dieser Laute, ihr Klang, war so, daß nur Kleinkinder sich noch hätten fragen müssen, welcher Erlebniswelt sie entsprangen. Der Grundton war Stöhnen, das sich abwechselnd in Gestammel oder Schreie wandelte, Schreie der Lust. Sie mehrten sich, als der absolute, vom Paradies erhalten gebliebene, sich immer wieder erneuernde Höhepunkt allen irdischen Lustempfindens heranrückte.

Clara war eine Frau, die ihren Orgasmus, wenn man so sagen will, buchstäblich bejahte. (»Ja« ... »jaaa« ... »jaaaa« ... usw.)

Werner war ein Mann, der seinen Orgasmus mit dem langgezogenen Vokal o begleitete: »ooooooooo ...«

So auch jetzt wieder.

Dann verstummte er, regte sich nicht mehr, überließ sich dem Nachklang. Als er endlich die Augen öffnete, wollte er sich schier wundern darüber, daß die Dinge, die er sah – das Zimmer, die Einrichtung – noch so waren wie vorher, daß sie sich nicht irgendwie verändert hatten, so wie er glaubte, sich selbst auch irgendwie verändert zu haben. Eine solche Empfindung kann eine ganze Weile anhalten. Sie kennzeichnet den perfekten Orgasmus.

Clara regte sich, stieg, mit dem Rücken zu ihm, aus dem Bett.

»Was machst du?« fragte er.

Ohne sich umzudrehen, erwiderte sie: »Ich gehe ins Bad.«

»Ich auch«, sagte er, sich aufrichtend.

»Du kannst liegenbleiben.«

»Wieso?«

»Sieh dich an.« Clara verschwand im Bad. Nur noch ihre Stimme erreichte ihn durch die offene Tür. »Du bist unbefleckt.«

In der Tat, das war er.

Ausdrücke hat die, dachte er.

Aus dem Bad drangen Geräusche, die davon kündeten, daß Clara sich den Mund spülte. Als sie zurückkam, war zu sehen, daß sie sich auch gekämmt und die Lippen geschminkt hatte. Wieder bei ihm unter der Decke, umarmte sie ihn. Ein verspäteter Tadel schwebte ihm auf den Lippen.

»Das muß nicht sein«, sagte er mit angerauhter Stimme.

»Was muß nicht sein?«

»Daß du das auch noch schluckst«, sagte er. »Klar, daß du dich davor ekeln mußt.«

Sie drückte ihn an sich.

»Erstens«, erwiderte sie, »war da kein Muß dabei. Und zweitens«, setzte sie hinzu, »auch überhaupt kein Ekel.«

»Pfui!«

»Danke.«

Sie kicherte. Er verstummte. Still wurde es zwischen den beiden. Bald schliefen sie ein, von Müdigkeit überwältigt, in enger, beiderseitiger Umarmung. Sie versanken in einen Schlaf, von dem man wahrlich nicht hätte sagen können, daß er unverdient gewesen wäre.

6

Frank Petar holte seine Frau am Bahnhof ab. Sie kam aus Düsseldorf von ihrer Reise zurück, die sie zusammen mit ihrer Freundin Gerti angetreten hatte. Aus einem der Fenster des einrollenden Zuges blickend, erkannte sie schon von weitem den dichten Haarschopf ihres Mannes, mit dem er auf dem Bahnsteig die meisten der anderen Wartenden überragte. Sie freute sich unbändig darauf, in wenigen Sekunden die erste Stufe der Wiedervereinigung mit Frank zu vollziehen. Frank selbst hatte am Telefon den Ausdruck ›Wiedervereinigung‹ aus der Taufe gehoben. Die nächsten Stufen sollten zu Hause vollzogen werden, in der Geborgenheit der sogenannten vier Wände.

Frank hatte sich natürlich mit Blumen bewaffnet, die ihm aber beinahe aus der Hand geflogen wären, als sich ihm

Helga mit ihrer ganzen Leidenschaft an die Brust warf. Aus dem gleichen Abteil kletterte eine dicke Frau, die von ihrem kahlköpfigen Gatten erwartet wurde und den sie, das Beispiel Franks vor Augen, fragte: »Wo sind denn *deine* Rosen, Jupp?«

»Meine was?«

»Dein Blumenstrauß für mich?«

»Bist du verrückt? Weißt du, was Blumen heute kosten, Gusti?«

»Sieh doch, anderen Männern sind ihre Frauen das wert.«

Der Glatzkopf betrachtete Helga, dann wieder Gusti. Der Unterschied war ein enormer. Davon ausgehend, sagte der Mann: »Erspar mir die Antwort, Auguste.«

Auguste fühlte sich beleidigt und erwiderte: »Ich weiß, was du sagen willst, Josef. Wenn du mich aber mit *der* vergleichst, dann vergleiche ich dich mit *dem.*«

Frank führte Helga zu dem Wagen, den er vor dem Bahnhof geparkt hatte. Es sah nach Regen aus. Das war einer der beiden Gründe, weshalb Frank auf das Auto zurückgegriffen hatte, obwohl der Weg von seinem Haus zum Bahnhof nicht weit war. Der zweite Grund war Helgas Gepäck.

Im Wagen wurde erst einmal ein langer Kuß gewechselt, ein richtiger, mit dem sich sein Vorgänger auf dem Bahnsteig nicht vergleichen konnte, wenngleich auch ihm schon ein überdurchschnittliches Format nicht abzusprechen gewesen war. Dann fuhr Frank los.

»Hast du mich vermißt?« fragte Helga.

»Nein.«

»Wie bitte?«

»Du mich?«

»Auch nein.«

Sie lachten wie die Kinder. Sie fühlten sich glücklich, man konnte es ihnen ansehen.

»Ich soll dich grüßen von Gerti«, sagte Helga.

»Danke. Was macht sie denn?«

»Du, die will tatsächlich noch einmal studieren.«

»So? Was denn?«

»Irgend etwas mit Kunst.«

»Die Kunst der Verführung«, grinste Frank und fragte: »Habt ihr Spaß gehabt?«

»Riesigen. Die Männer waren hinter uns her, das kannst du dir gar nicht vorstellen.«

»Doch, das kann ich, wenn ich es vergleiche mit dem, wie die Frauen hier hinter uns her waren.«

»Hinter dir und Werner?«

»Ja.«

»Wie geht's ihm denn?«

»Prima.«

»Gerti läßt auch ihn grüßen.«

»Ja? Die hat ihn doch nur einmal auf der Straße gesehen?«

»Trotzdem.«

Eine rote Ampel zwang Werner zu stoppen. Für den Geschmack Helgas bremste er etwas zu hart, sie sagte aber nichts. Während sie auf Grün warteten, meinte Frank: »Sie wollte uns doch bald wieder besuchen. Bleibt's dabei?«

»Ja«, nickte Helga. »Sehr bald sogar.«

»Dann werden wir es vielleicht nicht mehr lange verhindern können, daß sie mit unserem Freund Werner in ihr Unglück rennt.«

Helga schien kurz zu überlegen.

»Oder er mit ihr in seines.«

»Das wäre ja mal was ganz Neues.«

Gelb kam, dann Grün. Frank konnte die Fahrt wieder fortsetzen. Zu Hause übernahm er die Aufgabe, Kaffee auf den Tisch zu bringen. Als Helga nicht einsehen wollte, warum er und nicht sie sich darum kümmern sollte, hieß es: »Setz dich hin, du bist müde.«

»Wovon denn?«

»Von der Reise.«

»Die paar Kilometer!«

»Und von den Männern, die hinter dir her waren.«

»Dasselbe kann ich bezüglich der Frauen sagen, die ihr Unwesen mit dir hier getrieben haben.«

Lachend verschwand er in der Küche, lachend blieb sie zurück im Wohnzimmer und sah ihm nach mit Augen, in denen Glück und Vertrauen leuchteten.

Nach dem Kaffee sagte Frank, in die Richtung blickend, wo das Schlafzimmer lag: »Wir müssen uns noch gedulden, Liebling.«

Es war früher Nachmittag.

»Warum?« fragte Helga enttäuscht.

»Weil mir sonst ein fetter Auftrag durch die Lappen geht. Ein neues Sudhaus wird errichtet.« Frank blickte auf die Uhr. »Der Bauherr will ab halb drei zu mir kommen. Den genauen Zeitpunkt konnte er mir nicht sagen. Ich möchte aber auf alle Fälle zur Stelle sein, wenn er erscheint.«

»Ausgerechnet heute.«

»Es geht nicht anders.«

Auch Frank war nicht begeistert davon, doch er setzte hinzu: »Der Auftrag wird uns beide entschädigen.«

Helga brachte ihn zur Tür.

»Wann kommst du wieder?«

»Möglichst bald.«

Sie winkte ihm nach, bis sein Wagen sich in eine Kolonne anderer eingegliedert hatte und verschwunden war. Es begann zu tröpfeln. Helga ging ins Haus zurück und rief Gerti an, von der sie gebeten worden war, ihr die glückliche Ankunft zu Hause nach Düsseldorf durchzugeben. Gerti fragte sofort, ob Frank schon »lieb gewesen sei«.

»Nein«, antwortete Helga.

»Nein?« rief Gerti. »Warum nicht?«

»Wir hatten noch keine Zeit.«

»Dazu hat man immer Zeit!«

»Ein Sudhaus ging vor.«

»Ein was?«

»Ein Sudhaus«, wiederholte Helga. »Ein Haus, in dem Bier gesotten wird.«

Für Gerti schien's dreizehn zu schlagen.

»Großer Gott!« stieß sie hervor. »Wenn's wenigstens ein Schlößchen wäre, verstehst du, etwas Landesherrliches oder Fürstbischöfliches . . . ich meine –«

»Ich weiß, was du meinst, Gerti.«

»Sag deinem Mann, daß sein Beruf dunkle Seiten hat.«

»Er hat mich gefragt, wann er dich wiedersehen darf.«

»Hat er das wirklich?«

»Ja.«

»Dann sag ihm; dafür kriegt er von mir, wenn's soweit ist, einen Kuß.«

Helga gab es einen leisen Stich, trotzdem erwiderte sie: »Er wird's gar nicht erwarten können.«

Gerti lachte, fuhr dann fort: »Bei uns hier regnet's inzwischen.«

»Bei uns fängt's gerade an«, meinte Helga.

»Hast du mit dem Ladykiller schon gesprochen?«

»Mit wem?«

»Mit deinem Hausfreund«, kicherte Gerti.

»Ich bin doch erst eine knappe halbe Stunde in Heidenohl«, erwiderte Helga.

»Dann bestell ihm bitte meinen Gruß nicht.«

»Nicht?« fragte Helga erstaunt.

»Nein, er könnte falsche Schlüsse daraus ziehen.«

Schlüsse, dachte Helga, würde er sicher daraus ziehen – aber keine falschen, sondern richtige.

»Wie du willst«, sagte sie.

»Hat's dir gefallen bei mir?«

»Sehr – das weißt du doch.«

»Mir hat's auch sehr gefallen bei euch.«

»Heidenohl kann aber nicht mit Düsseldorf konkurrieren.«

»Darüber haben wir schon mal gesprochen. Vergleiche dieser Art kann man nicht anstellen.«

»Düsseldorf ist jedenfalls eine ganz tolle Stadt.«

»Und Heidenohl ein ganz liebes Städtchen.«

»Von Düsseldorf ist übrigens auch Frank begeistert; er kennt es.«

»Ich weiß.«

»An allererster Stelle steht bei ihm natürlich Hamburg, seine –«

Es hatte an der Haustür geläutet, man konnte es durch den Draht bis Düsseldorf vernehmen.

»Entschuldige, Gerti«, sagte Helga, »wir müssen Schluß machen, bei mir ist jemand an der Tür.«

»Ich habe es gehört, Helga, laß dich nicht mehr aufhalten.«

»Mach's gut, Gerti.«

»Du auch. Wir telefonieren wieder miteinander. Tschüs.«

»Tschüs.«

Ende.

Die Haustürglocke ging schon wieder. Ein Fremder stand draußen, ein junger Mann, der Helga unbedingt für ein Zeitschriftenabonnement gewinnen wollte. Er hatte aber schon einen schwerwiegenden Fehler gemacht.

»Warum sind Sie so ungestüm?« unterbrach Helga ärgerlich seinen sofort einsetzenden Redeschwall.

Er stockte.

»Verzeihung – wieso?«

»Was versprechen Sie sich davon, Sturm zu läuten?«

Der junge Mann war ein Student, noch nicht abgebrüht genug für sein ihm aufgezwungenes Interimsgewerbe.

»Verzeihen Sie«, entschuldigte er sich noch einmal. »Ich dachte, es sei niemand zu Hause.«

»Um so unangebrachter – unlogischer, besser gesagt – Ihre Bimmelei.«

Der Student gab sein Spiel hier schon verloren, murmelte: »Tut mir leid«, und wandte sich ab, um wieder zu gehen.

Plötzlich empfand Helga Mitleid mit ihm. Seit wann bin ich so kratzbürstig? fragte sie sich. Aus Enttäuschung? Weil Frank daran gehindert war, mit mir ins Bett zu gehen?

»Was wollten Sie denn?« fragte sie den jungen Mann, der sich ihr wieder zuwandte und erwiderte: »Das hat wohl keinen Zweck mehr . . .«

»Sie sind Student, sagten Sie?«

»Ja.«

»Und Sie vertreten Zeitschriften?«

»Ja.«

»Kommen Sie rein . . .«

Das Resultat läßt sich denken. Als Helga davon ihrem Mann gegen Abend nach seiner Heimkehr in Kenntnis setzte, mokierte er sich: »Wenn du so weitermachst, können wir bald einen eigenen kleinen Lesezirkel aufmachen und versuchen, mit ihm unseren Lebensunterhalt zu bestreiten.«

»Bist du böse?«

»Nicht gerade.«

»Du sollst es aber überhaupt nicht sein.«

»Also gut«, nickte er grinsend.

»Danke«, freute sie sich und fragte: »Was war mit dem Sudhaus?«

»Das Sudhaus«, antwortete Frank mit einem Seufzer, »baut ein anderer.«

»*Was* sagst du?«

»Der Bauherr hat angerufen und mir das mitgeteilt.«

Empörung wallte auf in Helgas Innerem. Ihre Augen funkelten.

»Er kam gar nicht in dein Büro?«

»Nein.«

»Und dem bist du nachgelaufen! Was ist denn das für ein Typ?«

»Ein Arschloch – entschuldige.« Frank zuckte die Achseln. »Aber so geht das heutzutage, man wird vor vollendete Tatsachen gestellt. Ich weiß auch nicht, wie das gelaufen ist. Erinnere dich, vor kurzem war es umgekehrt, da sind mir sogar zwei Aufträge in den Schoß gefallen, die auch schon ein anderer fest in der Tasche zu haben glaubte.«

»Das lag daran, daß du besser bist als dieser andere.«

»Vielleicht verhält es sich diesmal genauso – nur bin ich derjenige, welcher der schlechtere ist.«

»Unsinn!«

»Sudhäuser sind nicht meine Spezialität«, sagte Frank, sich zu einem Grinsen zwingend.

»Gott sei Dank nicht«, pflichtete Helga bei. »Etwas Ähnliches sagte übrigens auch Gerti.«

Frank guckte verblüfft.

»Wieso die?«

»Ich habe mit ihr telefoniert.«

»Wann?«

»Heute nachmittag. Ich hatte ihr versprochen, sie anzurufen, wenn ich gesund zu Hause eingetroffen sein werde.«

»Und dabei habt ihr von meinem Sudhaus gesprochen?«

»Ich habe ihr davon erzählt.« Plötzlich lachte Helga.

»Gerti hatte mich gefragt, ob du schon lieb zu mir gewesen bist. Daraufhin mußte ich ihr eingestehen, daß dir ein Sudhaus dazwischengekommen ist.«

»Themen habt ihr«, wunderte sich Frank kopfschüttelnd. »Aber bitte«, fuhr er fort, »ich will mir die Frage deiner Freundin zu Herzen nehmen . . .«

Dabei griff er nach Helgas Hand, um sie zum Schlafzimmer zu ziehen.

»Nicht, bevor du etwas gegessen hast«, widersetzte sich Helga.

»Wozu essen?«

»Damit du dich stärkst.«

Das klang eindeutig frivol, auch wenn es aus Helgas Mund kam, der man so etwas nicht zutrauen mochte. Frank war überrascht, aber nicht konsterniert. Er amüsierte sich über seine Frau, die in Düsseldorf eine gewisse Infektion davongetragen zu haben schien.

»Was möchtest du essen?« fragte Helga.

»Irgend etwas Schnelles.« Frank blickte schon wieder in Richtung Schlafzimmer.

Der improvisierte Imbiß, den Helga im Handumdrehen auf den Tisch zauberte, war sättigend genug, um als vorgezogenes Abendessen zu gelten. Helga hatte aus Düsseldorf spaßeshalber eine Tube Löwensenf mitgebracht, jenen berüchtigten, höllisch scharfen Mostrich, gegen den die Ungarn mit ihrem Gulasch einpacken können. Helga ließ es sich nicht nehmen, mit eigener Hand Frank aus der Tube einen richtigen Klacks auf den Teller zu drükken, wobei sie mit unschuldsvoller Miene sagte: »Der ist delikat, mein Schatz. Du darfst aber nicht zu wenig davon nehmen.«

»Nein?«

»Sonst geht dir der Geschmack verloren.«

»So lecker ist der?«

»Ja.«

Helgas kleine Teufelei konnte nicht gelingen, denn sie vergaß die drei Semester, die Frank in Düsseldorf studiert hatte.

»Wenn der so lecker ist«, sagte Frank, einen noch größeren Klacks Helga auf den Teller drückend, »mußt aber auch du diesen Genuß mit mir teilen.«

»Nein!« wehrte sich Helga entschieden.

»Warum nicht? Soviel ich weiß, magst du doch auch Senf?«

»Früher mochte ich ihn, heute nicht mehr.«

»Hast du dich dran abgegessen?«

»Ja.«

»Wo? In Düsseldorf?«

Diese Frage barg für Helga die Gefahr in sich, durchschaut zu werden. Helga antwortete deshalb: »Nein, schon zuvor.«

»Dann wundert mich eins«, sagte Frank mit unbewegter Miene.

»Was?«

»Woher du wissen kannst, daß der da so lecker ist. Oder hast du ihn doch probiert?«

»Ja.«

»Aha«, nickte Frank. »Wohl mir zuliebe, nicht?«

»Sicher.«

»Ich bin dir ja so dankbar Liebling.« Auf Franks Stirn erschienen Sorgenfalten. »Allerdings muß ich sehen, daß dir dein Opfer ein plötzliches, viel zu frühes Leiden eingebracht hat.«

»Welches Leiden?«

»Schwere Verkalkung.«

»Wieso?« fragte Helga, die zu ahnen begann, daß ihr Streich zum Mißlingen verurteilt war. Frank lachte plötzlich und schwenkte die Tube in der Luft.

»Weil mit so was«, antwortete er dabei, »an mir in Düsseldorf schon die Feuertaufe vollzogen wurde, als du noch gar nicht wußtest, daß es zur menschlichen Nahrungsaufnahme auch noch etwas anderes gibt als Milch und Breichen.«

Helga ärgerte sich nur kurz über sich selbst.

»Natürlich habe ich nicht vergessen, daß du dort gewesen bist«, sagte sie. »Aber gab's denn das« – sie zeigte auf die Tube – »auch schon damals?«

Frank winkte mit der Hand.

»Das haben schon die alten Römer an den Rhein gebracht.«

»Dann wird's Zeit, daß auch Gerti das erfährt.«

»Warum denn die?«

»Weil sie mir diesen Tip, dich reinzulegen, gegeben hat«, lachte Helga.

»Diese Schlange! Sie übt einen schlechten Einfluß auf dich aus.«

Helga zögerte kurz, ob sie das, was ihr auf den Lippen schwebte, sagen sollte. Sie tat es.

»Auf dich vielleicht auch, Schatz.«

»Wieso auf mich?« fragte Frank.

»Weil sie dich küssen will.«

»Mich? Wann?«

»Bei ihrem nächsten Besuch.«

»Versprach sie das?«

»Ja.«

»Und du hast ihr gesagt, daß du damit einverstanden sein wirst?«

»Ich überlasse es dir, damit einverstanden zu sein oder nicht.«

»Wie großzügig von dir«, grinste Frank.

Gegen das leise Unbehagen, das sie empfand, ankämpfend, sagte Helga: »Sie ist eine gute Freundin und wird deshalb wissen, wo die Grenze ist.«

»Ich auch«, versicherte Frank.

»Weiß sie übrigens von dir, daß du Düsseldorf kennst?«

»Nein, von mir nicht.«

»Sie weiß es aber.«

»Nicht von mir«, erklärte Frank noch einmal. »Eher von dir.«

»Keinesfalls«, sagte Helga. »Ich habe mit ihr darüber nicht gesprochen.«

»Dann muß sie es von einem dritten haben«, konstatierte Frank und fragte mehr sich selbst, als Helga: »Von Werner? Wäre das möglich?«

Helga schüttelte den Kopf.

»Mit dem war sie ja überhaupt nicht zusammen.«

»Vielleicht doch.«

Helga und Frank blickten einander an.

Die Perspektive, die sich ihnen da auftat, überraschte sie beide.

»Ich werde ihn fragen«, entschied Frank. Helga meinte jedoch: »Das würde ich nicht tun.«

»Warum nicht?«

»Weil er das als Indiskretion empfinden könnte, falls unsere Annahme zutrifft.«

»Und wenn schon!«

»Laß ihn selbst davon anfangen. Tut er's nicht, ist das ein deutliches Zeichen.«

»Dasselbe gilt aber auch für deine Freundin Gerti.«

»Richtig«, erkannte Helga. »Auch sie hat mir gegenüber geschwiegen.«

»Weißt du was?« sagte Frank nach kurzer Pause. »Die beiden können mich jetzt gern haben. Komm, laß uns endlich ins Bett gehen.«

»Aber gerne!« bekundete Helga ihr Einverständnis, dem Tisch, der noch abgeräumt hätte werden müssen, keinen Blick mehr schenkend.

7

Es vergingen einige Wochen, in denen sich der Briefwechsel zwischen Thekla Bendow und Frank Petar prächtig entwickelte. Die beiderseitige Korrespondenz ließ, wie Werner Ebert fand, fast nichts mehr zu wünschen übrig. Nur ein Punkt störte ihn – Thekla Bendow gab ihr Inkognito nicht auf.

Daran stieß sich Werner allerdings sehr. Er hatte es sich sehr einfach vorgestellt, mit diesem Problem fertig zu werden. Ich schicke ihr, dachte er, den Autorenvertrag, den sie unterzeichnen muß, mit Namen und Anschrift, und damit hat sich die Sache!

Irrtum! Der Vertrag war zurückgekommen, unterzeichnet mit ›Thekla Bendow‹. Mehr nicht.

»Das geht nicht«, hatte Werner ihr daraufhin mitgeteilt. »Wir brauchen Ihre wahre Identität, und zwar aus Gründen, die für Sie wichtiger sind als für uns. Ihre rechtliche Position, an der Ihnen gelegen sein wird ... usw.«

Das Antwortschreiben war für Werner unbefriedigend gewesen.

»Lieber Herr Ebert«, hatte es in kürzester Form geheißen, »machen Sie sich keine Sorgen um meine rechtliche Position, ich mache mir auch keine um die Ihre. Beiliegenden Brief bitte ich, wie immer, Herrn Petar auszuhändigen. Beste Grüße. Ihre Thekla Bendow.« – Und als Anschrift wieder: Düsseldorf, postlagernd.

Je länger dieser Zustand anhielt, desto weniger war Werner bereit, sich mit ihm abzufinden.

»Eigentlich hätte ich dich ja gar nicht gebraucht«, sagte er zu Frank. »Den ganzen Briefwechsel hätte ich sehr gut selbst mit der führen können.«

Daß er das versäumt hatte, tat ihm jetzt echt leid. Theklas Briefe waren nämlich so abgefaßt, daß sie auf einen Mann wie Werner Ebert nicht ohne Wirkung bleiben konnten. Dieses Weib sei, sagte er, noch viel toller, als er es sich ursprünglich vorgestellt habe. Die Gewißheit, sich nicht zu täuschen, wuchs für ihn von Brief zu Brief. Er verstünde es, erklärte er, zwischen den Zeilen zu lesen. Er habe eine Nase für Erotik, er rieche sie.

»Weißt du, was *ich* rieche?« fragte Frank, als wieder ein Brief von Thekla eingetroffen war, mit der Nase an demselben.

»Was?«

»Das Parfüm von der.«

»Gib her«, sagte Werner, den Brief Frank aus der Hand nehmend und selbst auch eine Riechprobe davon nehmend, worauf sein treffsicheres Urteil lautete: »Soir de Paris.«

Nach einer Wiederholung seines Tests setzte er hinzu: »Absolut sicher! Und das sagt alles! Mit Soir de Paris verbindet sich für mich die Erinnerung an« – Werner küßte sich die Fingerspitzen – »solche Erlebnisse.«

Er blickte vor sich hin, und plötzlich wurde in ihm wieder ein Entschluß wach, der längst schon in Vergessenheit geraten zu sein schien.

»Ich muß nach Düsseldorf, Frank. Zur Post.«

»Was ich davon halte«, entgegnete Frank, »habe ich dir schon gesagt.«

»Nicht viel, ich weiß.«

»Wie ich dich kenne, läßt du dich aber trotzdem nicht davon abhalten.«

»Wir haben keine andere Wahl, Frank.«

Schon am nächsten Tag setzte sich Werner Ebert ins Auto, fuhr nach Düsseldorf, konnte verhältnismäßig rasch das für sein Anliegen zuständige Postamt ausfindig machen, wählte aufs Geratewohl einen der zahlreichen Schalter, die sich im Endlosen zu verlieren schienen, und sagte zu dem Beamten, an den er geraten war: »Ich will es kurz machen, ich brauche eine Anschrift, die Sie mir geben können. Oder einer Ihrer Kollegen hier.«

Ein kleines Schildchen, das auf dem Schalterbrett stand, trug den Namen des Beamten: Insp. H. Felchen.

Inspektor Felchen war, seinem Rang entsprechend, noch nicht alt. Die Natur hatte ihn mit einem freundlichen, heiteren Wesen ausgestattet.

»Welche Anschrift?« fragte er lächelnd.

»Eine postlagernde«, blieb Werner dabei, es kurz zu machen.

Inspektor Felchen schien leicht überrascht. Trotzdem blieb er freundlich wie zuvor.

»Tatsächlich?« wollte er sich vergewissern.

»Ja.«

»Dann will ich es auch kurz machen, mein Herr. Schlagen Sie sich das aus dem Kopf.«

»Ich habe keine andere Antwort von Ihnen erwartet«, sagte Werner. »Deshalb habe ich auch nicht lange um den heißen Brei herumgeredet, um keine Zeit zu verlieren.«

»Wir sind uns also einig?« antwortete Inspektor Felchen.

»Einig sind wir uns insofern, als Sie mir zu erkennen gaben, daß es Ihnen an der notwendigen Kompetenz fehlt, meinen Antrag positiv entscheiden zu können. Sie wissen jetzt, um was es mir geht? An welchen Ihrer Vorgesetzten muß ich mich wenden?«

»Das ist schwer zu sagen.«

»Warum?«

»Weil Sie bei jedem dasselbe erleben werden wie bei mir«, meinte lächelnd Inspektor Felchen, der, wie erwähnt, ein freundlicher, heiterer sympathischer junger Mann war. Ein richtiger Bilderbuch-Rheinländer.

»Das glaube ich nicht«, gab Werner seinem unverwüstlichen Optimismus Ausdruck. Nicht umsonst war er selbst ja auch ein geborener Rheinländer.

Inspektor Felchen schien nachzudenken, dann meinte er: »Ich könnte Sie zu Amtmann Fahrenheit schicken.«

Der Witz, zu dem sich dadurch Werner herausgefordert fühlte, war schwach. Nicht einmal Inspektor Felchen konnte noch darüber lachen.

»Wie sagten Sie? Amtmann Celsius?«

»Fahrenheit.«

»Wo finde ich ihn?«

»Im Verwaltungstrakt, Aufgang C oder F, zweite Etage, Zimmer zweihundertsechs.«

Werner wiederholte: »Verwaltungstrakt, Aufgang C oder F, Zimmer sechshundertzwei.«

»Zweihundertsechs.«

»Was?«

»Zimmer zweihundertsechs, nicht sechshundertzwei.«

Und nun nahm Felchens entgegenkommendes Wesen ein Ausmaß an, das Werner die Verlegenheitsröte ins Gesicht trieb. »Soll ich es Ihnen aufschreiben?«

Es gibt eben Freundlichkeiten, die Gift sind.

»Nein«, antwortete Werner beherrscht, drehte mit einem knappen »Danke« ab und machte sich auf den Weg zu Amtmann Fahrenheit, für den gerade ein Telefongespräch begonnen hatte, als Werner zu ihm ins Zimmer trat. Fahrenheit hielt sich mit der einen Hand den Hörer ans Ohr, mit der anderen winkte er Werner, auf dem Besucherstuhl Platz zu nehmen.

Eine Viertelstunde verging, eine halbe – und Fahrenheit telefonierte immer noch. Werner war dazu verurteilt, von Zeit zu Zeit auf seine Uhr zu blicken. Dies tat er unauffällig, um nicht den Eindruck zu erwecken, daß er ungeduldig sei.

Nur wer die Situation, in der Werner sich befand, am eigenen Leib auch schon erfahren hat, weiß, wie unerträglich sie werden kann. Ein telefonierender Beamter, dessen Gespräch sich dehnt und dehnt und nie mehr enden will, während man bei ihm sitzt und wartet, bis er auflegt, gehört zu jenen Qualen der Zivilisation, die dem Untergang derselben im großen Atomkrieg, wenn er kommt, mildere Züge verleihen werden.

Fahrenheits Telefonat drehte sich um eine Änderung der Essenszeiten in der Kantine des Verwaltungstraktes. In Zukunft sollte schon um zehn Minuten eher begonnen und dafür um zehn Minuten früher aufgehört werden. Amtmann Fahrenheit war mit diesem schwierigen Problem befaßt, weil seine Sekretärin dem Betriebsrat angehörte. Während er telefonierte, fiel sein abwesender Blick von Zeit zu Zeit auf seinen Besucher, dem er schließlich, als er selbst sah, daß sein Gespräch immer noch mehr an Länge gewann, per Zeichensprache mit der freien Hand Raucherlaubnis erteilte. Dadurch hellten sich Werners Züge, die sich trotz aller Beherrschung schon ein bißchen verfinstert hatten, wieder auf. Dankbar nickte er dem Amtmann zu, griff froh in die Tasche – und konnte nur mit Mühe einen Fluch unterdrükken. Er hatte ins Leere gegriffen. Die Zigarettenpackung lag im Auto.

So kam es, daß Fahrenheit, als er nach einer wahren Ewigkeit endlich doch auflegte, als erstes an Werner die Frage richtete: »Sind Sie Nichtraucher?«

Nachdem er von Werners Mißgeschick erfahren hatte,

sagte er: »Tut mir leid, ich kann Ihnen auch keine Zigarette anbieten, ich rauche nur Pfeife.«

Immerhin war aber daraus schon zu ersehen, daß sich Amtmann Fahrenheit in puncto Freundlichkeit mit Inspektor Felchen durchaus messen konnte. Wie um zu zeigen, daß er die Wahrheit gesprochen hatte, stopfte er sich gemächlich seine Pfeife, zündete sie sich an, hüllte sich in ein paar enorme Rauchwolken und sagte dann in nettem Ton zu Werner: »So, nun sind wir soweit – was kann ich für Sie tun?«

»Ich bin Redakteur einer Zeitschrift«, antwortete Werner.

»Interessant«, nickte Fahrenheit. »Wie ist Ihr Name, bitte?«

»Dr. Ebert.«

»Ebert? Wie der erste deutsche Reichspräsident?« Fahrenheit lachte kurz. »Der so oft im Kreuzworträtsel vorkommt?«

»Ja.«

»Sehr schön, Herr Doktor, es freut mich, Sie kennenzulernen. Meinen Namen haben Sie ja schon draußen an der Tür gelesen.«

»Ja, Herr Fahrenheit. Freut mich ebenfalls.«

»Darf ich meine Frage wiederholen, Herr Doktor? Was kann ich für Sie tun?«

»Ich trage mich mit dem Gedanken, mal einen Artikel über die Post zu veröffentlichen. Über den inneren Betrieb und so ...«

»Ja?« strahlte Amtmann Fahrenheit.

»Und zwar einen positiven.«

Fahrenheits Strahlen gewann noch an Intensität.

»Ausgezeichnet!«

»Daran dürfte doch Ihre Behörde interessiert sein?«

»Aber sicher!«

»Das Image der Post hat gerade nach der letzten Gebührenerhöhung eine Aufbesserung nötig, denke ich.«

»Das läßt sich nicht bestreiten, Herr Doktor, obwohl die Gebührenanhebung nicht zu umgehen war«, sagte Fahrenheit. »Wie hoch ist Ihre Auflage?«

Diese Frage machte anscheinend ein kurzes Räuspern nötig, das Werner seiner Antwort vorausschicken mußte, ehe er erwiderte: »Nicht besonders hoch, Herr Amtmann, aber« – ein zweites Räuspern – »nicht wenige unserer Leser sind sogenannte Multiplikatoren. Sie wissen, was Multiplikatoren sind?«

»Ja, Vervielfältiger.«

»Richtig«, sagte Werner. »Leute also, die das, was sie hören oder lesen, weitergeben und dadurch vervielfältigen, multiplizieren. Der Lehrer ist der Prototyp eines Multiplikators.«

»Noch mehr der Redakteur«, schmeichelte Amtmann Fahrenheit seinem Besucher.

Die Pfeife war ihm ausgegangen. Sie wieder in Brand zu setzen erforderte den Einsatz zweier Streichhölzer. Anschließend ließ Fahrenheit seinem mehr als freundlichen Ton eine gewisse Versachlichung angedeihen, als er fortfuhr: »Ihre Multiplikatoren in Ehren, Herr Doktor – aber was würde uns denn Ihr Artikel kosten?«

»Nichts.«

Fahrenheit riß die Augen auf.

»Nichts?«

»Keinen Pfennig!« bekräftigte Werner. »Und Sie wissen, was vergleichbare Inserate, die der Reklame dienen, heute kosten?«

»Tausende!«

»Sehen Sie.«

Fahrenheit blickte Werner an.

»Ich kann's nicht glauben«, sagte er.

Seine Skepsis regte sich also immer noch, und das nicht zu Unrecht, wie sich zeigen sollte.

»Das einzige, was ich von Ihnen erwarten würde«, sagte Werner, nachdem er sich erneut geräuspert hatte, »wäre eine kleine Gefälligkeit.«

»Welche denn?«

Nun war es also wieder soweit, daß die Katze aus dem Sack gelassen werden mußte. Wie schon zu Inspektor Felchen sagte Werner: »Ich brauche von Ihnen eine Anschrift.«

Felchens Antwort war gewesen: ›Welche Anschrift?‹

Fahrenheits Erwiderung ging gleich einen Schritt weiter: »Hoffentlich keine postlagernde?«

»Doch.«

Dieses kleine, kurze Wörtchen veränderte die Atmosphäre merklich. Sie verlor an Freundlichkeit. Amtmann Fahrenheit ließ die Hand mit der Pfeife, aus der er gerade wieder einen Zug hatte nehmen wollen, unverrichteterdinge auf die Schreibtischplatte sinken.

»Sie machen Scherze, Herr Doktor«, sagte er.

»Nein, ich –«

»Sie machen *keine* Scherze?« unterbrach Fahrenheit mit hochgezogenen Augenbrauen

»Nein.«

»Auf Wiedersehen, Herr Doktor Ebert.«

Amtmann Fahrenheit war der klassische Typ eines Mannes mit einem harten Kern in einer weichen Schale. Er verkörperte also die Umkehrung der bekannten Metapher. Werner zeigte sich von dieser Erkenntnis zunächst überrascht, dann schien es ihm angeraten, sich dumm zu stellen. Und nun ging's Schlag auf Schlag.

»Ich verstehe Sie nicht«, sagte Werner.

»Sie sollen gehen!«

»Warum? Haben Sie – entschuldigen Sie den Ausdruck – etwas in den falschen Hals gekriegt?«

»In den richtigen!«

»Inwiefern?«

»Das wissen Sie ganz genau!«

»Was weiß ich ganz genau?«

»Zwingen Sie mich nicht, noch deutlicher zu werden. Für das, was Sie hier versucht haben, gibt es eine ganz klare Bezeichnung. Sie steht im Strafgesetzbuch.«

»Wo steht sie?«

»Im Strafgesetzbuch.«

»Dann warne ich Sie!« suchte Werner sein Heil darin, den Spieß umzudrehen. »Das wird ja immer schöner. So dürfen Sie mir nicht kommen. Was im Strafgesetzbuch steht, weiß ich wahrscheinlich besser als Sie. Ich habe nämlich – das wird Sie überraschen – Jura studiert. Zum Journalismus kam ich auf Umwegen. Genügt Ihnen das?«

Wenn Werner Ebert vielleicht gedacht hatte, damit Fahrenheit ins Bockshorn zu jagen, dann irrte er sich. Der Amtmann erwiderte nämlich: »Mir genügt Ihr ganzer Besuch! Gehen Sie endlich! Ich sagte schon lange auf Wiedersehen!«

Mit rotem Kopf sprang Werner auf.

»Wer ist Ihr Vorgesetzter?«

Werner Ebert war ein hochintelligenter Mensch, aber es zeigte sich hier wieder einmal, daß auch hochintelligente Menschen in solchen Situationen, wenn sie sich zu ihren Ungunsten wenden, den Verstand rasch einbüßen, so daß ihre Reaktionen sich zuletzt von denen eines Idioten nicht mehr unterscheiden. Werners Frage nach Fahrenheits Vorgesetztem schien geradezu Heiterkeit zu erregen, denn grinsend antwortete der Amtmann: »Oberpostrat Wieland oder seine Stellvertreterin, Frau Dr. Herzer.«

Werner wandte sich ohne Gruß zur Tür.

»Zimmer vierhundertsechzehn oder achtzehn im vierten Stock!« rief Fahrenheit ihm nach.

Draußen auf dem Flur hätte Werner gut daran getan, sich zuerst einmal abzureagieren. Dann wäre er nämlich rasch zu der Einsicht gekommen, daß es sich empfohlen hätte, wieder der Vernunft Gehör zu schenken, dem Verwaltungstrakt ade zu sagen und Kurs auf Heidenohl zu nehmen. Er tat das aber nicht, sondern sprang in den Paternoster und fuhr hinauf in die vierte Etage.

Er kochte. Nun ging es ihm in erster Linie nicht mehr darum, die Adresse Thekla Bendows ausfindig zu machen, sondern einem lächerlichen Amtmann zu zeigen, was es hieß, sich mit ihm, Werner Ebert, angelegt zu haben.

Im Wesen von Verwaltungsgebäuden liegt es, daß es nicht so ganz einfach ist, in ihnen die Zimmer, die man sucht, zu finden. Auch Werner Ebert irrte eine Weile herum, bis er sich am Ziel sah. Inzwischen hatte Amtmann Fahrenheit Zeit gehabt, mit der vierten Etage zu telefonieren.

Auf dem Flur galt es für Werner, die Frage zu entscheiden, welchem der beiden Zimmer – vierhundertsechzehn oder vierhundertachtzehn – der Vorzug zu geben war. Türschildern war zu entnehmen, daß auf Zimmer vierhundertsechzehn Oberpostrat H. Wieland saß, auf vierhundertachtzehn, im Rang einer Posträtin, Frau Dr. E. Herzer.

Werner Ebert wäre nicht Werner Ebert gewesen, wenn er nicht an die Tür von Frau Dr. E. Herzer geklopft hätte. Frau Dr. Herzer hatte eine gescheiterte Ehe hinter sich. Sie war 42 Jahre alt, kleidete sich elegant, war nicht gerade eine Schönheit, sah aber recht reizvoll aus. Sie war, wenn man so will, ein »eigener Typ«. Das Scheitern ihrer Ehe bedeutete nicht, daß ihre Wohnung seit der Scheidung sozusagen jungfräulicher Boden gewesen wäre. Mit Männern zu schlafen war ihr nach wie vor ein Bedürfnis, das von Zeit zu Zeit gestillt werden mußte. Dabei schätzte sie die Abwechslung. Einen festen Freund hatte sie nicht; das hätte ihr schon wieder zu sehr in die Nähe einer Ehe geführt. Alles in allem war es für eine Frau wie Evelyn Herzer eine ganz natürliche Sache, daß sie, als ein Mann wie Werner Ebert ihr Büro betrat, innerlich nicht der Frage auswich, wie er wohl im Bett sein mochte.

Er gefiel ihr auf Anhieb. Das hieß aber noch lange nicht, daß sie sich etwas anderes als einen rein dienstlichen Umgang mit ihm gestattet hätte.

Umgekehrt – auf Werners Ebene – verhielt sich das nicht so. Für ihn hätte deshalb auch eine Beamtenlaufbahn immer wieder in karriereschädigende Sackgassen führen müssen. Als er Evelyn Herzer zu Gesicht bekam, erwachte in ihm zwar noch nicht der ganze Ladykillerinstinkt, aber vielleicht ein Viertel desselben. Daß drei Viertel vorläufig noch am Schlafen blieben, hatte seine Ursache darin, daß Evelyn doch ein paar Jahre älter war als er.

Auch in Evelyns Zimmer wurde Werner als erstes ein Platz angeboten. Er dankte, setzte sich und begann: »Mein Name ist Ebert. Ich komme eigentlich mit einer Beschwerde zu Ihnen, aber es fällt mir nun nicht leicht, sie vorzubringen.«

»Warum?«

»Weil das zwangsläufig Ärger bei Ihnen hervorrufen muß – und das möchte ich nicht. Ärger macht nämlich, sagt Helena Rubinstein, häßlich.«

Ein echter Werner-Ebert-Beginn. Frau Dr. Herzer war zwar überrascht, doch sie zeigte sich in der Lage, diesen Ball ohne weiteres aufzunehmen.

»Dauernder Ärger, sagt sie.«

»Trotzdem zögere ich.«

»Dann kann der Anlaß zu Ihrer Beschwerde nicht sehr nachhaltig gewesen sein.«

»Doch, das war er!«

»Ich höre.«

Frau Dr. Herzer traf Anstalten, sich ein bißchen bequemer auf ihren Stuhl zu setzen. Dazu mußte sie denselben etwas zurückschieben, um mehr Freiheit für ihre Beine zu gewinnen, damit sie sie übereinanderzuschlagen vermochte, was sie nun tat. Dadurch konnte auch der Schreibtisch, der sich zwischen der Posträtin und Werner befand, letzterem nicht mehr die ganze Sicht auf Evelyns Beine rauben. Nur noch deren Füße waren verdeckt; die Waden, die Knie – und noch ein Stückchen darüber waren dem Blick Werners preisgegeben. Als Resultat erwachte ein zweites Viertel seines Ladykillerinstinktes. Evelyns Beine waren nämlich dazu angetan, einen solchen Effekt zu erzielen, natürlich ohne daß Evelyn Herzer ihn hätte auslösen wollen. Was sie tat, tat sie unbewußt, ohne sich Rechenschaft darüber abzulegen.

»Sie sind die Vorgesetzte des Herrn Fahrenheit«, sagte Werner und fuhr, als die Posträtin nickte, fort: »Ich war bei ihm. Er hat mir eine Absicht unterstellt, die ich niemals hatte . . .«

»Welche denn?«

»Daß ich ihn bestechen wollte.«

»Etwas Ähnliches wollten Sie ja auch.«

Das verschlug Werner momentan die Sprache. Erst nach kurzer Überlegung sagte er: »Er hat Sie angerufen?«

»Ja.«

»Aber ich hätte doch auch zu Herrn Wieland gehen können?«

»Richtig«, sagte Frau Dr. Herzer. »Deshalb nehme ich an, daß er auch den angerufen hat.«

So ist das also, dachte Werner und spürte, daß schon jetzt Anlaß für ihn bestand, einigem Boden nachzutrauern, den er hier bereits verloren hatte.

»Was hat er Ihnen denn gesagt?« fragte er.

»Er hat mir von Ihrem Wunsch erzählt, den er Ihnen erfüllen sollte, und von Ihrer Gegenleistung, die Sie dafür anboten.«

»Der Mann hat keine Ahnung vom Tatbestand einer Bestechung.«

»Er hat mir auch gesagt, daß Sie Jura studiert haben.«

»Habe ich, ja.«

»Ich auch. Zehn Semester. Und Sie?«

Werner räusperte sich.

»Ich?«

»Ja.«

»Zwei.«

Frau Dr. Herzer ersparte es Werner, eine dazu passende Bemerkung zu machen. Dafür dankte er ihr im stillen.

»Herr Fahrenheit ist einer unserer besten Beamten«, sagte sie.

»So?«
»Über ihn gab es noch nie eine Beschwerde.«
»Das wundert mich aber.«
»Trotzdem kann es natürlich sein, daß die Ihre zu Recht erfolgt. Entscheidend ist, ob das, was mir Herr Fahrenheit am Telefon sagte, der Wahrheit entspricht. Ich frage Sie deshalb ausdrücklich: Haben Sie ihm gegenüber die Veröffentlichung eines positiven Artikels über die Post in Aussicht gestellt? Und zweitens: Haben Sie ihn zur Herausgabe einer postlagernden Adresse bewegen wollen?«
»Bewegen wollen!« wiederholte Werner in protestierendem Ton. »Ich habe ihm lediglich angedeutet, daß mir mit einer solchen Adresse gedient wäre. Von ›bewegen wollen‹ kann überhaupt keine Rede sein.«
»Und der positive Artikel, was war mit dem?«
»Den muß Herr Fahrenheit genauso in den falschen Hals gekriegt haben.«
Wie man sieht, verlor Werners Rhetorik ihre Einbettung ins Juristische und gewann dafür eine ins Anatomische.
»Vorausgesetzt, daß ich das, was Sie damit sagen, nicht irrig deute«, antwortete Frau Dr. Herzer, »wäre darin eine Basis zu erblicken, die den Konflikt lösen könnte.«
»Welche denn?«
»Eine des Mißverstandnisses«, erklärte sie. »Oder wollten Sie etwas anderes sagen, als daß Herr Fahrenheit Sie falsch verstanden haben muß?«
Werner blickte die Dame an. Was hier geschieht, ist klar, dachte er. Ich werde abserviert. Als Posträtin ist die mir über. Aber als Frau? Wie steht's damit? Frau ist sie ja auch noch, nicht nur Beamtin.
Evelyn Herzer hatte ursprünglich ihr rechtes Bein über das linke geschlagen. Nun nahm sie einen Wechsel vor, schlug das linke über das rechte. Werner verfolgte das Schauspiel interessiert und dachte: Kein Zweifel, sie ist auch noch Frau.
»Je länger ich hier sitze«, sagte er, »desto unwichtiger

wird für mich die Frage, ob mich Herr Fahrenheit falsch verstanden hat oder nicht.«

»Soll das heißen, daß Sie Ihre Beschwerde zurückziehen wollen?«

»Das verdankt er nur Ihnen.«

»Mir?«

»Ihrer charmanten Art.«

Posträtin Herzer konnte auch; ebenso wie Amtmann Fahrenheit, ihre Augenbrauen sehr deutlich in die Höhe ziehen. Das zeigte sich jetzt.

»Meiner charmanten Art«, erklärte sie dabei, »soll der gar nichts zu verdanken haben. Die gibt es nicht.«

»Im Dienst nicht, wollen Sie sagen?«

»Ja.«

»Sie irren sich«, widersprach er. »Und wie es die gibt. Deshalb sprengt sie auch jede Vorstellungskraft, wie sie erst außer Dienst sein mag. Darf ich mir ein Bild von ihr machen?«

»Wie soll ich das verstehen?« fragte Frau Dr. Herzer sichtlich irritiert, wobei sie dachte: Ist der nicht bei Trost? Will der mich –

»Ich möchte mir erlauben, Sie zum Abendessen einzuladen«, unterbrach Werner ihren Gedankengang.

»Sie scheinen zu vergessen, wo Sie sich befinden.«

Werner grinste.

»In einem Amtszimmer, wenn ich nicht irre.«

»Richtig. Deshalb möchte ich Sie bitten, sich auf Ihr ursprüngliches Vorbringen zu beschränken.«

So einen wie den habe ich noch nicht erlebt, dachte sie. Unglaublich! Wenn er sich nicht sofort so benimmt, wie es hier drinnen normal ist, setze ich ihn vor die Tür.

»Schade«, seufzte Werner.

»Was ist schade?«

»Daß Sie mir einen Korb geben.«

Er hörte also nicht auf.

»Sagen Sie mal, für was halten Sie mich eigentlich?« fragte Evelyn Herzer ihn.

Einigermaßen kompliziert erwiderte Werner: »Nicht für das, was Sie glauben, daß ich Sie halte.«

»Scheinbar doch.«

»Nein!« beteuerte Werner. »Und ich würde Ihnen das gerne beweisen.«

»Dann tun Sie's, bitte.«

»Wie denn? Wo denn?«

»Hier drinnen. Benehmen Sie sich so, wie sich das gehört.«

Werner verstummte. Das hat keinen Zweck mit der, dachte er. Ich habe mich getäuscht, die ist durch und durch nur Posträtin, nichts anderes. Ich hätte sie ja gern gebumst, aber bei der beißt auch jeder andere auf Granit, nicht nur ich. Entweder hat sie schon einen, mit dem sie regelmäßig schläft, oder sie ist frigide. Beziehungsweise gar lesbisch.

Er blickte sie an. Und dann haute es sie fast vom Stuhl.

»Also gut«, sagte er, »ich gebe zu, daß ich ein Schürzenjäger bin und geglaubt habe, in Ihnen mein nächstes Opfer sehen zu können. Sie haben mich aber durchschaut. Ich beglückwünsche Sie dazu.«

Evelyn Herzer war verwirrt. So einen hatte sie wirklich noch nicht erlebt. Die Worte fehlten ihr jetzt. Werner schraubte sich von seinem Stuhl hoch. Er wollte dabei in seiner Länge nach oben schier kein Ende nehmen. Evelyn Herzer hatte eine Schwäche für große, schlaksige Männer. Der Längste, mit dem sie bisher geschlafen hatte, war immer noch – so ihre Schätzung – einen halben Kopf kleiner gewesen als der hier.

»Darf ich mich verabschieden?« fuhr Werner fort. »Und bestellen Sie Herrn Fahrenheit noch, daß auch er mich durchschaut hat. Er hat mich nicht falsch verstanden, sondern richtig. Ich bedaure das Theater, das ich gemacht habe, indem ich zu Ihnen gerannt bin.«

Er wandte sich zur Tür, blieb aber noch einmal auf

halbem Weg stehen, als er die Posträtin sagen hörte: »Herr Ebert.«

Er drehte sich langsam zu ihr um.

»Ja?«

»Soll ich Ihnen verraten, warum ich Ihre Einladung nicht angenommen habe?«

»Warum nicht?«

»Weil mir der Hintergedanke klar sein mußte, den Sie hatten.«

»Welchen denn?«

»Den an die postlagernde Adresse.«

Werner grinste.

»Das hätten Sie mir zugetraut?«

Evelyn lächelte kurz. Immerhin, es war ein Lächeln.

»Ja.«

Es war ihr erstes Lächeln überhaupt im ganzen bisherigen Gespräch mit Werner.

»Wie ich sage«, nickte Werner. »Man kann Ihnen nichts vormachen.«

»Sie geben also auch das zu?«

»Ja.«

»Wenn ich mich in Sie hineinversetze, muß ich mir sagen, daß Sie sich eine Dienstpflichtverletzung von mir erhofften. Sie dachten, auf diese Weise an jene Adresse heranzukommen.«

»Sie können sich gut in einen Menschen hineinversetzen«, erklärte Werner, weil es nun darauf auch nicht mehr ankam.

»Sie hätten sich gründlich getäuscht, Herr Ebert.«

»Das glaube ich nicht, Frau Herzer.«

»Wollen Sie sich davon überzeugen?«

Werner guckte. Er begriff sofort und packte zu.

»Soll das heißen, daß Sie den Korb, den Sie mir gegeben haben, rückgängig machen?«

Gleichsam als ob sie sich vor sich selbst rechtfertigen wollte, sagte Frau Dr. Herzer: »Ich will Ihnen nur Ihren Irrtum unter Beweis stellen.«

»Prima!« rief Werner. Seine Freude war groß. Nun war er also – für ihn selbst überraschend – doch noch ans Ziel gekommen. Der Abend und die sich anschließende Nacht nahmen den von beiden Seiten erwünschten Verlauf: Werner und Evelyn schliefen miteinander, und zwar nicht im Hotel, sondern in Evelyns Bett, nachdem sie gut gegessen und getrunken und in einer Bar auch noch ein bißchen getanzt hatten. Als dann der erste Hunger nach Sex gestillt war, sagte sie zu ihm: »Weißt du, daß das zum erstenmal passierte?«

»Was?«

»Das ich mich im Amt von einem Mann anmachen ließ.« Er sagte nichts, grinste nur, und das forderte ihren Protest heraus. Ihn unter der Decke in die nackte Seite puffend, sagte sie: »Du denkst wohl, daß das mit mir so einfach ist?«

»O nein«, versicherte er ihr rasch. »Ich habe doch erlebt, welchen Kampf es mich kostete, bis sich mir sozusagen der erste Silberstreifen am Horizont zeigte.«

»Dann grins nicht so impertinent.«

»Grinsen mußte ich über deinen Ausdruck.«

»Welchen?«

»Anmachen.«

»Der ist doch heute gang und gäbe.«

»Aber nicht unter Posträtinnen – dachte ich.«

Das amüsierte auch sie.

»Ihr habt doch alle einen Dachschaden«, sagte sie, »wenn ihr glaubt, daß unsereins von der Moderne nichts mitbekommt.«

»Danke.«

»Für was?«

»Für den Dachschaden.«

Evelyn erschrak ein bißchen.

»Beleidigt?«

Ihr Erschrecken war kein gutes Zeichen. Es ließ nämlich darauf schließen, daß ihr der Mann, mit dem sie da im Bett lag, schon mehr bedeutete, als er es sollte. Ihre Devise seit ihrer Scheidung hatte gelautet, sich nie mehr in einen Mann zu verlieben.

Werner war natürlich keineswegs beleidigt, und er versicherte ihr das auch. Wenn er beleidigt wäre, sagte er, müßte er ja wirklich einen Dachschaden haben.

Ein kleiner Seufzer der Erleichterung entfloh Evelyns Lippen, dann fragte sie Werner: »Warum wolltest du mich haben?«

»Warum will man eine Frau haben?« antwortete er. »Weil sie einem gefällt.«

»Tat ich das?«

»Ja.«

Jetzt müßte ich ihn fragen, wie alt er ist, dachte sie, unterließ es aber, sondern sagte: »Du hast mir auch gefallen.«

»Und deshalb liegen wir hier«, meinte er, setzte jedoch dann hinzu: »Für mich gab es allerdings auch noch einen zweiten Grund.«

»Welchen?«

»Du hast mich in deinem Büro ganz schön fertiggemacht. Ich kam mir vor wie ein Würstchen. Das war eine ziemlich neue Erfahrung für mich, die mir gar nicht schmeckte. Ich wollte bei dir den Fahrenheit auf die Hörner nehmen – und was erlebte ich? Mir wurde der Ring durch die Nase gezogen, daß ich mich vor mir selbst schämte. Und das von einer Frau!«

Evelyn lachte.

»Das soll die mir büßen, dachte ich«, fuhr Werner fort. »Die mache ich klein. Die biege ich mir zurecht. Wie – das war mir klar.«

»War's denn so schlimm?« lachte Evelyn.

»Weiß Gott«, erwiderte Werner. »An den ärgsten Moment darf ich gar nicht mehr denken.«

»Was war denn der ärgste Moment?«

»Als du deine zehn Semester Jura gegen meine zwei auf die Waage legtest.«

»Aber gerade dabei«, kicherte Evelyn, »habe ich mich doch jedes Kommentars enthalten.«

»Den Kommentar konnte ich in deiner Miene lesen, und ich schwor mir: Die werde ich dir austreiben, deine zehn Semester.«

Werners frivole Art, sein Witz, seine Schlagfertigkeit machten Evelyn riesigen Spaß. Sie fühlte sich von ihm mehr und mehr erobert, sie konnte innerlich dieser Entwicklung keinen Widerstand leisten. Äußerlich hatte er ihr ja schon vom ersten Augenblick an gefallen. Charakter habe er auch noch, fand sie.

»An was denkst du?« fragte er.

»Du versuchst gar nicht, die Situation auszunützen.«

»Inwiefern?«

»Oder ist dir die postlagernde Adresse nicht mehr wichtig?«

»Doch«, sagte Werner, »wichtig wäre die mir schon noch ...«

»Aber?«

»Aber nicht so wichtig, daß ich dich unter Ausnützung der obwaltenden Umstände breitschlagen möchte.«

Evelyn war begeistert. Das sagte ich doch, dachte sie, er lehnt es ab, die Situation auszunützen. Ich wäre aber auch gar nicht bereit, mich breitschlagen zu lassen. Oder doch? Nein! Entscheidend ist, daß er mich gar nicht auf die Probe stellt, dachte sie. Er enthebt mich der Aufgabe, mich ihm zu widersetzen. Ich bin froh. Er ist wunderbar.

»An was denkst du?« fragte er wieder einmal.

»Ist das eine Frau?« antwortete sie.

»Wer?«

»Deren Adresse dich interessiert?«

Da sie nun schon beim Thema waren, erzählte Werner von der Unbekannten, die sich Thekla Bendow nannte, und von ihrem Kontakt mit seiner Redaktion. Anscheinend sei die nicht ganz normal, sagte er, aber irgendwann müsse sie ja mal von selbst ihr Visier lüften.

»Euer Betrieb bricht also nicht zusammen, wenn es noch eine Weile dauert, bis die das tut?« fragte Evelyn.

»Nein.«

Das freute Evelyn. Ihre Gedanken wandten sich von der Adresse ab. Sie drängte sich an Werner. Ihre nackte Haut und seine nackte Haut rieben sich aneinander. Das erzeugte jene spezifische Spannung, die der schönsten aller Entladungen vorausgeht.

»Komm«, raunte Evelyn Werner heiß ins Ohr, »fahre fort, mir meine zehn Semester auszutreiben. Sieben warten noch darauf.«

Das war ein plumper Betrugsversuch, den Werner zurückwies, indem er sagte: »Sechs.«

Wieder zurück aus Düsseldorf, rief Werner Frank an, der sofort wissen wollte: »Wie war's?«

»Frag mich nicht«, antwortete Werner mürrisch.

»Also kein Erfolg?«

»Nein.«

»Das dachte ich mir.«

»Daß das solche Blödmänner sind, hätte ich nicht für möglich gehalten.«

»Ich hatte dich darauf vorbereitet.«

»Trotzdem glaube ich, daß ich die Flinte vielleicht zu früh ins Korn geworfen habe. Gerade beim ersten hätte ich wohl, wenn ich zurückdenke, etwas länger bohren sollen.«

»Wer war der?«

»Ein junger Inspektor. Hieß Felchen. War ganz nett.«

»Dem Namen nach ein Rheinländer, wie?«

»Ja«, erwiderte Werner. »Kann sein, daß ich darauf zu wenig eingegangen bin.«

»Er hat dich also doch abblitzen lassen?«

»Wenn ich ehrlich bin, Frank, war es eigentlich mehr so, daß nicht er mit mir, sondern ich mit ihm nicht lange herumgemacht habe.«

»Obwohl«, wunderte sich Frank, »mit dem vielleicht etwas zu machen gewesen wäre, sagst du?«

»Das erkannte ich erst später.«

»Wann?«

»Nachdem ich mit dem nächsten zu tun gehabt hatte.« Werners Stimme wurde gehässig. »Ein absolutes Arschloch, kann ich dir sagen.«

»Auch ein Inspektor?«

»Nein, ein Amtmann.«

»Also schon älter?«

»Viel älter«, meinte Werner. »Vollkommen verknöchert.«

»So?«

»Total verkalkt, würde ich sagen.«

»Einer von diesen Typen?«

»Er wollte mir sogar dumm kommen, stell dir das vor.«

Frank erschrak. »Ja? Hattest du Schwierigkeiten?«

»Er wollte mir welche machen, aber diesen Star habe ich ihm dann doch rasch gestochen«, sagte Werner mit überzeugend klingender Stimme.

»Wie denn?«

»Mit einer Beschwerde über ihn.«

»Du hast dich beschwert?«

»Ja.«

»Bei wem?«

»Bei einer Posträtin.«

Frank horchte auf.

»Eine Frau?«

»Ja.«

»Sah sie gut aus?«

»Ja, aber was hat das mit meiner Beschwerde zu tun?« antwortete Werner.

»Sehr viel – wenn sie gut aussah.«

»Ich verstehe dich nicht.«

»Du verstehst mich durchaus, mein Junge«, sagte Frank. »Das war doch gestern, nicht?«

»Sicher.«
»Und zurückgekommen bist du heute?«
»Ja.«
»Wo hast du denn übernachtet?«
»Jetzt versteh ich dich.«
»Im Hotel sicherlich?«
»Wo denn sonst?«
»War der Service gut?«
Der Punkt war erreicht, an dem Werner von Freund zu Freund sagte: »Leck mich doch am Arsch.«
Dann legte er auf, ließ ein paar Minuten verstreichen und wählte wieder Franks Nummer, um das Gespräch mit ihm fortzusetzen.
»Entschuldige«, begann er, »mir ist der Gaul durchgegangen . . .«
»Ich frag' mich nur, warum«, erwiderte Frank.
»Weil ihr mir ständig auf die Zehen tretet. Wißt ihr denn nie etwas anderes?«
»Dann muß ich dir sagen, warum sich vorhin mein Interesse regte.«
»Warum?«
»Weil ich mir sagte, daß es für dich unter den von mir vermuteten Umständen ein leichtes hätte sein müssen, aus dieser Posträtin die Adresse herauszuholen, die wir brauchen.«
Eine kleine Pause entstand, in der nur ein entschiedener Seufzer Werners zu vernehmen war.
»Frank«, meinte er dann, »aus dir wird nie ein Kavalier.«
»Werner«, fuhr Frank, ohne sich damit lange aufzuhalten fort, »sag mir lieber, wie das nun mit der Bendow weitergeht.«
»Wie bisher. Sie schreibt uns ihre Briefe, du beantwortest sie. Adresse: Düsseldorf, postlagernd. Vielleicht wird ihr das selbst bald zu dumm.«
»Ewig mache ich das aber nicht mehr.«

Da war also wieder einmal Gefahr im Verzug. Franks Stimmung drohte wieder umzuschlagen. Ein probates Mittel dagegen war der Vorschlag, zu dem nun rasch Werner griff.

»Weißt du«, begann er, »auf was ich wieder einmal Lust hätte?«

»Auf was?«

»Auf ein gepflegtes Pils in unserer Kneipe.«

»Ich auch«, meine Frank spontan.

»Wie wär's mit heute abend?«

»Heute abend geht's leider nicht«, mußte Frank bedauern. »Helga wäre dagegen.«

»Warum?«

»Ich verreise morgen, deshalb wird sie mich sicherlich wieder früh ins Bett schicken.«

»Wohin fährst du?«

»Nach Düsseldorf.«

»Nach Düsseldorf!« rief Werner. »Diese Stadt verfolgt uns beide. Was machst du dort?«

»Franklin Lloyd hält einen Vortrag.«

»Wer ist das?«

»Ein aufstrebender amerikanischer Architekt. Ein Geheimtip in Fachkreisen. Müßtest du eigentlich wissen als Redakteur einer Zeitschrift für Architektonisches.«

»Nee«, gestand Werner freimütig. »Wann kommst du zurück?«

»Übermorgen.«

»Fährt Helga mit?«

»Nein, sie war doch eben erst in Düsseldorf. Die Frühjahrsarbeit im Garten geht ihr jetzt vor.«

»Wenn sie jemanden braucht, der ihr hilft, soll sie mich anrufen.«

»Ich glaube nicht, daß sie sich davon allzu viel versprechen würde«, erwiderte Frank lachend. »Für den Garten, meine ich.«

Ende des Gesprächs.

8

Frank Petar kam nach Düsseldorf und mußte dort eine ärgerliche Enttäuschung erleben. Der Vortrag des amerikanischen Architekten fiel aus, und zwar ohne Angabe von Gründen, was das Ärgerlichste an der ganzen Sache war. Franklin Lloyd schien auf dem Weg von London nach Düsseldorf irgendwie verlorengegangen zu sein. Sein Vortrag, der am frühen Abend hätte stattfinden sollen, wurde deshalb einfach abgesetzt. Daß der Architekt von der Bildfläche verschwunden war, wollte man nicht eingestehen. Lieber sagte man den Leuten, die den Amerikaner hören wollten, gar nichts und hängte ihnen an die verschlossene Tür des Veranstaltungssaales nur einen Zettel mit der schlichten Mitteilung, daß der Vortrag nicht stattfinde.

Frank ärgerte sich minutenlang maßlos. Im ersten Impuls neigte er dazu, sich in sein Auto zu setzen und unverzüglich die Rückfahrt nach Heidenohl anzutreten. Das Auto stand aber in der Tiefgarage des Hotels, in dem er schon ein Zimmer zum Übernachten gebucht hatte. Nach einer Weile verflog sein Ärger, und Frank sagte sich, daß es falsch wäre, etwas zu überstürzen. Schließlich befand er sich in einer Stadt, deren Anziehungskraft beträchtlich war. Im übrigen rechnete Helga ohnehin erst am nächsten Tag mit seiner Rückkehr, und das gab für ihn den Ausschlag, sich zum Bleiben zu entschließen: Er rief jedoch Helga an, um ihr die letzte Entscheidung zu überlassen.

Helga fand die Panne mit dem amerikanischen Architekten unglaublich. Dem wichtigsten Aspekt, den sie dabei sah, gab sie folgendermaßen Ausdruck: »Mach auf keinen Fall den Fehler, heute noch zurückzufahren. Dann wäre die Anstrengung zu groß. Du bist übermüdet, es könnte dir etwas passieren, hörst du?«

»Ich wäre aber viel lieber bei dir, Häschen.«

»Das weiß ich, mein Schatz. Trotzdem darfst du keinen Unfall riskieren, wenn du mich liebst.«

»Was soll ich denn hier allein?«

»Hast du nichts zum Lesen dabei?«

»Ein paar Fachbücher.«

»Leg dich mit ihnen ins Bett, bis du einschläfst. Morgen früh fährst du dann frisch und munter los. Versprichst du mir das?«

»Ja.«

»Danke, mein Schatz. Bis morgen.«

»Bis morgen, mein Häschen.«

Noch mit seinem Versprechen auf den Lippen blätterte Frank im Düsseldorfer Telefonbuch, um die Nummer eines alten Kumpels aus seiner Studienzeit herauszusuchen, von dem er jahrelang nichts mehr gehört hatte. Die Nummer fand er zwar rasch, aber es wurde nicht abgehoben.

Dasselbe erlebte Frank anschließend bei dem Versuch, einen zweiten ehemaligen Kommilitonen zu erreichen. Nun hatte er nur noch einen dritten und letzten in Reserve, und mit diesem schien es zu klappen. Konrad Päffgen hieß der Mann.

»Rate mal«, begann Frank, »wer am Apparat ist, von weit herkommend.«

»Frank Petar.«

Frank war ehrlich verblüfft.

»Mann, Konrad«, stieß er hervor, »woran hast du mich so rasch erkannt?«

»An deiner Stimme. Die ist immer noch dieselbe. Und an deinem Dialekt.«

»Ich spreche doch gar keinen Dialekt.«

»Und was für einen. Reinstes Platt.«

»Das hat mir noch keiner gesagt.«

»Aus Höflichkeit.«

Eine kleine Enttäuschung beschlich Frank. Konrads kühler, unpersönlicher Ton war die Ursache.

»Wie geht's dir?« fragte er.

»Danke, gut. Und dir?«

»Auch gut. Wie laufen die Geschäfte?«

»Welche Geschäfte?« fragte Konrad Päffgen.

»Die Aufträge. Ich hoffe, du kannst nicht klagen.«

»Du meinst Bau-Aufträge?«

»Ja.«

»Damit habe ich nichts mehr zu tun. Ich bin in die Politik gegangen.«

»Ach du liebe Zeit«, entschlüpfte es Frank.

»Gefällt dir das nicht?« reagierte Päffgen indigniert.

»Doch, doch«, versicherte Frank. »Es hat mich nur überrascht. Minister bist du aber noch nicht?«

Das kleine Späßchen kam nicht gut an.

»Nein«, sagte Konrad Päffgen knapp.

»Was dann?«

»Abgeordneter.«

»Bei welcher Partei?«

Damit war das Gespräch der beiden endgültig kaputt.

»Liest du denn keine Zeitung?« erwiderte Päffgen verächtlich.

»Doch, wieso?«

»Weil du dann diese Frage nicht nötig gehabt hättest.«

»Tut mir leid, Konrad, wir in der Heide –

»Frank«, unterbrach Päffgen.

»Ja?«

»Ich bin zwar kein Minister, aber ich erwarte gerade in diesen Minuten den Anruf von einem. Du blockierst die Leitung. Ich muß dich bitten aufzulegen. Mach's gut.« Franks Antwort war unbeherrscht.

»Du mich auch«, lautete sie.

Was jetzt?

Franks Vorrat an alten Bekannten in Düsseldorf war erschöpft. Seine Studienzeit lag eben doch schon einige Jahre zurück.

Es sah also danach aus, daß dem enttäuschten Frank doch nur noch seine Fachbücher als Bettlektüre bleiben würden. Ein trauriger Abend in Düsseldorf stand ihm bevor. Es gab aber noch eine allerletzte Möglichkeit, das Blatt zu wenden.

Gerti Maier!

Am einfachsten wäre es gewesen, sich allein ins Vergnügen zu stürzen, um »einen draufzumachen«. Viele Männer halten es damit, die Dinge an sich herankommen zu lassen, aber Frank war einer, dem das nicht lag. Er war auf diesem Gebiet kein »Einzelgänger«, sondern suchte Gesellschaft. So kam es, daß er Gerti Maier anrief und es dem Schicksal überließ, ob sie abheben oder nicht zu Hause sein würde.

»Hallo«, meldete sie sich.

»Tag, Gerti«, sagte Frank.

»Mit wem spreche ich, bitte?«

»Mit Frank Petar.«

»Frank!« rief Gerti mit heller Stimme. »Entschuldigen Sie, daß ich Sie nicht gleich erkannt habe, aber wir telefonieren ja zum erstenmal miteinander. Wie geht's Ihnen? Und Helga? Was macht das Sudhaus?«

»Das Sudhaus mußte ich mir abschminken«, lachte Frank. »Trotzdem geht's mir gut und Helga auch.«

»Steht Heidenohl noch?«

»Heute mittag stand's noch, als ich weggefahren bin.«

»Weggefahren? Wohin?«

»Nach Düsseldorf.«

»Frank!« rief Gerti begeistert. »Sie befinden sich in Düsseldorf?«

»Ja.«

»Mit Helga?«

»Nein.«

»Warum nicht?«

Er erzählte ihr das. Außerdem berichtete er auch von dem ausgefallenen Vortrag des amerikanischen Architekten.

»Dann sind Sie ja heute abend frei«, erkannte Gerti. »Oder wollen Sie noch zurückfahren?«

»Das hat mir Helga verboten, damit ich nicht übermüdet am Steuer einschlafe.«

»Sind Sie denn so übermüdet?«

»Nein, gar nicht.«

»Sehen Sie«, sagte Gerti belustigt. »Helga hätte deshalb daran denken müssen, daß ein Mann auch in Düsseldorf verunglücken kann, wenn auch anders, als sie denkt. Ich bin es ihr daher schuldig, daß ich auf Sie aufpasse.«

»Sie sind ihr eine gute Freundin«, sagte Frank ebenso belustigt.

»Wann kommen Sie her, um sich unter meine Aufsicht zu stellen?«

»Wenn es Ihnen paßt, ziehe ich gleich los.«

»Meine Adresse haben Sie?«

»Ja.«

»Den Weg muß ich Ihnen wohl nicht beschreiben?«

»Nein, ich kenne ja Düsseldorf.«

»Ich weiß.«

Ja, das weiß du, dachte Frank. Aber nicht von mir oder Helga, sondern von Werner. Wie ich euch beide einschätze, wirst du mit dem auch schon geschlafen haben.

»Ich komme mit einem öffentlichen Verkehrsmittel«, sagte er.

»Das wollte ich Ihnen soeben vorschlagen, Frank, damit uns keine Promillefesseln behindern. Wir gehen doch noch zusammen aus, oder?«

»Aber sicher!«

Die Situation war also klar. Gerti und Frank, zwei junge, gesunde, fröhliche, vitale, gutaussehende, dem einen oder anderen Laster nicht abgeneigte Menschen verschiedenen Geschlechts fanden sich zusammen, um dem Leben wieder einmal ein paar schöne Stunden abzugewinnen.

Die Düsseldorfer Altstadt sei, heißt es, »Europas längste Theke«. Das ist hübsch gesagt, dort reiht sich auch Lokal an Lokal, aber wer Schwabing kennt, dem drängen sich Zweifel an dieser Plakatierung auf.

Jedenfalls zogen Frank und Gerti durch etliche Etablissements, nachdem sie sich gleich im ersten durch einige Drinks in Schwung gebracht hatten. Daß das gar nicht nötig gewesen wäre, steht auf einem anderen Blatt.

Wo sie hinkamen, zogen sie alle Blicke auf sich, Gerti die der Männer, Frank die der Frauen. In einer Bar, deren Mixer gute Ohren hatte, sagte Frank: »Bei uns in Heidenohl wird der Naturschutz großgeschrieben.«

Der Mixer horchte auf. Schon wieder einer aus diesem Heidenohl, dachte er. Wo mag das liegen? Noch nie von dem Nest gehört. Scheint ein Dorf der langen Lulatsche zu sein. Der vor kurzem hier war, reichte sogar mit dem Scheitel bis fast an die Decke. Die Frauen stehen aber bei denen nicht unter Naturschutz, an die gehen sie ran.

Es war schon nach Mitternacht, als Frank und seine Dame vor deren Tür standen und es ein Weilchen dauerte, bis Gerti in ihrer Handtasche den Wohnungsschlüssel gefunden hatte und ihn ins Schloß steckte. Trotz der späten Stunde sagte Frank: »Schade, ich finde, es ist noch zu früh zum Schlafengehen.«

Gerti sperrte auf, wobei sie erwiderte: »Ich dachte es mir, daß Sie noch die berühmte Tasse Kaffee bei mir trinken möchten.«

»Tee wäre mir auch recht.«

»Frank«, sagte Gerti, die Tür aufdrückend, »Sie sind also entschlossen, über diese Schwelle zu treten?«

»Ja.«

»Dann möchte ich Sie aber vorher noch an das bekannte Sprichwort erinnern: ›Wer sich in Gefahr begibt, kommt darin um‹.«

»Das gilt wohl für uns beide, Gerti.«

Sie blickte ihn an. Kurz dachte sie an Helga – aber, wie gesagt, nur kurz.

»Komm rein«, nickte sie.

Es war das erstemal, daß sie ihn duzte, und es war der Anfang einer Liebesnacht, die, strenggenommen, diesen

Namen nicht verdiente, obwohl sie in physischer Hinsicht alles bot, was nur denkbar war, aber eben nur in physischer und nicht auch in psychischer.

Frank entsann sich zwischendurch recht oft seiner Ehe mit Helga, aber das konnte ihn nicht daran hindern, immer wieder sein Treiben mit Gerti fortzusetzen, das ihm wachsendes Ansehen bei ihr bescherte, so daß sie sich zuletzt veranlaßt fühlte, ihn zu lobpreisen: »Du bist gut! Sehr, sehr gut!«

»Besser als Werner?«

»Welcher Werner?«

»Werner Ebert.«

»Dein Freund?«

»Ja.«

»Woher soll ich das wissen?«

»Weißt du das nicht?«

Ihr ging ein Licht auf.

»Du denkst, ich habe mit dem auch schon geschlafen?«

Er antwortete nichts, grinste nur.

»Hat er das gesagt?« fragte Gerti.

»Was?«

»Daß er mit mir schon geschlafen hat.«

»Nein, das nicht.«

»Sein Glück!«

»Ein Kavalier genießt und schweigt«, grinste Frank. »Ich werde es ihm auch nicht sagen.«

»Das will ich schwer hoffen«, entgegnete Gerti. »Aber was ihn anbelangt, unterliegst du einem Irrtum. Zwischen dem und mir war noch nichts.«

Frank nahm ihr das keineswegs ab, ließ es aber gut sein. Geht mich ja nichts an, dachte er.

»Ihr glaubt wohl alle, daß dem keine widerstehen kann?« fragte Gerti.

»Das ist nun mal sein Image«, erwiderte Frank, unentwegt grinsend.

Draußen vor dem Fenster graute schon fast der Morgen.

Die Strapazen der Nacht forderten ihren Tribut von den beiden. Gerti schlief als erste erschöpft ein, dann folgte Frank. Es war ihnen aber kein langer Schlummer vergönnt. Die Sonne war kaum aufgegangen, als der Donner einer großen Düsenmaschine die Bewohner des ganzen Stadtviertels wachrüttelte.

Frank unterdrückte einen Fluch, gähnte, fühlte sich miserabel. Der Katzenjammer, der sowohl im Seelischen als auch im Körperlichen wurzelte, war in voller Stärke da. In solchen Situationen entsinnt sich der Mensch merkwürdigerweise gern des Allmächtigen. Das zeigte sich auch bei Frank wieder. Großer Gott, dachte er, wie konnte mir das passieren? Ich muß total verrückt gewesen sein.

War ich denn so besoffen? Ganz sicher, sonst hätte das nicht geschehen können.

Der Kopf tat ihm erbärmlich weh. Das kam von dem Durcheinander, das er getrunken hatte. Einen schlechten Geschmack hatte er im Mund. Aber seine Zahnbürste lag im Hotel, ebenso sein Rasierapparat, an den er jählings dachte, als er sich mit der Hand prüfend über das Kinn strich.

Gerti rührte sich neben ihm.

»Guten Morgen«, krächzte er.

»Diese elenden Flugzeuge!« war Gerti, deren Kopf halb unter der Decke steckte, dumpf zu vernehmen. »Müssen die denn schon so früh ihren Lärm auf uns abladen?«

Frank meinte: »Davon werden wir in Heidenohl nicht in Mitleidenschaft gezogen.«

Gerti rutschte ein bißchen höher, bis Nase und Mund von der Decke frei waren.

»Dasselbe sagte Helga, als sie hier war.«

Helga! Ein Stichwort. Frank schloß die Augen. Er lag auf dem Rücken und spürte, wie nach einer Weile Gerti aus dem Bett stieg. Er schlug die Augen auf.

»Was machst du?« fragte er.

»Ich bereite uns das Frühstück zu.«

»Nicht für mich.«
»Warum nicht?«
»Keinen Appetit.«
»Wenigstens eine Tasse Kaffee wird dir guttun.«
»Nein.«

Gerti, die nackt war, wandte sich ab vom Bett, um ins Bad zu gehen. Nach ihrem Verschwinden glitt Frank auch aus dem Bett, suchte rasch seine Kleidungsstücke zusammen und zog sich an. Nur ins Jackett schlüpfte er noch nicht. Dann wartete er auf Gertis Rückkehr.

Gerti sah aus wie der junge Frühling, als sie wieder erschien. Sie steckte in einem durchsichtigen Negligé, trug darunter nur BH und Slip. Von den Strapazen der Nacht war nichts mehr zu sehen. Moderne Kosmetik hatte das möglich gemacht.

Gerti war überrascht, als ihr Blick auf Frank fiel.
»Du bist schon angezogen?« fragte sie.
»Ja, ich muß weg«, nickte er.
»Willst du kein Bad nehmen?«
»Das mache ich im Hotel.«
»Kämm dich wenigstens.«

Er nahm das Jackett mit ins Bad, klatschte sich eine Handvoll kaltes Wasser ins Gesicht und fuhr sich mit einem der Kämme Gertis durchs Haar. Als er wieder zum Vorschein kam, trug er auch schon sein Jackett.

»Willst du wirklich nichts frühstücken?« fragte Gerti.
»Nein.«
Er blickte zur Tür.
Gerti sagte: »Du hast es sehr eilig.«

»Ja«, nickte er. »Stell dir vor, Helga kommt aus irgendeinem Grund auf die Idee, im Hotel anzurufen. Das wäre eine Katastrophe.«

»Weiß sie denn, wo du abgestiegen bist?«
Frank überlegte kurz.

»Nein«, erwiderte er dann erleichtert. »Danach hat sie mich gar nicht gefragt.«

»Dann hättest du ja doch noch Zeit zu einer Tasse Kaffee oder Tee.«

»Nein«, lehnte er, zur Tür gehend, abermals ab. »Ich möchte mich trotzdem raschestens auf die Socken machen. Sie erwartet mich ja heute zurück.«

Gerti folgte ihm in die Diele.

»Sehen wir uns noch einmal?« fragte sie.

Er blieb nervös stehen.

»Heute?«

»Nein, überhaupt.«

»Aber natürlich«, sagte er. »Du kommst doch wieder nach Heidenohl?«

»Soll ich denn das noch?«

»Gerti«, stieß er hervor, »das *mußt* du! Anders könnte doch Helga Verdacht schöpfen.«

»Hast du ihr denn gesagt, daß du mich hier treffen willst?«

»Nein.«

»Hast du vor, ihr jetzt zu sagen, daß wir uns getroffen haben?«

Er schwankte.

»Was meinst du?« fragte er. »Soll ich, oder soll ich nicht?«

»Das liegt bei dir.«

»Ich werde es ihr nicht sagen«, entschied er sich.

»Dann gilt das auch für mich«, nickte Gerti.

Der Abschied war kurz. Ich sollte sie küssen, dachte er, unterließ es aber.

Ich sollte ihm Grüße an Helga bestellten, dachte sie und unterließ es auch.

»Ich danke dir«, sagte er. »Für alles.«

»Fahr vorsichtig.«

»Mach' ich.«

Sie gaben sich die Hände, dann wandte er sich ab und verließ die Wohnung. Gerti blickte ihm nach, als er die Treppe hinunterstieg. Wenn es ein personifiziertes schlechtes Gewissen gibt, dachte sie, dann entschwindet dasselbe soeben meinen Augen.

Wäre sie gefragt worden, wie sie sich selbst fühlte, hätte sie darauf eigentlich keine richtige Antwort geben können.

Die lange Rückfahrt nach Heidenohl bot Frank die Gelegenheit, sich innerlich wieder einigermaßen zu erholen. Mit zunehmendem Abstand von Düsseldorf wuchs auch der Abstand von seinem durch nichts zu beschönigenden Ehebruch. Seine Liebe zu Helga sei ja dadurch, sagte er sich, keineswegs in Mitleidenschaft gezogen worden. Er hatte in Düsseldorf auch noch eine hübsche Handtasche gekauft, echt Leder, alles andere als billig. In der Kö. Was das hieß, würde er Helga schon erklären, falls ihr das nicht klar sein sollte.

Helga empfing ihn mit einem glühenden Kuß, den zu erwidern er keine innerlichen Schwierigkeiten hatte.

»Ich bin ja so froh, daß du wieder da bist«, sagte sie.

»Ich auch, mein Häschen. Sieh mal, was ich dir mitgebracht habe.«

»Eine *Handtasche!*« jubelte Helga.

»Gefällt sie dir?«

»Sie ist wunderbar! Herrlich! Phantastisch!« Helgas strahlender Gesichtsausdruck wurde plötzlich ein bißchen besorgt. »Was hat die gekostet?«

»Das weiß ich nicht mehr«, meinte er lachend.

Sie küßte ihn hingebungsvoll.

»Ich liebe dich«, sagte sie.

»Leider bekommt man solche Taschen nur in der Kö.«

»In der Kö?« erschrak Helga. »Ist das nicht eine der teuersten Einkaufsstraßen der Welt?«

»Deutschlands«, milderte Frank ab.

Der angemessene Dank, an den Helga dachte, mußte noch ein bißchen verschoben werden, denn Frank teilte ihr mit, daß er Hunger habe.

Es gab einen leckeren Eintopf, den Helga eingedenk der

Möglichkeit, daß er jederzeit warmgemacht werden konnte, vorbereitet hatte. Beim Essen fragte sie Frank, wie er den Abend zuvor in Düsseldorf verbracht habe.

»Das weißt du doch«, erwiderte er.

»Woher soll ich das wissen?«

»Hast du mir nicht selbst gesagt, was ich machen soll?« Sie strahlte ihn an.

»Und das hast du wirklich befolgt?«

»Ja.«

»Du bist süß, Schatz, ich liebe dich. Ein anderer hätte die Gelegenheit beim Schopf gepackt und wer weiß was angestellt.«

Frank schob einen Bissen in den Mund, kaute, schluckte hinunter und sagte: »Eins steht fest – einer amerikanischen Einladung folge ich nicht mehr.«

Helga blickte ihn an. Sie hatte plötzlich einen Ausdruck der Reue im Gesicht.

»Frank«, sagte sie, »ich bin eine Egoistin.«

»Wieso?«

»Ich habe nur an mich gedacht, das tut mir leid. Ich hätte dir am Telefon auch einen anderen Tip geben können.«

»Welchen?«

»Daß du Gerti anrufen könntest, um dich mit ihr zu treffen.«

»Gerti?« erwiderte er, sich mit Hingabe seinem Essen widmend.

»Das wäre doch das nächstliegende gewesen?«

Frank schwieg. Er hatte den Mund voll. Mit vollem Mund spricht man nicht.

»Ich gebe aber zu«, fuhr Helga fort, »das wollte ich nicht. Ich habe, als ich bei ihr war, gesehen, wie die Männer auf sie fliegen.«

Frank blieb stumm.

»Kannst du mir verzeihen?« fragte ihn Helga.

»Wieso verzeihen?« brach er sein Schweigen.

»Weil du mir mit Recht einen Mangel an Vertrauen zu dir vorwerfen kannst.«

»Aber nein!«

»Doch, doch, davon will ich mich nicht freisprechen Liebling«, sagte sie. »Aber ich schwöre dir, daß das nicht mehr vorkommen wird.«

Franks Blick wanderte zur Krokotasche, die Helga auf einen freien Sessel gelegt hatte. Sie war schwarz.

»Wäre dir eine braune lieber gewesen?« fragte er.

»Keineswegs, eine braune habe ich doch schon.«

»Eine uralte.«

»Bist du verrückt?« lachte Helga. »Dreieinhalb Jahre sind kein Alter. Solche Taschen bleiben immer neu.«

Frank schob seinen Teller von sich.

»Bist du satt?« fragte ihn Helga. Als er nickte, fuhr sie fort: »Ich kann mir vorstellen, daß du von der Fahrerei müde bist. Möchtest du dich hinlegen?«

»Ja.«

»Auf die Couch oder ins Bett?«

»Ins Bett.«

Das bestätigte ihre Erwartung, und sie sagte verheißungsvoll: »Dann komme ich mit.«

Ihre Enttäuschung war daher nicht gering, als sie erleben mußte, daß im Schlafzimmer der Funke von ihr nicht übersprang auf ihren Mann. Sie wollte Franks Heimkehr feiern, wollte ihm auf ihre Art – auf die schönste Art, die Frauen gegeben ist – für die Handtasche danken, wollte halt »ganz, ganz lieb zu ihm sein«, hatte noch nie erfahren, daß sie damit bei ihm keinen Anklang gefunden hätte – und wurde heute eines anderen belehrt.

Frank zog sich aus und kroch unter die Decke. Helga verlor noch ein bißchen Zeit, da es Frauen, die sich zur Liebe anschicken, nicht versäumen sollten, vorher noch ins Bad zu gehen, wenn das irgendwie möglich ist. Als sich Helga aber dann zu Frank gesellte, schlief er fast schon.

Sie drückte sich an ihn, umarmte ihn, küßte ihn aufs Ohr,

sagte leise: »Ich habe den liebsten, besten, zuverlässigsten Mann auf der Welt. Und den treuesten.«

Er rührte sich nicht.

»Ich bin die glücklichste Frau der Welt«, fuhr sie fort. Wieder nichts.

»Und ich möchte meinen Mann immer wieder so glücklich machen, wie ich selbst es bin.«

Es schien alles umsonst zu sein.

»Hörst du mich nicht?« fragte sie ihn ein bißchen lauter.

»Doch«, brummte er schläfrig.

»Und?«

»Was und?«

»Willst du nicht, daß ich dich glücklich mache? Und du mich?«

»Wann?«

»Jetzt.«

»Morgen«, brummte er und schlief endgültig ein.

Dieses Erlebnis war etwas Neues für Helga. Im ersten Moment war sie konsterniert. Dann aber seufzte sie leise und dachte bei sich: Einmal mußte es ja kommen, er wird eben auch nicht jünger. Wahrscheinlich war sein Hotelbett nicht das beste. Und dann noch die weite Fahrt dazu.

Helga sah also, daß sie es mit einer Reihe ganz natürlicher Faktoren zu tun hatte.

Trotzdem prägte sich das Datum dieses Tages ihrem Gedächtnis ein.

9

Clara v. Berg hatte geschäftliche Schwierigkeiten. Heidenohl schien eben kein Pflaster für Boutiquen zu sein. Die Kundinnen blieben aus. Clara blickte in eine düstere Zukunft. Die unbezahlten Rechnungen, die Mahnungen, die ihr ungeduldig werdende Lieferanten ins Haus schickten, häuften sich. Um die allerdringendsten Verpflichtungen begleichen zu können, hätte sie achteinhalbtausend Mark gebraucht. Sie hatte sie nicht, wußte aber, daß es ihr ein leichtes sein würde, notfalls sehr rasch ein Vielfaches dieses Betrages aufzubringen, da sie doch einen echten Spitzweg besaß.

Der Gedanke, sich von dem Bild zu trennen, war ihr zwar nicht gerade angenehm, aber auch nicht unerträglich; er bedeutete ihr weniger als der Gedanke, mit ihrer Boutique zu scheitern. So kam es, daß sie sich eines Tages brieflich an eine große Hamburger Galerie wandte und um ein Angebot bat. Der Brief war noch keine 48 Stunden weg, als der Galerist bei Clara anrief, sogar an einem Sonnabendnachmittag. Clara saß am Kaffeetisch. Bei ihr in der Wohnung befand sich auch Werner Ebert. Mit der einen Hand trank er Kaffee, mit der anderen hielt er die Zeitung, in der er las. Das war eine seiner Unarten, über die Clara aber gerne hinwegsah, wenn er nur bei ihr war.

Werner war in einen Bericht über Spannungen zwischen Honduras und Nicaragua vertieft. Claras Telefongespräch interessierte ihn nicht. Plötzlich ließ ihn aber doch ein Wort, das Clara am Apparat fallen ließ, aufhorchen. Sie hatte »Original« gesagt. Dann schwieg sie wieder, den Hörer ans Ohr gepreßt. Und dann sagte sie etwas von einer »Expertise«, und mehrmals fiel auch der Ausdruck »echt«. Ehe sie schließlich auflegte, meinte sie: »Gut, also am Montag ab sechzehn Uhr. Ich erwarte Sie. Meine Adresse wissen Sie, Sie haben ja meinen Briefkopf.«

Einen Blick auf Werners Tasse werfend, sagte sie: »Möchtest du noch Kaffee?«

»Wer war das?« antwortete er.

»Wer?«

»Der am Telefon?«

»Jemand aus Hamburg.«

»Was wollte er?«

»Möchtest du noch Kaffee oder nicht?«
»Was wollte er? frage ich dich.«
»Mir seinen Besuch ankündigen. Er kommt am Montag her.«
Werner legte die Zeitung weg und klopfte mit den Fingern der dadurch frei gewordenen Hand auf die Tischplatte.
»Das habe ich gehört. *Wozu* kommt er her?«
»Um ein Geschäft mit mir abzuschließen.«
»Welches?«
Werners Ton, sein ganzes Verhalten erschien Clara absolut unangebracht. Er mischte sich in Dinge ein, die ihn nichts angingen, auch wenn er ihr Freund war. Trotzdem war sie darauf bedacht, vorsichtig mit ihm zu sein. Sie wollte ihn nicht vor den Kopf stoßen, wollte alles unterlassen, das ihn innerlich auch nur ein Schrittchen von ihr hätte entfernen können.
Clara wußte, daß ihr jetzt schwierige Minuten bevorstanden. Werner war ein zu großer Spitzweg-Fan. Und nun hatte er schon Verdacht geschöpft. Clara wußte, daß es für ihn zwei Gründe gab, warum er so gern in diese Wohnung hier kam: sie selbst (das hoffte sie jedenfalls) und das Bild.
Sie seufzte.
»Werner«, sagte sie dann, »du billigst mir doch zu, daß ich meine Angelegenheiten selbst regle?«
»Nein.«
»Nicht?«
»Eine deiner sogenannten Angelegenheiten bin doch auch ich – oder nicht?«
»Meine wichtigste«, lächelte Clara.
»Und über die zu bestimmen – ohne jede Einwirkung von mir selbst –, das billige ich dir natürlich nicht zu.«
»Das will ich doch auch gar nicht, Liebling.«
»Und dann gibt es noch eine dieser Angelegenheiten, in die ich mich einmische, und zwar ganz entschieden ...«
»In welche?«

Werner zeigte auf das Bild an der Wand.

»In diese!«

Clara druckste nicht lange herum, sondern sagte: »Ich muß das Bild verkaufen, Werner.«

»Warum?«

»Weil ich sonst meine Boutique nicht mehr halten kann.«

»Dann laß doch den Scheißladen sausen, mit dem sowieso nichts los ist!«

Das hätte er nicht sagen sollen. Clara wurde blaß. Er hatte ihr weh getan. In ihrer Boutique steckte von ihr viel mehr als nur äußeres Engagement; wenn man so will: Herzblut.

Tränen schossen ihr aus den Augen. Als Werner das sah, sagte er: »Um Gottes willen, weine doch nicht gleich, ich nehm das ja zurück.« Er legte seine Hand auf die ihre.

»Ich mache dir einen Vorschlag: Du erzählst mir jetzt in aller Ruhe, was los ist. Hier, mein Taschentuch, trockne dir das Gesicht ab.«

Sie nahm es, obwohl es nicht mehr ganz sauber war, und vergrub ihr Gesicht darin. Sie gab es ihm zurück, als sie es nicht mehr nötig zu haben glaubte, und schenkte ihm dabei schon wieder ein kleines Lächeln.

»Hast du Schulden?« fragte er.

Sie nickte.

»Wie hoch?« fuhr er fort.

»Achteinhalbtausend Mark.«

Er hatte mit einem ganz anderen Betrag gerechnet und stieß deshalb hervor: »Das ist ja lächerlich! Und deshalb willst du den Spitzweg verscherbeln? Bist du wahnsinnig?«

»Die achteinhalbtausend sind nur das Dringendste. Da kommt noch einiges hinzu.«

»Wieviel?«

»Vier . . . fünftausend«, sagte Clara zögernd.

»Insgesamt fünfzehntausend, würden die reichen?«

»Bei weitem.«

»Die bekommst du von mir.«

Clara starrte ihn an.

Werner war ein Mann, der sehr gerne Nägel mit Köpfen machte. Ehe Clara etwas erwidern konnte, zeigte er auf den Telefonapparat und sagte: »Ruf den Kerl an und sag ihm, daß er am Montag in Hamburg bleiben kann.«

In Claras Gesicht spielte sich einiges ab.

»Nein«, sagte sie kopfschüttelnd.

»Was nein?«

»Ich nehme das Geld nicht an.«

»Warum nicht?«

»Weil ich dir keine Sicherheiten bieten kann.«

Werner Ebert war ein unmöglicher Mensch. Das zeigte sich in diesem Augenblick wieder so richtig, als er sagte: »Ich brauche keine Sicherheiten! Ich werde dich dafür bumsen, sooft ich will – und kann.«

Auch Clara v. Berg war unmöglich. Statt höchst indigniert zu sein, lachte sie und rief glücklich: »Das kriegst du doch umsonst!«

»Das will ich nicht umsonst!«

»Und was war bisher damit?«

»Bisher wußte ich nicht, in welcher Situation du dich befindest, obwohl ich mir das«, sagte Werner, »eigentlich hätte denken können, ich Ochse.«

Clara wurde wieder ernst.

»Es gibt nur einen Weg, wie wir uns einigen können«, erklärte sie.

»Wie denn?«

»Du nimmst für dein Geld das Bild.«

Nun starrte nicht mehr sie ihn, sondern er sie an. »Für fünfzehntausend?«

»Ja«, nickte sie.

»Das Bild ist das Zehnfache wert – mindestens!«

»Mir genügen fünfzehntausend.«

»Hör auf mit dem Unsinn«, sagte Werner ärgerlich. »Das Bild ist das Zehn- oder Zwanzigfache wert, sage ich, also bleibt es in deinem Besitz. Ich bin kein Millionär, der einen solchen Betrag hinblättern könnte.«

»Nein.«

»Was nein?«

»Entweder *du* nimmst das Bild, und *ich* deine fünfzehntausend – oder es geht nach Hamburg.«

Nun wurde Werner massiv.

»Sei nicht so blöd!«

»Danke.«

»Wann brauchst du meinen Scheck?«

»Möglichst bald.«

»Du kriegst ihn morgen.«

»Und du das Bild.«

Ein Faustschlag Werners auf den Tisch ließ die Kaffeetassen klirren.

»Nein, verdammt noch mal!«

Seine Augen schossen Blitze. Die Wut hatte ihn gepackt.

»Benimm dich, bitte«, sagte Clara mit einer Miene, die adeligen Hochmut zum Ausdruck brachte.

Werner sprang auf und rannte ein paarmal im Zimmer hin und her. Dann stellte er sich vor Clara hin und fragte sie: »Für was hältst du mich eigentlich? Für einen Ganoven?«

»Wieso?«

»Weil du mir zutraust, daß ich auf einen solchen Handel eingehe.«

»Ich sehe darin keinen Handel in dem Sinne, wie du das meinst.«

»Was dann?«

Die Antwort Claras bestand darin, daß sie zum Gegenangriff überging.

»Für was hältst du mich eigentlich, Werner?«

»Das steht jetzt nicht zur Debatte. Weich mir nicht aus.«

»Du traust mir zu, daß ich mir von dir fünfzehntausend Mark unter den Nagel reiße, die du nie mehr wiedersehen wirst.«

»Wieso ›die ich nie mehr wiedersehen werde‹? Wer sagt das?«

»Du selbst – mit deinem Vertrauen in mein Geschäft.«

Werner spürte seine Position schwächer werden. Dagegen sträubte er sich.

»Dein Laden wird sich schon noch durchsetzen«, meinte er deshalb. »Wirst sehen.«

»Vor einer Minute hast du noch etwas ganz anderes gesagt.«

»Das war doch Blödsinn.«

»Ach was, Werner«, sagte Clara mit einem etwas traurigen Lächeln, »ich kenne dich doch. Ich kenne dich viel besser als du mich.«

»Wenn das der Fall wäre, würdest du mit deinem Quatsch hier endlich aufhören. Dann müßtest du nämlich wissen, was ich tue und was nicht.«

»Und was tust du nicht?«

»Ich reiße mir keinen Spitzweg für fünfzehntausend Mark unter den Nagel.«

»Und ich mir keine fünfzehntausend Mark für nichts.«

Die beiden bewegten sich im Kreis. Werner wollte darob schier aus der Haut fahren. Er blickte anklagend empor zur Decke.

»Herrgott im Himmel«, stöhnte er, »wie kann ein Mensch so borniert sein, ich begreife das nicht.« Er senkte den Blick, schaute wieder Clara an. »Du mußt doch wissen«, sagte er zu ihr, »wieviel das Bild wert ist . . .«

»Ich weiß das, was du gesagt hast.«

»Was heißt, du weißt das, was ich gesagt habe?« erwiderte Werner. »Das klingt so vage, komm, laß uns in die Versicherungspolice schauen, da steht's drin. Mich würde das auch interessieren. Bring sie her.«

Clara rührte sich nicht, sie blieb sitzen.

»Bring sie her, los«, wiederholte Werner.

»Was denn?«

»Die Police.«

»Welche Police?«

»Die für den Spitzweg«, sagte Werner. »Du mußt ihn doch versichert haben . . . gegen Diebstahl, Feuer usw.?«

»Nein.«

Werner erstarb momentan das Wort im Mund. Er blickte Clara mit hervorquellenden Augen an.

»Waaas?« ächzte er dann.

Mit einem Lächeln, das entwaffnend sein sollte, sagte Clara: »Ich habe doch ein Sicherheitsschloß an der Wohnungstür.«

»Ich werde wahnsinnig«, ächzte Werner.

»Außerdem weiß niemand von dem Bild.«

»Ach nee«, höhnte Werner. »Und wieso nicht?«

»Denkst du, ich brüste mich mit so was?« erwiderte Clara und fügte hinzu: »Das tut man nicht.«

»Ich werde echt wahnsinnig«, wiederholte Werner und schrie Clara an: »Du bist ein Schaf!«

»Danke!«

»Ein Schaf, das sich in einem grandiosen Irrtum befindet! Von dem Bild weiß schon ein Haufen Leute!«

»Von wem?«

»Von *mir*!« rief Werner in ergreifender Verzweiflung. Clara verstummte, erkannte jedoch rasch die Gelegenheit, den Spieß wieder einmal umdrehen zu können, und sie tat das, indem sie sagte: »Dann hör auf, mir Vorwürfe zu machen.«

Werner konnte scheinbar ihren Anblick nicht mehr ertragen. Er wandte sich von ihr ab und nahm seinen Rundgang durchs Zimmer wieder auf. Wie ein Tiger im Käfig rannte er hin und her, wobei er sagte, daß er einen solchen Wahnsinn doch nicht habe ahnen können. Jawohl, er habe von dem Bild erzählt, aus Begeisterung, da und dort sei das der Fall gewesen – aber ihm wäre doch nie darüber ein Wörtchen über die Lippen gekommen, wenn er das gewußt hätte, was er jetzt wisse. Er müsse sich schon ausbitten, das zu seiner Entschuldigung anführen zu dürfen, wenn man ihn anklagen wolle.

Daran dächte sie überhaupt nicht, sagte Clara und fügte hinzu: »Du verkehrst doch nicht mit Elementen, von denen eine solche Gefahr drohen könnte, wie du sie siehst.«

»Das weiß man nie«, meinte Werner.

»Mit wem hast du denn gesprochen?«

Werner nannte den nächsten, der ihm einfiel: »Zum Beispiel mit Frank Petar.«

Daraufhin brach Clara in helles Gelächter aus.

»Aber das ist doch dein bester Freund!« Fast wären ihr Tränen der Belustigung aus den Augen gelaufen. »Und das soll ein Verbrecher sein?«

Werner blieb vor ihr stehen.

»Natürlich nicht! Aber weiß der Teufel, mit wem der wieder gesprochen hat, ohne sich dabei was zu denken? So geht das doch oft mit solchen Dingen.«

»Das glaube ich nicht.«

Für Werner war jetzt Schluß dieser Debatte, und er wollte kein Wort des Widerspruchs mehr hören. Er hatte genug.

»Ich sag' dir jetzt eins, Clara ...« Er zeigte auf das Bild an der Wand. »Das Ding wird versichert! Und zwar sofort! Du machst das morgen schon!«

»Morgen ist Sonntag.«

»Dann übermorgen.«

»Nein«, sagte Clara mit fester Stimme.

»Was nein?«

»Ich mache das nicht mehr.«

»Warum nicht?«

»Weil das Sache des neuen Besitzers sein wird ... also entweder die deine oder die des Hamburger Galeristen.«

»Clara!« schrie Werner außer sich. »Ich will nicht, daß das Bild in fremde Hände übergeht!«

»Ich auch nicht«, lächelte Clara. Wahrhaftig, sie lächelte. Aber das war ein Lächeln von eherner Entschlossenheit.

Werner blickte ihr in die Augen und erkannte endlich, daß ihm nichts anderes übrigblieb als zu kapitulieren. Sein Finger, mit dem er unentwegt auf das Bild gezeigt hatte, sank herab, als wohne ihm keine Kraft mehr inne. Auch die Knie schienen Werner einzuknicken, er setzte sich.

»Ich geb's auf«, seufzte er.

»Warum nicht gleich?« lächelte Clara.

»Den Scheck erhältst du, wie gesagt, morgen.«

»Und das Bild. Wann kommst du, um es dir zu holen?« Ein letztes kurzes Aufbäumen Werners erfolgte.

»Wieso holen? Das kann doch hier hängen bleiben?«

»Nein.«

»Warum nicht?«

»Weil es mir nicht mehr gehört.«

»Dann betrachte es als Leihgabe von mir«, versuchte es Werner mit Ironie. Auch damit war er aber zum Scheitern verurteilt.

»Nein, Werner.«

»Außerdem habe ich auch kein Sicherheitsschloß an der Tür.«

»Was du von Sicherheitsschlössern hältst, hast du mir zu erkennen gegeben. Ich kann mich aber um einen Handwerker für dich bemühen«, sagte Clara. »Das verspreche ich dir.«

Der Kaffee war den beiden inzwischen längst vollständig kalt geworden. Clara ging in die kleine Küche, um neuen aufzubrühen. Sie war in bester Stimmung, mehr noch, sie fühlte sich glücklich. Etwas Wichtiges, etwas Positives für sie war geschehen. Sie hatte ein zusätzliches Stück Bindung zwischen ihr und Werner schaffen können. Die Sache hatte sich ganz von selbst entwickelt, absolut unerwartet, war keineswegs geplant gewesen. Das Glück, so dachte Clara, hatte ihr gelächelt. Wenn der Hamburger Galerist eine Stunde früher angerufen hätte, wäre das Glück noch nicht zur Stelle gewesen. Werner hatte erst später ihre Wohnung betreten.

»Eins mußt du mir noch erklären . . .«, sagte Clara nach dem Kaffeetrinken, » . . . ein Wort, das du gebraucht hast. Ich habe es nicht verstanden.«

»Was für eins?«

»Bumsen. In meinen Kreisen ist ein solcher Ausdruck unbekannt.«

Werner gelang es, genau wie Clara keine Miene zu verziehen.

»Soll ich dich mit ihm vertraut machen?«

»Ja.«

»Theoretisch oder praktisch?«

»Praktisch, bitte.«

Das geschah . . .

10

Thekla Bendows Briefe aus Düsseldorf kamen in schöner Regelmäßigkeit. Und Frank beantwortete jeden. Naturgemäß schliff sich die Förmlichkeit zwischen ihnen, deren sie sich anfangs befleißigt hatten, mehr und mehr ab; der Ton wurde vertrauter. Frank begann seine Briefe nicht mehr mit »Sehr geehrte gnädige Frau«, sondern mit »Liebe Frau Thekla« bzw. dann nur noch mit »Liebe Thekla«; und sie mit »Lieber Frank«. Dieser Tage schrieb sie:

Lieber Frank,

davon, was Sie von Liebe halten, haben Sie mich in Ihren Selbstdarstellungen nun schon einiges wissen lassen. Umgekehrt ich Sie von mir auch. Sie sind nicht verheiratet, habe ich von Anfang an angenommen und Ihnen das mitgeteilt. Da Sie mich bis zum heutigen Tag nicht korrigiert haben, darf ich annehmen, daß das auch stimmt. Richtig?

Nun mal eine Frage an Sie. Was halten Sie von Ehebruch? Was verheiratete Männer davon halten, weiß ich. Nämlich viel, sonst würden sie ihn nicht massenweise begehen. Aber Sie, Frank, was halten Sie davon? Sie stehen gewissermaßen noch über den Dingen, deshalb würden mich gerade Ihre Antworten auf folgende Fragen interessieren:

Verurteilen Sie den Ehebruch ohne Wenn und Aber?

Falls ja, warum?

Falls nein, warum nicht?

Ist der Ehebruch einer Frau mit anderen Augen zu sehen als der eines Mannes?

Falls ja, warum?

Was sagen Sie zu einem Mann, der in einer intakten, absolut glücklichen Ehe lebt und fremdgeht?

Was zu einer Frau, die das tut?

Ich bin sehr neugierig, was ich von Ihnen hören werde, Frank. Sind Sie aber bitte absolut ehrlich, so wie auch ich Ihnen bisher immer nur das geschrieben habe, was meine wahre Meinung bzw. mein wahrer Standpunkt ist.

Viele Grüße!

Ihre Thekla Bendow

Erklärlicherweise lag dieser Brief dem Empfänger ziemlich schwer im Magen. Franks Lust, ihn zu beantworten, war zum erstenmal nicht groß. Das sprach für ihn. Ein anderer hätte sich hingesetzt und munter drauflosgeschrieben, ohne von schwarzen Gedanken an eine eigene Verfehlung beschwert zu sein.

Frank suchte ein Gespräch mit Werner Ebert.

»Lies mal«, sagte er, ihm den Brief Theklas reichend. »Die hat sie doch nicht mehr alle.«

Werner las.

»Wieso nicht?« fragte er, als er die Lektüre beendet hatte.

»Die soll doch nicht mich Sachen fragen, in denen sie längst firm ist.«

»Woher willst du das wissen?«

»Zweifelst denn du daran, daß die in ihrer Ehe fremdging, daß die Fetzen flogen?«

»Nein«, meinte Werner trocken.

»Na also.«

»Stört dich das?«

»Ja«, sagte Frank.

»Dann schreib es ihr.«

»Was soll ich ihr schreiben? Daß sie ein Flittchen ist?«

Werner blickte Frank an wie einen Doofen, wobei er sagte: »Nein, das natürlich nicht, sondern daß du gegen Ehebruch bist. Ohne Wenn und Aber. So lautet doch ihre erste Frage?«

Frank nickte.

»Und die zweite«, fuhr Werner fort, »warum du das bist?«

»Ja.«

»Gibt es etwas Einfacheres für dich, als darauf zu antworten? Bei deiner Ehe? Du brauchst doch nur auf dich als Ehemann zu blicken. Etwas anderes wäre es, wenn du ein großer Seitenspringer vor dem Herrn wärst.«

»Weiß man's?«

»Was?«

»Ob ich ein solcher bin oder nicht?«

Darauf konnte Werner nur geringschätzig grinsen.

»Du nicht! Du bist doch längst für die Menschheit verloren, wenn ich mal so sagen darf. Für dich könnte deine Frau auch dann noch die Hand ins Feuer legen, wenn Marilyn Monroe von den Toten auferstehen und versuchen würde, dich rumzukriegen.«

»Die Monroe soll in Wirklichkeit gar nicht so toll gewesen sein«, wich Frank aus.

»Kennedy, konnte man kürzlich lesen, war anderer Ansicht.«

»Glaubst du denn das?«

Werner zuckte die Achseln.

»Ich sage, man konnte es lesen.«

»Die schreiben doch jeden Dreck in Amerika.«

»Aber sie tun es gekonnt, das muß ich ihnen als Journalist lassen.«

»Ein schönes Können.«

»Entscheidend ist, was die Leute lesen wollen. Diese Maxime gilt für alle Gebiete. Was erwarten die Leute? Das wird ihnen gegeben, das wird für sie produziert. Sieh dir doch die Städte an, die ihr Architekten uns nach dem Krieg hingestellt habt. Ist das etwa durch die Bank viel anderes als himmelschreiender Murks?«

»Es gibt auch Ausnahmefälle.«

»Welche denn?«

»Das olympische Zeltdach in München z. B.«, sagte Frank.

»Hör mir mit dem auf!« rief Werner. »Ein reines Schaustück! Fürs Auge toll, ja! Aber *nur* fürs Auge!«

»Wieso?«

»Bist du schon mal drunter gesessen? Bei schlechtem Wetter?«

»Nur bei gutem«, mußte Frank eingestehen.

»Das ist dein Fehler, denn sonst wüßtest du, was ich meine«, sagte Werner.

Die beiden waren von Theklas Brief abgekommen, zu dessen Beantwortung Frank die nötige Begeisterung fehlte. Einen Tag später konnte er sich aber doch dazu durchringen. Er machte sich die Mittagszeit im Büro zunutze, nachdem er zu Hause angerufen hatte, daß er durcharbeiten müßte und dafür am Nachmittag eher heimkommen würde. Eine andere Gelegenheit als die im Büro bot sich ihm für sein Tun nicht, das er vor Helga zu verbergen hatte. Dies galt für alle seine Briefe an Thekla Bendow. Er klopfte sie mit eigener Hand auf der Schreibmaschine, erklärte, dabei nicht gestört werden zu wollen. Kein Wunder, daß Fräulein

Melchior, seine Sekretärin, darüber erstaunt war und in ihr der Entschluß reifte, der Sache bei günstiger Gelegenheit einmal etwas nachzugehen.

Wieder einmal schrieb er also:

Liebe Thekla,

Ihr letzter Brief machte mir Kopfzerbrechen. Das können Sie schon daraus ersehen, daß ich mit meinem Freund Werner Ebert über ihn sprach. Das brachte aber nicht viel, eigentlich gar nichts. Werner ist ein zynischer Mensch, der, wenn er verheiratet wäre, dem Seitensprung für sich selbst in seiner Ehe immer ein großes Vergnügen abgewinnen würde. Nach ihm kann man nicht gehen. Andererseits ist es schwer, ein Beispiel zu finden, das dem seinen widerspricht. In meinem Bekanntenkreis gibt es verheiratete Männer – und Frauen –, die fremdgehen, und solche, die treu sind. Unter denen, die fremdgehen, gibt es hervorragende Charaktere; und unter denen, die absolut treu sind, gibt es Schweine, deren Leben nur aus Schandtaten besteht. Verstehen Sie, was ich sagen will, Thekla? Je länger man sich mit der Thematik befaßt, desto komplizierter wird sie. Die Fragen mehren sich. Ein Mann, der in einer intakten, absolut glücklichen Ehe lebt und fremdgeht – was ist mit dem? Nun, entscheidend ist da wohl auch, ob er regelmäßig fremdgeht oder nur einmal. Tut er's regelmäßig, kann die Ehe nicht intakt und glücklich sein. Insofern steckt schon ein Widerspruch in Ihrer Frage. Tut er's aber nur einmal, soll dann seine Ehe daran kaputtgehen? Das wäre doch Wahnsinn, meine ich.

Was ist besser: eine völlig ausgeleierte Ehe, die sich Jahr für Jahr nur noch dahinschleppt, in der aber die Partner – aus welchen Gründen immer (z. B. Gründen der Religiosität, der Impotenz) – einander treu sind; oder eben eine intakte, glückliche Ehe, in der entweder

der Mann oder die Frau sich einen Fehltritt leistet, dessen Folgen nur in einem schlechten Gewissen desjenigen bestehen, der ihn getan hat.

Thekla, merken Sie, Ihre Fragen, die Sie mir gestellt haben, kommen auf Sie als Bumerang zurück. Werden Sie selbst sie mir auch beantworten?

Darauf bin ich neugierig.

Herzliche Grüße

Ihr Frank Petar

Zwei Monate nachdem sie mit Werner Ebert geschlafen hatte, erkannte Frau Dr. Evelyn Herzer, daß es keinen Zweck mehr von ihr hatte, sich noch länger gegen die Tatsache zu wehren, verliebt zu sein. Sie hatte sich die ganze Zeit gegen dieses Gefühl gesträubt, durch das sie vor sich selbst der Lächerlichkeit preisgegeben wurde. So dachte sie jedenfalls.

Erstens war der Mann, dem ihre Liebe galt, wesentlich jünger als sie.

Zweitens konnte kein Zweifel daran bestehen, daß er nur ein flüchtiges Abenteuer ihn ihr gesehen hatte.

Drittens war er in seiner ganzen Art einer, der es nur darauf anlegte, daß ihm jeder Schlüpfer wich.

Viertens hatte er nicht mehr das geringste von sich hören lassen, auch nicht aus Anstand einen Postkartengruß gesandt.

Fünftens . . . sechstens . . . siebtens . . .

In ihren schlaflosen Nächten reichten Evelyn die Finger beider Hände nicht aus, um die Gründe aufzuzählen, von denen sie sich dazu hätte bewegen lassen müssen, nicht mehr an Dr. Werner Ebert zu denken. Das half aber alles nichts. Er ging ihr nicht mehr aus dem Sinn. Der Widerstand, den sie gegen die Erinnerung an ihn leistete, zermürbte sie. Nach zwei Monaten war sie bereit zu einem Schritt, den sie als Schmach empfand.

Sie rief Werner an. Er hatte ihr gesagt, wo er lebte und arbeitete, und so war es ihr, einer Beamtin bei der Post, ein leichtes, seine Telefonnummer zu ermitteln. Während jeder Ziffer, die sie wählte, dachte sie, daß sie es jetzt noch in der Hand habe, aufzulegen. Und bei der letzten Ziffer seiner Nummer hoffte sie, er würde sich nicht melden. Er meldete sich aber doch.

»Guten Tag, Werner«, sagte sie. »Hier spricht Evelyn.«

»Guten Tag«, antwortete er. »Wer?«

»Evelyn Herzer.«

»Mich tritt ein Pferd! Die Posträtin?« Er lachte. Aus Freude? Sie wollte es hoffen und war deshalb erleichtert.

»Oberrätin«, sagte sie.

»Was?« rief er. »Man hat dich befördert?«

»Ja.«

»Gratuliere.«

»Danke«, sagte sie und fragte: »Hältst du mich jetzt für dumm?«

»Dich für dumm? Warum sollte ich?«

»Weil ich dir das gesagt habe – und gleich als erstes! Dummheit und Stolz wachsen an einem Holz, könntest du denken.«

»Ich denke ganz was anderes.«

»Was denn?«

»Wie klein und nichtig sich jetzt erst Leute vorkommen müssen, die dein Büro betreten, um sich über Amtmann Fahrenheit zu beschweren.«

Beide lachten. Evelyns Gefühl der Erleichterung wuchs. »Ich sitze nicht mehr in meinem alten Zimmer«, sagte sie.

Jetzt müßte er mich nach dem neuen fragen, dachte sie. »Hat man dir auch einen noch größeren Schreibtisch gegeben?«

»Nein.«

»Die sind sich wohl nicht im klaren darüber, wozu sie verpflichtet sind?«

»Scheinbar nicht«, ging sie auf ihn ein, empfand jedoch keinen Spaß dabei.

»Aber was nicht ist, kann noch werden, wenn der Rechnungshof mitmacht.«

»Genau.«

»Wo findet man dich denn neuerdings?«

Nun tat ihr Herz doch noch den kleinen Sprung, den er ihr nicht gleich gegönnt zu haben schien.

»In der sechsten Etage, Zimmer sechshundert.«

»Leicht zu merken.«

»Warst du schon mal wieder in Düsseldorf?«

»Nein.«

»Nein?«

»Nein.«

»Ich will es dir glauben«, sagte sie, »denn dann hättest du dich doch bei mir gemeldet – oder nicht?«

»Sicher.«

Ein bißchen dürr klang dies.

»Was macht deine Arbeit?« fragte sie.

»Sie macht mich noch kaputt«, grinste er, aber das konnte sie nicht sehen.

»Hast du schon die Adresse von dieser ... wie hieß sie?«

»Wer?«

»Diese Autorin, die euch den Roman mit Illustrationen geschickt hat.«

»Bendow.«

»Richtig«, sagte Evelyn. »Bendow – Thekla Bendow, nicht?«

»Ja.«

»Hast du deren Adresse schon?« wiederholte sie ihre Frage.

»Nein, immer noch nicht. Was die sich denkt mit ihrer

Geheimnistuerei, weiß ich nicht. Auf Anfragen geht sie nicht ein. Wir können nichts anderes tun als abwarten. Eines Tages muß sie ja ihr blödes Spiel selbst aufgeben.«

»Hoffentlich.«

»Und sonst geht's dir gut? Gesundheitlich, meine ich?«

Frag mich nicht, wie's mir gesundheitlich geht, sondern seelisch, dachte sie.

Herausrutschte ihr: »Man wird älter.«

Im nächsten Moment hätte sie sich am liebsten auf die Zunge gebissen. Rasch fuhr sie fort: »Du hast mich immer noch nicht gefragt, warum ich dich anrufe.«

»Warum?«

»Bei mir liegen Strümpfe von dir.«

»Strümpfe?«

»Ich hatte sie damals gleich gefunden, dann vergessen und bin jetzt wieder auf sie gestoßen.«

»Ich habe keine vermißt.«

»Sie müssen von dir sein.«

»Bist du sicher?«

»Absolut«, erwiderte Evelyn. »Und zwar deshalb«, setzte sie hinzu, »weil seitdem niemand mehr bei mir war, dem sie noch gehören könnten.«

Erzähle das, dachte Werner, wem du willst, nur nicht mir.

»Ist ja egal«, sagte er. »Schmeiß sie weg.«

»Auf keinen Fall«, widersprach sie. »Dafür sind sie noch viel zu gut.«

»Dann gib sie der Caritas.«

»Auch das nicht. Weißt du was?«

»Was?«

»Ich bewahre sie dir auf, bis du wieder nach Düsseldorf kommst. Was hältst du davon?«

Nicht viel, dachte er. Wenn du gebumst werden möchtest, solltest du den Preis schon ein bißchen höher ansetzen.

»Gute Idee«, erwiderte er. »Die halten sich ja.«

Es gab ihr einen Stich.
»Wie meinst du das?«
»Was?«
»Daß die sich halten? Soll das bedeuten, daß du eine Ewigkeit auf dich warten lassen möchtest?«
»Aber nein!« beteuerte er. »Ich weiß nur nicht, wann ich mich hier mal freimachen kann. Es hängt von meiner Arbeit ab. Und die ist, wie ich dir schon sagte, leider nicht gering.«
»Dann kann ich dir« – und mir, dachte sie – »nur wünschen, daß sie dich nicht auffrißt.«
»Ich danke dir. Reib auch du dich nicht auf im Kampf gegen das Defizit der Post.«
Sie lachte, wenn auch nicht besonders herzlich.
»Defizit haben wir schon lange keines mehr«, sagte sie.
»Du verwechselst uns mit der Bahn.«
»Kannst du mir verzeihen?«
»Ja, auf Wiedersehen«, sagte sie. »Und das meine ich ernst.«
»Auf Wiedersehen«, sagte auch er. »War nett, von dir zu hören.«
»Werner ...«
»Ja?«
»Ich denke oft an dich.«
Rasch legte sie auf und machte sich Vorwürfe, das noch gesagt zu haben. Ich werfe mich ihm an den Hals, klagte sie sich an. Das *kann* ihm nicht gefallen!
Als es in seinem Hörer knackte, wußte Werner, daß ihm eine Antwort auf Evelyns letzte Verlautbarung erlassen war. Auch er legte auf.

In Heidenohl rückte ein neues Skatturnier heran. Das machte sich bemerkbar. Die Atmosphäre in dem Städtchen veränderte sich. Die Lokalzeitung brachte Vorschauen auf das Ereignis. Der Teilnehmerkreis wurde erweitert durch die Schaffung einer Juniorenklasse. Den ausgesetzten Preisen gaben die verantwortlichen Gremien durch Mehrheitsbeschlüsse originelle Noten. So war als 1. Preis für die Siegerin in der Damenklasse eine kostenlose Reise nach St. Pauli (mit Übernachtung) ausgesetzt; und als 1. Preis in der Herrenklasse ein Ausflug in eine Schönheitsfarm am Niederrhein (mit einer kompletten eintägigen Behandlung).

»Frank«, sagte Helga zu ihrem Mann, »ich muß mich ja davor hüten, zu gewinnen.«

»Keinesfalls«, erwiderte er. »Lies doch, in der Zeitung steht auch, daß eine verheiratete Siegerin ihren Preis an ihren Ehemann weitergeben kann.«

»Das würde dir so passen.«

»Dasselbe ist doch auch einem Ehemann freigestellt, der siegt.«

»Aber das hätte, was uns beide betrifft, nur Sinn, wenn du an dem Turnier überhaupt teilnehmen würdest.«

»Das stimmt. Leider kann ich gar nicht Skat spielen und werde deshalb nie ein hundertprozentiger Heidenohler werden. Trotzdem würde ich dich liebend gerne siegen sehen. Ich werde dir deshalb die Daumen so sehr halten, daß sie mir weh tun.«

»Mach dir keine Hoffnungen«, lachte Helga. »Ich wäre doch nicht verrückt, dich nach St. Pauli zu schicken. Weißt du, wem ich den Preis zukommen lassen würde?«

»Wem?«

»Werner.«

»Ausgerechnet dem?«

»Ja, das wäre doch der Richtige. St. Pauli und er passen zusammen wie Daimler und Benz. Außerdem ist er unverheiratet und kann sich das leisten. Ich müßte mir nicht den Vorwurf machen, einer armen Frau Übles angetan zu haben.«

»Du vergißt Clara.«

»Meinst du, daß das hält mit der?«

»Möglich«, nickte Frank. »Irgendwie habe ich zuweilen den Eindruck.«

»Dann kann die einem nur leid tun.«

»Wieso denn? Vielleicht steckt ein ganz passabler Ehemann in dem.«

»In dem nicht!« erwiderte Helga mit Nachdruck und fuhr, als Frank nichts mehr sagte, fort: »Weißt du, ich mag ihn ja ganz gern. Er ist ein amüsanter Kerl, man hat immer Spaß mit ihm. Aber als Ehemann? Unvorstellbar! Niemals! Dazu wäre er mir einfach zu charakterlos!«

»Aber Helga! Weißt du, was du da sagst?«

»Sehr gut«, entgegnete Helga wieder mit Nachdruck. »Ein Mann, der nicht absolut treu ist, hat für mich keinen Charakter. Da kann er in allem anderen sein, wie er will. Allein das ist für mich das entscheidende, denn Treue und Vertrauen gehen Hand in Hand. Ich muß einem Mann blind vertrauen können. Könnte ich das nicht, wäre mir ein Leben mit ihm unmöglich.«

Frank schwieg.

»Und wie ich dich kenne«, setzte Helga hinzu, »vertrittst du den gleichen Standpunkt.«

»Nein«, sagte Frank.

Helga blickte ihn völlig überrascht an.

»Wie bitte?«

»Es kommt immer auf den Fall an. Wegen einmal würde ich nicht die Ehe mit dir preisgeben.«

»Was heißt ›wegen einmal‹?«

»Wenn du mich einmal betrügen würdest.«

»Ich verstehe dich nicht.« Helga schüttelte den Kopf. »Das würdest du mir verzeihen?«

»Ja.«

»Sag das noch mal: Du würdest mir verzeihen, wenn ich dich betrügen würde?«

»Einmal – nicht öfter.«

Sie schüttelte den Kopf.

»Ich verstehe dich wirklich nicht.«

»Wieso nicht?«

»Weil *ich*«, sagte sie mit allergrößtem Nachdruck, »dir das *nie* verzeihen würde, auch nicht *einmal*. Ich *könnte* es nicht!«

Von diesem Moment an wußte Frank Petar, daß es in seinem Leben eine Sache gab, die er niemals würde löschen können, die auch immer, wie fast jeder Ehebruch, mit der Gefahr verbunden war, auf irgendeine – noch so dumme – Weise zur Kenntnis Helgas zu gelangen.

»Dann weiß ich ja Bescheid«, sagte er.

Zum Glück ahnte Helga nicht, welches Gewicht, welche Bedeutung dieser Bemerkung zuzuschreiben war. Für sie war das Thema erledigt.

Im Grunde hielt sie das, was sie gesagt hatte, für überflüssig, weil sie für ihren Frank die Hand ins Feuer gelegt hätte. Ebenso wie für sie würde auch für ihn, dachte sie, ein Ehebruch niemals in Frage kommen. Unter gar keinen Umständen.

Sie kam wieder auf das Skatturnier zu sprechen, indem sie sagte: »Ich muß bis zum Eröffnungstag noch eifrig trainieren, zusammen mit anderen Damen. Wirst du mir dazu freigeben, Liebling?«

»Natürlich.«

»Ich komme ja sonst ganz aus der Übung.«

»Hast du schon Partnerinnen gefunden?«

»Ja.«

»Wo wollt ihr denn spielen?«

»Am Ort des Turniers selbst: im ›Weißen Schimmel‹.« Sie lachte. »Um uns an den Platz zu gewöhnen, wie die Fußballer sagen.«

»Mir wäre es lieber, wenn ihr hier bei uns spielen würdet«, sagte Frank. »Oder bei einer der anderen Damen.«

»Warum wäre dir das lieber?«

Frank grinste, aber es war kein echtes Grinsen. Dadurch kündigte sich an, daß das, was er sagen wollte, doch nicht so ganz lachhaft war für ihn.

»Weil mir in einem Lokal zu viele fremde Männer herumschwirren.«

»Frank!« rief Helga.

»Das stimmt doch?«

»Sei nicht albern.«

»Wenn die dann auch noch was getrunken haben . . .«

»Frank«, sagte Helga kopfschüttelnd, »ich weiß ja, daß du eifersüchtig bist – aber doch nicht so!«

Er gab einen Brummlaut von sich.

Sie fuhr fort: »Das muß sich nämlich im Rahmen des Vernünftigen halten, sonst wird die Sache pathologisch.«

»Hast ja recht«, gab er widerstrebend zu.

»Ich habe doch auch gegen die Abende in eurer Pils-Kneipe nichts einzuwenden.«

»Das ist etwas anderes.«

»Wieso ist das etwas anderes?«

»Dort sitze ich nur mit Werner zusammen, und wir quatschen über Fußball.«

»Und wir spielen Skat.«

»Ist ja schon gut«, brummte er.

»Wann wollt ihr zwei euch eigentlich dort wieder mal treffen?«

Frank zuckte die Achseln.

»Fällig wär's längst«, meinte er. »Aber in den letzten Wochen kam uns immer wieder etwas dazwischen.«

»Dann gehst du jetzt zum Telefon«, sagte Helga rasch entschlossen, »und verabredest dich mit ihm gleich für heute abend. Dasselbe werde ich mit meinen Damen machen.«

Der Vorschlag fand Franks Einverständnis.

»Werner«, begann Frank, »ich rufe dich an, weil wir wieder mal einen heben könnten . . .«

»Wann?«

»Heute.«

»Einverstanden. Und wo?«

»In unserer Kneipe.«

»Das geht nicht.«

»Warum nicht?«

»Weil die Ruhetag hat. Heute ist Mittwoch. Ist dir das entfallen?«

»Scheiße!« entfuhr es Frank.

»Ich mache dir einen anderen Vorschlag . . .«

»Welchen?«

»Du kommst zu mir in meine Wohnung, da werden wir auch nicht trocken dasitzen. Außerdem sind heute ab halb elf im Fernsehen Europapokalspiele; die kannst du dann zusammen mit mir angucken, damit du etwas lernst.«

»Oder du!«

»Eine Gefahr ist nur meine derzeitige ständige Begleiterin.«

»Clara?«

»Ja.«

»Warum?«

»Mittwoch ist der Tag, an dem sie mich gern bei mir zu Hause betreut.« Werner lachte am Telefon unanständig. »Daran hat sie sich gewöhnt und ich mich auch –«

»Dann treffen wir uns halt ein andermal«, unterbrach Frank.

»Kommt nicht in Frage, Fußball geht vor.«

»Du willst ihr absagen?«

»Warum absagen?« erwiderte Werner. »Kommen kann sie ja, nur das Bett muß sie sich abschminken. Statt dessen soll sie unsere Versorgung übernehmen. Sie versteht es nämlich prima, nette Häppchen herzurichten.«

»Dann lerne ich sie auch mal kennen.«

Als Frank am Abend an Werners Wohnungstür läutete und ihm geöffnet wurde, lautete seine erste Frage, die er mit unterdrückter Stimme stellte: »Ist sie schon da?«

»Längst«, erwiderte Werner, der ein unmöglicher Mensch war. »Wir haben sogar schon dafür gesorgt, daß sie sich das Bett nicht abschminken mußte.«

Clara saß im Wohnzimmer auf der Couch und lächelte Frank entgegen.

»Guten Abend, Herr Petar«, sagte sie. »Wenn ich gewußt hätte, was sich heute hier tut, wäre ich zu Hause geblieben, um nicht zu stören.«

»Ich bitte Sie«, erwiderte Frank, gewohnheitsmäßig seinem Charme die Zügel schießen lassend, »ich freue mich, Sie kennenzulernen. Ihre Gesellschaft wird uns ein Vergnügen sein.«

Er gefiel ihr auf Anhieb. Er war nett und sah gut aus, wenn auch – in ihren Augen – nicht so gut wie Werner. Umgekehrt gefiel auch sie ihm. Sie hatte eine starke erotische Ausstrahlung und sah ebenfalls gut aus, wenn auch – in seinen Augen – nicht so gut wie Helga.

»Ich hoffe, das sagen Sie auch später noch, Herr Petar – und nicht, daß ich euch beiden auf die Nerven gegangen bin.«

»Ausgeschlossen.«

»Gesehen habe ich Sie schon öfter in unserem Städtchen. Das läßt sich ja auch nicht vermeiden.«

»Es hätte sich längst eine Gelegenheit wie die hier ergeben müssen.«

»Ihre Frau kenne ich schon geraume Zeit«, lächelte Clara. »Sie kommt zu mir ins Geschäft.«

»Das weiß ich.«

»Leider findet sie wenig Nachahmung.«

»Wenn Sie auch Männersachen führen würden, wäre ich mit Sicherheit Ihr bester Kunde, gnädiges Fräulein.«

Das war der Moment, in dem Werner Ebert Veranlassung sah, sich einzuschalten.

»Kinder«, sagte er, »tut mir einen Gefallen: Seid nicht so förmlich miteinander; mir tun ja die Ohren weh; sagt euch ›Frank‹ und ›Clara‹.«

Die beiden sahen einander fragend an.

»Ja?« kam es fragend aus Franks Mund.

»Gerne«, nickte Clara lächelnd.

»Na also«, konstatierte Werner. »Und jetzt gehe ich in die Küche und gucke in den Kühlschrank.«

Rasch erhob sich Clara, ihm zuvorkommend, und sagte: »Das mache ich. Was trinkt ihr denn?«

»Bier«, ertönte es im Duett.

»Und was eßt ihr?«

»Wenn du uns eine kleine kalte Platte herrichten würdest – aber erst für später«, sagte Werner.

»Gut.«

Als Clara das Wohnzimmer verlassen hatte, meinte Frank: »Prima Mädchen.«

»Teilweise schon«, grinste Werner.

»Und wo nicht?«

»Keine ist vollkommen«, lautete Werners Antwort, der sehr viel zu entnehmen war.

An der Wand hinter Frank hing der Spitzweg. Frank hatte das Bild noch gar nicht wahrgenommen. Der Sessel, in dem er saß, stand so, daß Frank dem Gemälde den Rücken zuwandte.

»Wer gewinnt?« fragte Werner.

»Der FC Bayern – wer sonst!«

»Ich weiß nicht . . . gegen englische Mannschaften hat der immer Schwierigkeiten.«

Der Abend wurde ein Gewinn für alle. Clara hatte Spaß mit den beiden Männern; die Männer mit ihr. Sie war eine gute Gesellschafterin, lustig, witzig, amüsant. Da Werner und Frank auch keine Muffel waren, verging die Zeit bis zum Beginn der Fußballübertragung wie im Fluge. Nur eines war zu beklagen: die Abwesenheit Helgas. Darauf kam Clara zu sprechen, als sie fragte: »Warum haben Sie eigentlich Ihre Frau nicht mitgebracht, Frank?«

»Die war verhindert«, erwiderte er und fuhr grinsend fort: »Sie hatte Skatabend.«

»Skatabend?«

»Eine Seuche in Heidenohl«, kommentierte Werner.

»Der auch die Frauen zum Opfer fallen«, ergänzte Frank.

»Warum nicht?« meinte Clara zur Überraschung der beiden. »Ich beneide die.«

»Was?« rief Werner. »Wen beneidest du?«

»Diese Damen.«

»Nun sag bloß, daß du auch diesem blödsinnigen Spiel verfallen bist.«

»Mit Haut und Haaren.«

»Das wußte ich ja noch gar nicht.«

»Du weißt manches von mir noch nicht«, lachte Clara. »Gegen Skat hat Golf bei mir keine Chance.«

Frank mischte sich ein.

»Dann hätte ich einen Vorschlag, Clara . . .«

»Welchen?«

»Machen Sie doch bei dem Turnier hier mit.«

Clara zögerte kurz, sagte dann jedoch: »Nein.«

»Warum nicht?«

»Weil ich aus der Übung bin.«

»Und wenn Sie sich die verschaffen würden?«

»Die Übung?«

»Ja.«

Clara blickte Frank fragend an.

»Wie denn?«

»Indem Sie an der Trainingsrunde meiner Frau teilnehmen.«

Der Ausdruck ›Trainingsrunde‹ verfing voll bei Clara. Genau das traf ihre Vorstellung.

»Wäre denn Ihre Frau damit einverstanden?« erwiderte sie.

»Ganz bestimmt«, gab Frank seine Überzeugung preis.

»Und die anderen Damen auch?«

»Sicher.«

»Ich möchte aber niemanden verdrängen.«

»Wenn Ihnen das gelingen sollte, wird sich kein Widerspruch erheben. Bei denen hat das Leistungsprinzip volle Gültigkeit, das weiß ich. Falls sich herausstellt, daß Sie besser sind als eine andere, tritt die von selbst zurück und sucht sich eine schwächere Runde – und wenn dieses Los meine Frau treffen würde. Soweit kenne ich die. Machen Sie sich aber keine Hoffnung«, schloß lachend Frank, »Sie werden vergebens auf diese Chance warten.«

»Das wird sich zeigen«, sagte Clara schon jetzt kampfeslustig.

Sogar im Internat in Lausanne habe sie, zusammen mit ein paar Mädchen aus Norddeutschland, oft Skat gespielt, während die Französinnen und Italienerinnen Liebesromane gelesen hatten, erzählte sie.

»Und die Schweizerinnen, was haben die gemacht?« fragte Werner zum allgemeinen Gaudium.

Wenig später blickte er auf die Uhr und ließ verlauten, daß er nun Hunger habe. Bald würde auch die Übertragung beginnen, dann habe man keine Zeit mehr zum Essen.

Clara holte die kalte Platte aus der Küche und erntete von den Männern Worte des Lobes, als die zwei sahen, was ihnen von Clara zugedacht worden war. Die Anerkennung, die ihr zuteil wurde, freute sie sichtlich.

Schließlich sagte sie, daß sie sich nun verabschieden werde. Dagegen erhob sich seitens der Männer heftiger formeller Widerspruch, der jedoch von Clara erstickt wurde. Fußball interessiere sie nicht, sagte sie, und sie wüßte, wie grauenvoll störend ein solches Weib von echten Fans dieses Sports empfunden würde.

»Ich bringe dich noch rasch nach Hause«, sagte Werner zu ihr.

Und Frank stellte er anheim, sich in der Zwischenzeit schon über die kalte Platte herzumachen.

Frank ging noch mit bis zur Tür, wo ihm Clara die Hand reichte und sagte: »Es hat mich wirklich außerordentlich gefreut, Sie kennenzulernen, Frank.«

»Mich auch, Clara. Darf ich Ihnen ganz burschikos etwas sagen?«

»Alles.«

»Sie sind eine Wucht.«

Claras strahlender Blick ging von Frank zu Werner.

»Hörst du?«

Werners Antwort galt nicht ihr, sondern Frank.

»Mach sie mir nicht verrückt, Mann.«

»Sehen Sie, Frank«, seufzte daraufhin Clara, »so ist er. Sie sollten deshalb eher sagen, daß ich ein unglückliches Mädchen bin.«

Als sie mit Werner die Treppe hinunterging, rief Frank ihr nach: »Ich werde also mit meiner Frau sprechen.«

»Danke, Frank«, rief sie zurück, wobei sie ihm noch einmal ein strahlendes Lächeln schenkte.

Nach zwanzig Minuten hörte Frank wieder Werners Schlüssel in der Wohnungstür. Werner sah, daß Frank nicht am Tisch saß, um zu essen, sondern vor dem Spitzweg stand und ihn betrachtete. Frank hatte das Bild kurz zuvor erst entdeckt.

»Warum ißt du nicht?« fragte Werner.

Frank nickte zum Spitzweg hin. Mit zweifelnder Miene sagte er: »Das ist doch nicht Claras Bild, von dem du mir erzählt hast?«

»Doch.«

»Wie kommt es hierher?«

»Setz dich und iß.«

Frank setzte sich, wandte aber, statt zuzugreifen, nicht den Blick von dem Bild.

»Hat sie es dir geliehen?« sagte er. »Dann würde ich mich fragen, wozu?«

»Nein.«

Franks Augen weiteten sich ein bißchen.

»Doch nicht geschenkt?«

»Nein.«

»Was dann?«

»Iß«, sagte Werner.

»Was dann?« wiederholte Frank.

»Ich hab's gekauft.«

Frank saß starr. Dann grinste er.

»Guter Witz.«

»Kein Witz.«

»Du bist doch nicht der Aga Khan?«

»Nein.«

»Oder hast du im Lotto gewonnen?«
»Auch nicht.«
»Dann erzähl keinen solchen Quatsch.«
Das Grinsen hatte sich in Franks Miene langsam wieder verflüchtigt.
»Iß endlich«, sagte Werner.
Frank nahm das erste Sandwich von der Platte, biß hinein, kaute, schluckte. Ein zweiter Biß unterblieb. Frank schaute wieder hin zum Bild. Dann hatte er die Lösung.
»Das ist kein Original, sondern eine Kopie.«
»Irrtum.«
»Mach mich nicht fertig, Werner.«
»Ich sage dir nur die Wahrheit, Frank.«
Frank holte tief Luft.
»Und die Wahrheit soll sein, daß dies ein Original ist?«
»Ja.«
»Das du gekauft hast?«
»Ja.«
»Für wieviel?«
»Für fünfzehntausend Mark.«
Frank Petar verstummte. Er sah Werner Ebert an. Sein Blick gefiel Werner nicht.
»Ich weiß, was du sagen willst, Frank . . .«
»Du hättest Bilderhändler werden sollen, Werner. Du hättest, scheint mir, das richtige Händchen dafür.«
Wie das aufzufassen war, stand außer Zweifel. Frank war dabei, ganz rasch seine Meinung über Werner, seinen Freund, entschieden zu ändern.
»Gestattest du«, erwiderte deshalb Werner, »daß ich dir das Ganze erst mal schildere?«
»Bitte«, sagte Frank knapp. Er erwartete nicht, noch recht viel Positives zu hören. Die Sachlage schien ihm zu klar zu sein.
Werner berichtete. Franks Meinung schlug dadurch wieder um. Frank war froh, sich getäuscht zu haben. Sein Freund war also doch kein übles Subjekt, mit dem zu ver-

kehren sich nicht mehr länger empfohlen hätte. Frank sah die Zwickmühle, in der sich Werner befunden hatte. Hätte er das Bild nach Hamburg gehen lassen sollen? Natürlich nicht.

Trotzdem sagte aber Frank: »So, wie die Sache jetzt steht, kann sie nicht bleiben.«

»Das weiß ich besser als du«, pflichtete Werner bei.

»Du kannst dich nicht als Besitzer des Bildes betrachten.«

»Das habe ich noch keinen Augenblick getan.«

»Es hat aber den Anschein, daß du das tust, solange das Bild hier hängt. Deshalb muß es, wenn du mich fragst, zurück an seinen alten Platz.«

»Sag das Clara«, seufzte Werner.

»Sie wird das einsehen, wenn du vernünftig mit ihr redest.«

»Das wird sie *nicht*!«

Frank konnte das nicht glauben.

»Ist denn die total verrückt?« fragte er.

»Total«, bestätigte Werner. »Sie will sich nicht fünfzehntausend Mark für nichts unter den Nagel reißen, sagt sie.«

»Das ehrt sie zwar, aber sie darf dir doch andererseits auch nicht zutrauen, daß du dir für fünfzehntausend Mark einen echten Spitzweg unter den Nagel reißt.«

Werner lachte bitter.

»Genau das habe ich ihr auch gesagt, mein Lieber.«

»Und?«

»Was heißt und?« Werner zeigte zur Wand, an der das Bild hing. »Das Resultat siehst du doch.«

»Dann«, sagte Frank, einen grausamen Witz auf Kosten Werners nicht scheuend, »gibt's nur noch eins.«

»Was?«

»Daß du Clara heiratest, um das Ganze gewissermaßen zu legitimieren.«

Wenn das Clara gehört hätte, wäre sie Frank um den Hals gefallen. Werner jedoch verwünschte Frank, und erst

Rummenigges Tore, die es auf dem Bildschirm bald zu sehen gab, konnten seine Laune wieder aufbessern.

Thekla Bendow schrieb:

Lieber Frank,

Sie sind mir ausgewichen. Sie haben über das Thema »Seitensprung« bzw. »Ehebruch« allgemeine Theorien vom Stapel gelassen, statt meine Fragen jeweils konkret mit Ja oder Nein zu beantworten. Zuletzt haben Sie sogar den Stiel umgedreht und mir die Beantwortung meiner eigenen Fragen anheimgestellt. Warum das? Fast hat man den Eindruck, daß Ihnen das Thema auf die Nerven geht. Merkwürdig. Ich könnte das verstehen, wenn Sie von eigenen Sünden würden ablenken müssen – als Verheirateter, der nicht treu ist. Sie sind aber noch ledig, können sich also frei von der Leber weg äußern.

Ich selbst *war* verheiratet, Sie wissen das. Ich war auch nicht treu. Man kann von mir deshalb nicht erwarten, daß ich mich in der Verurteilung des Ehebruchs der Leidenschaft des Papstes nähere, wenn der z. B. den Übertritt eines Katholiken zum Islam geißelt. Sehen Sie darin schon eine der Antworten von mir, die Sie angefordert haben, ehe Sie sich selbst dazu bereit fanden, konkret Farbe zu bekennen. Es gibt in meinem Blickfeld einen Fall, in dem ein Lediger mit der Frau seines besten Freundes geschlafen hat. Die interessanteste Frage, die sich für mich daraus ergibt, ist nicht, wie die Handlungsweise der Frau, sondern wie die des Mannes zu beurteilen ist.

Finden Sie nicht auch? Oder drehen wir den Fall – in der Theorie – um. Nehmen wir an, eine Ledige hat mit dem Mann ihrer besten Freundin geschlafen. Wer ist mehr zu verurteilen – sie oder er? Sie haben Zeit, Ihre Überlegungen anzustellen, Frank. Unser Briefwechsel wird nämlich ein bißchen ins Stocken geraten dadurch, daß ich für eine Weile verreise. Sie müssen sich also, wie gesagt, nicht beeilen. Exakt kann ich noch nicht sagen, wie lange ich weg sein werde. Ich denke acht, höchstens vierzehn Tage. Dann hören Sie wieder von mir.

Herzlichst

Ihre Thekla

11

Die Einreihung Claras in die Riege der Heidenohler Skatspielerinnen ging reibungslos vonstatten. Clara war ein Mädchen, das überall rasch Fuß faßte, wenn man ihr nur ein bißchen entgegenkam. Das war hier der Fall, dafür sorgte schon Helga. Die einzige Schwierigkeit, die manchmal zu spüren war, resultierte aus dem großen Altersunterschied zwischen Clara und einem Teil der anderen Damen. Aus einer solchen Differenz ergibt es sich schon immer und überall, daß von den Alten ein besonders scharfes Auge auf die Junge geworfen wird. Helga stand aber auch altersmäßig im Lager Claras, so daß diese sich ihr auch diesbezüglich noch verbündet wissen konnte.

Wichtig war, daß Clara ihren Mitspielerinnen rasch Bewunderung abnötigte. In ihr ruhe ein beachtliches Spielvermögen, hatte sie Werner Ebert und Frank Petar bedeutet. Und das bewahrheitete sich. Ihr wurde bald der Rang einer Matadorin zuerkannt. In Heidenohl galt das etwas. Clara gewann ein Ansehen, das sich ausweitete und auch auf anderen Sektoren zum Tragen kam. So erschienen in ihrem Laden plötzlich Damen und kauften ein, die sich vorher nie hatten sehen lassen. Das war das erfreulichste für Clara. Als sie zuletzt auch noch im Turnier selbst Glück hatte und den zweiten Platz in der Damenklasse belegen konnte, hatte sie in Heidenohl auf allen Ebenen – von der geschäftlichen bis zu gesellschaftlichen – sozusagen den Durchbruch geschafft. Nun war es erreicht, daß sie »dazugehörte«.

»Bist du stolz auf mich?« fragte sie Werner.

Sie lagen, wie so oft, wieder einmal zusammen im Bett und hatten gerade eine, wenn man so sagen will, schöpferische Pause.

»Du aber auch auf mich«, antwortete er. »Oder war's dir zuwenig?«

»Ich meine doch jetzt etwas anderes«, kicherte sie.

»Was denn?«

»Meinen allgemeinen Triumph in Heidenohl.«

»Der freut mich sehr, ja«, sagte er.

»Wenn das so weitergeht«, übertrieb sie in ihrer verständlichen Euphorie, »kann ich bald an eine kleine Erweiterung meines Ladens denken.«

»Erst wirst du an etwas anderes denken, Süße.«

»Sag das noch mal.«

»Erst wirst du –«

»Nicht das«, unterbrach sie ihn.

»Was dann?«

»Süße.«

Seine Antwort entbehrte des Zusammenhangs.

»Laß ihn in Ruhe.«

Zwei-, dreimal zuckte sein Leib unter der Decke.

»Hör mir erst zu«, fuhr er dann fort. »Du wirst also zunächst nicht an eine Geschäftserweiterung, sondern an etwas anderes denken.«

»An was denn?«

»An die Rückzahlung meines Darlehens.«

»Deines Darlehens?« Claras Stimme nahm einen nicht mehr zu steigernden Klang der Verwunderung an. »Ich weiß nichts von einem Darlehen.«

»Mit anderen Worten: du betrachtest meine fünfzehntausend Mark als Schenkung?« Sein Leib zuckte wieder. »Du sollst ihn in Ruhe lassen.«

»Wieso Schenkung?« erwiderte Clara. »Habe ich dir nicht einen nachweisbaren Gegenwert geliefert?«

»Das wird rückgängig gemacht.«

»Nein.«

»Warum nicht?«

»Weil ich das Geld dazu nicht habe.«

»In Zukunft hast du's.«

»Erstens«, sagte Clara, »ist das noch nicht absolut sicher. Und zweitens«, setzte sie hinzu, »werde ich noch lange, lange Zeit jede Mark brauchen, um sie ins Geschäft zu stecken. Das ist mir wichtiger als irgendein Schinken an der Wand.«

»Schinken?! Bist du verrückt?!«

»Nicht daß ich wüßte.«

»Das Bild ist wunderbar! Ganz herrlich!«

»Es befriedigt mich, daß es dir so viel bedeutet. Dann kannst du wenigstens nicht das Gefühl haben, zuviel dafür bezahlt zu haben.«

»Clara, ich . . . du sollst ihn jetzt endlich in Ruhe lassen!« unterbrach er sich. »Wie oft muß ich dir das noch sagen?«

»Oft.«

»Hör mir lieber zu. Ich habe auch mit Frank Petar über die ganze Angelegenheit gesprochen. Er ist derselben Meinung wie ich. Ich *kann* das Bild nicht behalten.«

»Frank Petar ist ein netter Kerl, ich mag ihn sehr, aber seine Meinung in dieser Angelegenheit interessiert mich nicht im geringsten.«

»Du hast mich in eine Falle gelockt.«

»Ich wüßte nicht, in welche«, erwiderte Clara und erhöhte zugleich ihre Aktivität unter der Decke so sehr, daß sich Werner dadurch außerstande fühlte, dieses Gespräch fortzuführen. Mit ihr sei nicht zu reden, seufzte er nur noch, dann war die schöpferische Pause, von der die Rede gewesen ist, zu Ende.

Gerti Maier kam wieder nach Heidenohl. Sie hatte sich nicht nicht angemeldet. Überraschend schwebte sie sozusagen in dem Städtchen ein, bezog wieder Quartier im ›Weißen Schimmel‹, packte ihre Koffer aus, kleidete sich um und rief Helga an.

Wie schon beim erstenmal forderte Helga sie zum sofortigen Erscheinen auf. Sie sagte: »Das trifft sich ja herrlich, du kannst mir gleich helfen.«

»Wobei?«

»Bei den Vorbereitungen auf eine kleine Party, Gerti.«

»Gut, Helga, ich beeile mich.«

Helga hatte noch eine Schürze umgebunden, als sie Gerti öffnete, war aber gerade dabei, sie abzunehmen.

Beiderseitige Wiedersehensfreude, Umarmung, Küßchen, Gelächter.

Durch das Haus zog der Duft frischgebackenen Kuchens. Als sich der erste Begrüßungswirbel gelegt hatte, sagte Gerti: »Warum läßt du die Schürze nicht an? Gib mir auch gleich eine.«

»Wozu?« fragte Helga.

»Zum Helfen.«

»Ach nein«, meinte Helga. »Das war doch nur Spaß. Ich bin schon mit allem fertig. Das letzte war der Kuchen, den ich aus dem Rohr genommen habe.«

»Lügst du nicht?«

»Nein, bestimmt nicht.«

»Ich würde dir nämlich gerne beispringen.«

»Das weiß ich, Gerti.« Helga zeigte auf einen Sessel. »Komm, nimm Platz.«

Sie setzten sich beide.

»Sag mir's rechtzeitig, wann ich verschwinden muß«, meinte Gerti dabei.

»Verschwinden? Wieso?«

»Wegen eurer Party.«

Helga lachte.

»An der nimmst du natürlich teil.«

»Aber –«

»Betrachte dich als eingeladen. Was glaubst du, was mir mein Göttergatte erzählen würde, wenn ich ihm eingestehen müßte, daß ich dich hätte sausen lassen?«

»Wie geht's ihm denn?«

»Gut«, entgegnete Helga vergnügt. »Ich pflege und hege ihn ja auch bestens. Momentan lasse ich ihn allerdings ein bißchen fasten, weil er zwei Pfund zugenommen hat. Sag ihm aber nicht, daß ich dir das verraten habe, sonst schimpft er mich.«

»Ist er denn so eitel?« fragte Gerti.

»Nur wegen mir sei er das, sagt er immer«, erwiderte Helga. »Und noch etwas sollst du wissen, Gerti, behalte es aber bitte auch für dich. Er war vor kurzem in Düsseldorf –«

»In Düsseldorf?« fiel Gerti ein.

»– und hat sich nicht bei dir gemeldet. Daran war ich schuld. Ich habe ihm eingeredet, sich ins Bett zu legen, statt sich mit dir zu treffen. Hernach hat mir das leidgetan.«

»Das muß es nicht, Helga.«

Unergründlich war dabei Gertis Blick, mit dem sie Helga ansah.

Frank diktierte im Büro seiner Sekretärin gerade einen Brief, als das Telefon läutete und Helga am Apparat war.

»Rate, von wem ich dich grüßen soll«, begann sie.

Ein bißchen ungehalten darüber, in der Arbeit unterbrochen worden zu sein, knurrte er: »Ich weiß es nicht.«

»Von Gerti.«

»Hat sie angerufen?«

»Sie ist hier.«

»Wo?« stieß Frank hervor. »In Heidenohl?«

»Hier in unserem Haus.«

»In unserem Haus?« wiederholte er überflüssigerweise. Der Schreck saß ihm in den Gliedern.

»Vor wenigen Minuten kam sie«, erzählte Helga. »Ganz überraschend. Sie wohnt wieder im ›Weißen Schimmel‹, das läßt sie sich nicht ausreden. Ich habe Sie für heute abend zu unserer Party eingeladen. Damit bist du doch einverstanden, nicht?«

Frank dämpfte seine Stimme.

»Kann sie mich hören?«

»Nein, wieso?«

»Steht sie nicht neben dir?«

»Nein, sie mußte auf die Toilette, deshalb habe ich die Gelegenheit benützt, um dich anzurufen.«

»Dann kann ich dir ja sagen, daß ich das nicht besonders gut finde.«

»Was denn nicht?«

»Daß du die auch eingeladen hast.«

»Aber Frank«, wunderte sich Helga, »ich dachte, gerade du würdest dich darüber freuen.«

Frank war am Telefon zusammengezuckt.

»Wieso gerade ich?«

»Du magst sie doch sehr«, antwortete Helga und setzte hinzu: »*Alle* Männer mögen sie.«

»Das ist es ja!«

»Was ist es ja?« Helgas Stimme klang nur erstaunt. Irgendein spezieller Verdacht war nicht herauszuhören. Frank wurde wieder etwas ruhiger.

»Es kommt doch auch Werner«, sagte er.

»Sicher.«

»Zusammen mit Clara.«

Helga verstummte. Frank hatte ihr die Nase auf etwas gestoßen, das es in der Tat verdiente, beachtet zu werden. Doch nun gab es kein Zurück mehr. Helga konnte Gerti nicht wieder ausladen.

»Du hast recht, Frank«, sagte sie. »Daran hätte ich denken sollen. Wenn –«

Sie brach ab. Von der Toilette her war jenes Rauschen vernehmbar geworden, das zu den wesentlichsten Zivilisationsgeräuschen schlechthin gehört. Gerti würde also gleich zurückkehren.

»Sie kommt«, sagte Helga mit unterdrückter Stimme und fuhr in normaler Lautstärke fort: »Wann sehen wir dich, Schatz?«

»In wenigen Minuten«, entgegnete Frank, der entschlossen war, alles liegen und stehen zu lassen im Büro, um sich den beiden Frauen in seinem Haus anzuschließen und ihrem Gespräch beizuwohnen. »Ich diktiere nur noch rasch einen Brief zu Ende.«

Doch dann unterließ er auch dies und sagte zu Sabine Melchior, seiner Sekretärin, die ein heimliches Anrecht auf ihn zu haben glaubte: »Den Rest erledigen wir morgen.«

Mit der einen Hand führte er die Kaffeetasse, die immer auf seinem Schreibtisch stand, zum Mund, um sie zu leeren; mit der anderen griff er zu seiner Aktentasche, die ihn stets – egal, ob leer oder voll – auf seinen Wegen zwischen Büro und Wohnung begleitete. Dann erhob er sich rasch, nickte der Sekretärin einen Abschiedsgruß zu und entschwand. In seiner Hast machte er einen folgenschweren Fehler. Und zwar vergaß er, die mittlere Schublade seines Schreibtisches abzusperren, was er sonst immer und grundsätzlich zu tun pflegte, weil er in ihr neben Dienstlichem auch Privatsachen aufbewahrte – z. B. die Briefe von Thekla Bendow. Und gerade in dieser Richtung hatte Sabine Melchior schon längere Zeit etwas in der Nase.

Die Gelegenheit für sie war also nun da, der Sache auf den Grund zu gehen. Ohne zu zögern, unterzog sie die Schublade einer genauen Untersuchung, fand Theklas Briefe und las sie Zeile für Zeile. Die Gefühle, die in ihr wachgerufen wurden, die Gedanken, die ihr durch den Kopf schossen, bildeten einen großen Wirrwarr. Eines aber war ihr klar: daß sie etwas entdeckt hatte, aus dem sie Nutzen ziehen konnte – welchen, darüber wollte sie noch ihre Überlegungen anstellen. Nur nichts überstürzen, sagte sie sich.

Ahnungslos über das, was sich im Büro zusammenbraute, strebte Frank Petar mit langen Schritten seiner Behausung zu. Wie wichtig wäre es doch von ihm gewesen, mehr Umsicht im Büro walten zu lassen.

Gerti begrüßte ihn völlig unbefangen. Ihm die Hand schüttelnd, lächelnd, sagte sie: »Ich hoffe, Sie sind nicht entsetzt, mich zu sehen.«

Frank machte sich ihren Stil zu eigen, indem er mit dem gleichen Charme antwortete: »Es gibt schlimmere Anblikke.«

Helga ließ den beiden nicht viel Zeit. Sie hatte in der Küche schon Kaffeewasser aufgesetzt und gab bekannt, daß es gleich soweit sei.

»Was denn?« fragte Frank.

»Daß es Kaffee gibt«, erwiderte sie.

»Aber für mich keinen, bitte.«

»Warum keinen?«

»Weil ich soeben im Büro einen getrunken habe.«

»Das tut doch nichts. Oder hat ihn dir die Melchior wieder so stark gemacht?«

»Wie immer.«

»Das soll sie nicht«, schimpfte Helga ein bißchen. »Ich muß mal wieder mit ihr sprechen.«

»Laß sie nur«, sagte Frank. »Sie meint es gut. Sekretärinnen wie sie sind heute rar, man darf sie nicht vor den Kopf stoßen.«

Gerti mischte sich ein.

»Das scheint ja eine Perle zu sein.«

»Ist sie auch«, sagte Frank aus Überzeugung.

Es sollten aber Tage und Wochen kommen, in denen Sabine Melchior alles andere war als eine »Perle«. Niemand – außer sie selbst – bekam dies allerdings zu wissen.

Das Gespräch wandte sich der Party, die vor der Tür stand, zu. Gerti fragte, wie viele eingeladen seien.

»Nicht viele«, erwiderte Helga. »Zusammen mit dir fünf Leute – zwei Paare und du. Insgesamt werden wir also sieben Personen sein.«

»Einen von denen kennen Sie schon«, sagte Frank zu Gerti.

»Wen?«

»Werner Ebert.«

»Der Ladykiller?« lachte Gerti.

»Ja.«

»Dann muß ich mich ja vorsehen.«

»Die Gefahr für Sie vermindert sich dadurch, daß er in Begleitung seiner Freundin erscheint.«

»Sie ist ein sehr nettes, sympathisches Mädchen«, ließ sich mit einem gewissen Nachdruck Helga vernehmen.

»Gesehen hast du sie ja auch schon – die Boutiquebesitzerin.«

»Immer noch die?« mokierte sich Gerti. »Schadet das nicht seiner Reputation? Ich denke, der wechselt ständig?«

»Mit dieser dauert's länger«, sagte Helga. »Und das gefällt mir.«

Sie hoffte, sich deutlich genug ausgedrückt zu haben, unterlag jedoch darin, wie sich herausstellen sollte, einem großen Irrtum.

Als weitere Gäste waren noch eingeladen ein junges Ehepaar – er Kinderarzt, sie Kinderärztin, mit gemeinsamer Praxis – und ein zweites Paar, dem es für sein Zusammenleben sowohl am Segen des Altars als auch des Standesamts fehlte. Er hieß Faber, war Rechtsanwalt, ein Vierziger mit jung gebliebenem Herzen; seine Gefährtin Ingrid Strathmann hatte den Beruf einer Floristin erlernt und übte ihn als Inhaberin eines kleinen Blumengeschäftes aus. Der Kinderarzt hießt Friedrich Amerkamp, seine Frau Waltraud war eine geborene Anzengruber, was auf eine bayrisch/österreichische Abstammung hindeutete, die dann auch ihre Bestätigung darin fand, daß die Dame im Dirndl erschien. Auch die Kleidung der übrigen wurde vor allem dem Bedürfnis nach Bequemlichkeit und Ungezwungenheit gerecht.

»Welche Überraschung!« rief Werner Ebert, als er Gerti erblickte. »War das beabsichtigt?«

»Was?« erwiderte sie, während sie seinen Handkuß, den er ihr mit Heiterkeit erregendem Zeremoniell verabreichte, über sich ergehen ließ.

»Daß mir Ihre Anwesenheit bis zu diesem wundervollen Augenblick – bitte das wörtlich zu verstehen – vorenthalten wurde.«

»Meine Anwesenheit war überhaupt nicht geplant«, lachte Gerti. »Ich bin sozusagen hereingeplatzt.«

Helga war damit beschäftigt, die ihr von den Gästen mitgebrachten Blumen in Vasen unterzubringen. Frank stellte jene einander vor, die sich noch nicht kannten.

Die Tatsache, daß Gerti solo war, sicherte ihr bei den Männer sogleich ein gesteigertes Interesse. Erstens war sie bildhübsch, zweitens charmant, drittens intelligent, viertens lustig und – last not least – außerordentlich sexy. Dazu kam noch ein Fünftes: Sie war ein neues Gesicht. Dies alles hatte zum Resultat, daß man ihr, wäre sie ein Mann gewesen, rasch den Titel »Hahn im Korb« hätte zusprechen müssen. Nur Frank legte sich ihr gegenüber aus erklärlichen Gründen Zurückhaltung auf. Normal wäre es gewesen, wenn sich analog mit dem Ansteigen der Beliebtheitskurve Gertis bei den Männern ihre Sympathien bei den Frauen vermindert hätten. Merkwürdigerweise war dies jedoch nicht der Fall. Die Kinderärztin Waltraud Amerkamp störte es nicht, daß ihr Mann ständig den Flirt mit Gerti suchte, wußte sie doch, daß er ein krasser Materialist war, für den die wirtschaftliche Verflechtung in der gemeinsamen Praxis immer den Ausschlag gab, wenn der Bestand seiner Ehe in Gefahr zu geraten schien. Und die Floristin Ingrid Strathmann konnte sich ihres Gefährten Dieter Faber, des

Rechtsanwalts, sicher sein, weil er mit seinen erotisch anmutenden Komplimenten, in die er Gerti einhüllte, einem bellenden Hund glich, der nicht mehr biß. Er war nämlich seit Jahren schon völlig impotent und hatte darüber hinaus ein fortgeschrittenes Bandscheibenleiden, das ihm einen gewissen Bewegungsrhythmus außerordentlich erschwert hätte, wenn es ihm eingefallen wäre, auf ihn noch einmal zurückzugreifen. Jung geblieben war also nur sein Herz.

Zum notwendigen Ausgleich ihres Hormonhaushalls legte sich deshalb Ingrid von Zeit zu Zeit mit ihrem Steuerberater ins Bett. Mit Liebe im höheren Sinne hatte das sowohl auf ihrer als auch auf Seite des Steuerberaters nicht das geringste zu tun. Wie es viele, viele Vernunftehen gibt, war dies ein reines Vernunftverhältnis.

Nur Clara v. Berg war nicht einverstanden mit dem, was sich abspielte. Werner hätte aber nicht Werner Ebert – und Gerti nicht Gerti Maier – sein dürfen, wenn sich die beiden in ihrem Verhalten von Claras Anwesenheit hätten einengen lassen. Clara wurde dadurch immer stiller, lediglich ihre Augen, mit denen sie den scharfen Flirt Werners mit Gerti verfolgte, sprachen Bände.

»Wissen Sie«, sagte er zu Gerti, »was Sie sich auch zulegen müssen – wenn Sie es nicht schon besitzen?«

»Was denn?« fragte Gerti.

Er nickte hin zu Waltraud Amerkamp (geb. Anzengruber).

»Ein Dirndl.«

»Habe ich längst«, sagte Gerti. »Ich lebte doch, wie Sie wissen, Jahre in Bayern.«

»Schade, daß Sie's nicht anhaben.«

»Warum?«

Werner grinste.

»Weil ... wie soll ich mich ausdrücken? ... gewisse Merkmale der Figur einer Frau am allerbesten zum Ausdruck kommen in einem Dirndl.«

»Er meint: der Busen.«

Das kam, eingebettet in Gelächter, vom impotenten Rechtsanwalt Faber, bei dem schon der Alkohol mitsprach, ebenso wie beim Kinderarzt Amerkamp, der hinzufügte: »Laßt es mich als Mediziner sagen: Er meint die sekundären Geschlechtsmerkmale einer Frau.«

Allgemeines »Hallo«; nur Clara und Helga schlossen sich aus. Clara raunte Werner in einem günstigen Augenblick ins Ohr: »Ich habe Kopfschmerzen.«

Er reagierte nicht.

Clara war gezwungen, auf einen zweiten günstigen Augenblick zu warten. Frank blickte auf die Uhr.

»Hat jemand was dagegen«, fragte er, »daß wir uns rasch die Tagesthemen anschauen, wenigstens den politischen Teil. Im Nahen Osten stinkt's wieder gewaltig.«

Allgemeines Schweigen. Das bedeutete, daß Franks Vorschlag der Ablehnung verfiel. Interesse am Nahen Osten schien nicht im nötigen Ausmaß vorhanden zu sein.

Nach einer Weile erfolgte Claras nächster Anlauf zu ihrem Aufbruch. Diesmal verkündete sie laut und vernehmlich für alle: »Ich habe Kopfschmerzen.«

Als im Moment niemand etwas sagte, setzte sie hinzu: »Tut mir leid.«

»Möchten Sie eine Tablette?« fragte Helga als erste.

»Danke, nein«, erwiderte Clara. »Das hat bei mir keine Wirkung, ich kenne mich.« Sie zuckte mit den Achseln. »Ich muß ins Bett.« Und noch einmal fügte sie hinzu: »Tut mir leid.«

Werner sagte nichts.

»Bringst du mich nach Hause?« sprach ihn Clara direkt an.

Schweigend erhob er sich.

»Du kannst ja dann hierher zurückkehren«, fuhr sie fort, stand auch auf, bedankte sich bei Helga und Frank für deren Gastfreundschaft, gab jedem der anderen die Hand und wandte sich zur Tür. Helga, Frank und der schweigende Werner folgten ihr. Draußen in der Diele sagte Helga: »Ich muß gestehen, auch mir wär's lieber, wenn ich schon Schluß machen könnte.«

»Wieso?« fragte Frank überrascht.

Helga zuckte mit den Schultern.

»Mein Magen«, sagte sie, die Hand auf ihren Oberbauch legend. »Vielleicht war der Wein nicht ganz in Ordnung.«

»Das *kann* nicht sein«, widersprach Frank mit Entschiedenheit. »Den gleichen trinken wir schon seit Monaten.« Helga trat ihm unbemerkt auf den Fuß.

»Ich habe jedenfalls ein bißchen Sodbrennen«, meinte sie. »Müde bin ich auch, deshalb sehne ich mich nach dem Bett.«

»Warum haben Sie uns das nicht eher gesagt, Helga?« fragte Clara. »Ich mache mir Vorwürfe. Sie hätten uns längst hinauswerfen müssen.«

»Für eine Gastgeberin ist das immer ein bißchen schwierig«, lächelte Helga. »Aber beruhigen Sie sich, gerade Sie müssen sich am wenigsten Vorwürfe machen, Clara. Sie wurden doch nun sozusagen zu meiner Vorreiterin, und dafür bin ich Ihnen dankbar. Den Rest erledigt mein Mann.«

»Ich?« stieß Frank hervor.

Helga lächelte ihn an.

»In deiner charmanten Art«, sagte sie, zur Wohnzimmertür hin nickend, »bringst du es denen bei, daß auch sie müde sind.«

An dem kleinen Gelächter, das ertönte, waren Helga, Frank und Clara beteiligt – Werner nicht. Er verzog keine Miene.

Ihm und Clara nachblickend, als sich die beiden verabschiedet hatten und durch den Garten davongingen, sagte Frank zu Helga: »Der ist sauer.«

»Wenn ich Clara wäre, würde ich dem jetzt etwas erzählen«, erwiderte Helga.

»Ich habe dir ja gesagt, daß es keine gute Idee war, auch deine Freundin einzuladen.«

»Das passiert mir nicht mehr«, verkündete Helga.

Clara und Werner waren noch keine hundert Meter vom Haus entfernt, als Clara begann: »Du hast dich skandalös benommen!«

Werner schwieg.

»Wenn es dir schon gleichgültig war, was ich dabei empfand«, fuhr Clara fort, »hätte es dir wenigstens etwas ausmachen müssen, wie ich vor den anderen dastand.«

»Reg dich nicht auf«, sagte Werner endlich. »Nimm Rücksicht auf deine Kopfschmerzen.«

Das war blanke Ironie.

»Ich *habe* keine Kopfschmerzen«, erwiderte Clara.

»Du hast *keine*?« tat er verwundert.

»Nein, obwohl es verständlich gewesen wäre, wenn ich bei deinem Benehmen welche bekommen hätte.«

Werner versank wieder in Schweigen.

»Entschuldige dich wenigstens«, sagte Clara.

»Wofür?«

»Das weißt du ganz genau.«

»Gar nichts weiß ich.«

»Du hast dich dieser Person in einer Weise an den Hals geworfen, die unerträglich war.«

»Ach was, du leidest an Einbildungen.«

»Dann frag alle anderen, ob die sich das auch nur eingebildet haben.«

»Was gehen mich die anderen an.«

»Und ich, willst du sagen, geh' dich auch nichts an.«

Er schwieg wieder.

Es war ein böser Streit zwischen den beiden, der kein gutes Ende erwarten ließ.

Plötzlich blieb Clara stehen.

»Ich möchte nur eins wissen . . .«, sagte sie.

»Was?« zwang er sich zu antworten, obwohl es ihn nicht interessierte.

»Ob die das eingefädelt haben.«

»Wer die?«

»Die Petars.«

»Was eingefädelt?«

»Dein Zusammentreffen mit dieser Person.«

»Bist du verrückt?!« rief er in der Stille der Nacht ziemlich laut. »Schmier in deinem Verfolgungswahn denen nicht etwas ans Bein, mit dem sie überhaupt nichts zu tun haben. Wo bleibt dein Verstand? Sagt dir denn Helgas Sodbrennen nichts?«

»Was soll mir das sagen?«

»Daß das eine Finte war.«

»Eine Finte?«

»Damit hat sie doch für ein Ende der Party gesorgt. Mir wurde so von ihr bedeutet, daß es gar keinen Zweck hätte, zurückzukehren. Begreifst du das?«

Clara ließ sich das, was Werner gesagt hatte, durch den Kopf gehen.

»Falls ich das überhaupt vorgehabt hätte«, ergänzte er nach kurzer Pause.

Wenn es Tag gewesen wäre, hätte man sehen können, wie es hinter Claras Stirn arbeitete. Dann stahl sich ein kleines Lächeln in ihr zorniges, aufgewühltes, trauriges Gesicht. Dabei sagte sie leise: »Ich muß sie um Verzeihung bitten.«

»Wollen wir ewig hier stehenbleiben?« fragte Werner.

Sie setzten ihren Weg fort. Nach einer Weile merkte Werner, daß Clara weinte. Sie war bemüht, ihr Schluchzen zu unterdrücken, hatte aber wenig Erfolg damit. Nun hielt Werner an. Wenn es nämlich etwas gab, das er nur schwerlich ertragen konnte, dann waren das die Tränen einer Frau.

»Clara«, sagte er, »bitte, mach kein Theater.«

Die Rollen hatten gewechselt. Jetzt schwieg Clara.

»Ich möchte wirklich wissen, was du hast«, fuhr er fort. Keine Antwort. Nur die Tränen flossen.

»Es ist doch nichts passiert.«

Clara versuchte weiterzugehen, aber Werner hinderte sie daran, indem er sie am Arm festhielt.

»Du hast doch auch schon mit Frank geflirtet, und ich habe darüber hinweggesehen.«

»Ich geflirtet mit Frank?!« stieß Clara hervor. »Bist du verrückt? Wann?«

»An jenem Abend bei mir«, zog Werner etwas an den Haaren herbei, das überhaupt nicht stimmte.

Clara vergaß vor Empörung sogar zu weinen.

»Du bist wirklich verrückt!« sagte sie mit bebender Stimme. »Er war mir vom ersten Augenblick an sympathisch, und das habe ich zu erkennen gegeben – mehr nicht! Wenn ich mich recht erinnere, hat dich das sogar gefreut.«

»Ich mache dir ja auch gar keine Vorwürfe.«

»Genau das hast du aber soeben getan!«

Sie gingen wieder weiter. Werner hoffte, Claras Tränen würden nicht wieder fließen, aber dieser Wunsch wurde ihm nicht erfüllt. Clara begann abermals zu weinen, und das setzte sich, ungeachtet seiner Versuche, sie zu beruhigen, fort bis zu ihrer Haustür.

»Soll ich noch mit raufkommen?« fragte Werner.

»Nein.«

Er nickte. Beide waren sich einig. Keinem stand der Sinn danach, den Rest dieser Nacht noch miteinander zu verbringen. Clara sperrte die Haustür auf, dann drehte sie sich noch einmal um und sagte mit tränennassem Gesicht: »Werner, ich weiß, daß ich gegen die nicht gewinnen kann –«

»Wer spricht denn davon?« unterbrach er sie.

»*Ich* spreche davon«, sagte sie mit müdem Nachdruck. »Die ist hübscher als ich, eleganter, intelligenter, amüsanter, gebildeter –«

»Wieso gebildeter?« widersprach Werner erst in diesem Punkt. Das war bezeichnend.

»Ich habe nur Abitur; sie studiert, konnten wir aus ihrem Mund erfahren.«

»Irgend etwas mit Kunst«, meinte Werner geringschätzig. »Das ist kein Grund für dich, Minderwertigkeitskomplexe zu haben.«

»Vielleicht hätte ich die nicht, wenn nicht noch etwas dazukäme . . . das Allerwichtigste für dich . . .«

»Was denn?«

»Sie hat auch noch mehr Sexappeal als ich.«

»Stell doch dein Licht nicht gar so unter den Scheffel«, versuchte er es mit einem Witzchen. Vergebens.

Clara reagierte darauf nicht, ihre Augen, mit denen sie ihn anblickte, blieben erloschen. Nur ihre Stimme hob sich etwas.

»Aber eins fehlt ihr, Werner . . .«

Kurze Pause.

»Sie liebt dich nicht.«

Rasch wandte sie sich ab, drückte die Tür auf, schlüpfte in den dunklen Hausflur hinein und war verschwunden. Sie wollte nicht, daß vielleicht jemand zufällig ihr verschmiertes, von den Tränen ihres Make-up beraubten Gesichtes hätte sehen können.

Werner drehte ab, um nach Hause zu gehen, nicht ohne vorher Clara noch ein gemurmeltes »Verrückt« nachzusenden. Automatisch griff er beim Gehen in die Tasche, holte seine Zigaretten hervor und zündete sich eine an. Nach wenigen Zügen warf er sie aber in die Gosse.

Sie schmeckte ihm nicht.

12

Drei Tage vergingen, in denen Funkstille herrschte zwischen Werner und Clara. Er hörte nichts von ihr, sie nichts von ihm. Ich habe keine Veranlassung, den ersten Schritt zu tun, dachte er. *Sie* war diejenige, die Theater gemacht hat.

Am vierten Tage begann er zu ahnen, daß er vergeblich auf einen Anruf oder gar einen Besuch von ihr warten würde. Widerwillig entschloß er sich deshalb, mit ihr zu telefonieren und ein Friedensangebot zu machen. Vorher fiel ihm aber noch ein, daß er sich überhaupt noch nicht bei Helga und Frank für den Abend bei ihnen bedankt hatte. Helga war die Wichtigere (als Hausfrau), deshalb rief er sie nun an.

»Helga«, begann er, »du mußt entschuldigen, ich habe ganz vergessen, dir zu sagen, wie nett es bei euch wieder war. Hoffentlich nimmst du mir das nicht krumm?«

»Aber nein.«

»Danke, Helga«, sagte er und setzte zu seiner üblichen Masche an: »Ich könnte das nicht ertragen, gerade von dir nicht –«

»Wie geht's dir?« unterbrach sie ihn.

»Gut – und dir?«

»Genauso.«

»Kein Sodbrennen mehr?«

»Nein.«

»Das freut mich«, sagte er. »Ich weiß, wie unangenehm das sein kann.«

»Was macht Clara?«

»Clara?«

»Ja.«

»Dasselbe« – er räusperte sich zweimal – »wollte ich dich fragen.«

»Mich?«

»Vielleicht weißt du das besser. Ihr spielt doch zusammen Skat?«

»Ihr trefft euch doch?«

»Wir haben uns seitdem nicht mehr gesehen.«

Daraufhin blieb es stumm in Werners Hörer. Helga schwieg.

»Du fragst mich nicht, warum?« fuhr Werner fort.

»Nein.«

»Interessiert es dich nicht?«

»Ich kann es mir denken.«

»Hat sie mit dir gesprochen?«

»Nein.«

»Das Theater, das die mir gemacht hat, kannst du dir nicht vorstellen.«

»Doch.«

»Und zwar wegen deiner Freundin.«

»Hm.«

Helgas Einsilbigkeit im Gespräch mit Werner war etwas ganz Neues. Das hätte ihm zu denken geben müssen.

»Aber ich lasse ihr das nicht durchgehen.«

»Hm.«

»Jetzt wartet sie darauf, daß ich zu Kreuze krieche.«

In Werners Hörer blieb es wieder stumm.

»Du sagst nichts, Helga. Ich habe den Eindruck, daß du in Claras Lager stehst.«

Nun sagte Helga etwas.

»Ja.«

»Was?!« rief Werner aufgebracht. »Seid ihr denn alle nicht mehr normal?«

»Ich glaube schon«, antwortete Helga kühl. »Wir können nämlich objektiv denken.«

Werner wurde ironisch.

»Jaja, daß Frauen in puncto Objektivität von jeher sehr viel am Hut haben, ist allgemein bekannt.«

»Oft mehr als Männer.«

Werner zwang sich zu einem konzilianteren Ton.

»Was habe ich denn getan, um alles in der Welt?«

»Das wird dir Clara schon klargemacht haben.«

»Man darf doch noch ein bißchen flirten.«

Helga hatte kurz zuvor in der Küche einen Topf mit Kartoffeln auf den Herd gestellt und wußte, daß der Topf überzukochen drohte. Sie war deshalb mit einem Ohr bei den Geräuschen aus der Küche.

»Was sagtest du?« fragte sie Werner.

»Daß man doch noch ein bißchen flirten darf.«

Darauf konnte Helga nur sagen: »Alles hat seine Grenzen, mein Lieber.«

»Und die habe ich, findest du, überschritten?«

»Eindeutig.«

»Armer Frank!«

Dieser Ausruf Werners war ein Fehler von ihm. Helga, deren Kühle ihn schon hätte warnen müssen, wurde nun zornig.

»Laß meinen Mann aus dem Spiel«, stieß sie hervor. »Wir beide – Frank und ich – brauchen von dir keine solchen Urteile über sein Los in unserer Ehe. So war das doch gemeint!«

Werners Rückzieher kam rasch und rettete ihn wieder einigermaßen.

»Entschuldige.«

»Da verstehe ich nämlich keinen Spaß.«

»Ich werde so etwas nie wieder sagen.«

»Gut.«

»Auch Clara gegenüber werde ich zu Kreuze kriechen, das verspreche ich dir.«

»Ich bin zwar nicht Clara, trotzdem freut es mich. Sie wird sicher –«

Der Kartoffeltopf kochte über, anschwellend zischte es aus der Küche.

»Werner!« rief Helga. »Ich muß Schluß machen, vielleicht kannst du hören, was sich in meiner Küche tut. Wiedersehen.«

»Wiedersehen, Helga.«

Kaum hatte Werner aufgelegt, schrillte sein Telefon laut und aufdringlich, als wäre es eine Ewigkeit daran gehindert worden, das zu tun. Und wie sich herausstellte, war das auch der Fall.

»Herr Doktor Ebert«, begann eine vorwurfsvolle Frauenstimme. »Sie zu erreichen ist eine entsetzliche Geduldsprobe. Ich habe das jetzt so lange versucht, bis mir fast die Haare grau wurden.«

»Mit wem spreche ich?«

»Auch das noch. Sie erkennen mich nicht?«

»Frau Maier?«

»Ja, Gerti Maier!«

»Sie müssen mir verzeihen, wir haben noch nie miteinander telefoniert.«

»Deshalb wird es dazu auch höchste Zeit«, lachte Gerti. Auch Werner grinste. Es war das lautlose Grinsen eines Jägers, dem sich plötzlich und ganz unerwartet eine Beute zeigt, die ihm gehören wird.

»Was verschafft mir die Ehre Ihres Anrufes?« fragte er mit gespreizter Förmlichkeit, durch die sich Gerti angestachelt fühlte, im selben Stil zu antworten.

»Diese Ehre verschafft Ihnen meine Neugierde«, sagte sie vergnügt.

»Kann ich sie stillen?«

»Ja.«

»Wie denn?«

»Ich wäre in meiner Jugendzeit sehr gerne Journalistin geworden. Das ist lange her –

»Sehr, sehr lange«, fiel er witzelnd ein.

»Trotzdem«, fuhr sie fort, »regt sich in mir immer wieder mal der Wunsch, eine Redaktion von innen kennenzulernen. Wie entsteht das sogenannte gedruckte Wort? Diese Frage –«

»Das gedruckte Wort«, unterbrach Werner, »entsteht, wie der Name schon sagt, in der Druckerei.«

»Das sagte ich doch.«

»So? Mir schien, Sie sprachen von einer Redaktion?«

»Gehört das nicht zusammen?«

»Irgendwie schon, da haben Sie recht.«

»Na also.«

»Ich kann Ihnen aber hier nur unsere Redaktion zeigen. Die Druckerei, mit der wir zusammenarbeiten, befindet sich in Soltau.«

»Die Redaktion würde mir fürs erste genügen.«

»Wann darf ich Sie erwarten?«

»Wann paßt es Ihnen?«

»Jederzeit.«

»Sagen wir: in einer Stunde?«

»Gut.«

Grinsend legte Werner auf. Sein ursprüngliches Vorhaben war gewesen, erst Helga, dann Clara anzurufen. Clara war aber nun vergessen.

Zur selben Stunde hatte Clara v. Berg in ihrer Boutique einen interessanten Besuch zu verzeichnen. Berthold Culldorf jr. kam zu ihr.

Berthold Culldorf jr. war trotz seiner verhältnismäßig jungen Jahre schon eine bekannte Persönlichkeit in Heidenohl, obwohl er noch in seines Vaters Schatten stand, aus dem herauszutreten ihn nicht geringe Mühe kostete. Berthold Culldorf sen. war der Inhaber des einzigen namhaften, auf solider finanzieller Basis ruhenden, alteingesessenen Geschäfts für Damenmoden in Heidenohl. Der Größe nach hätte der Besitz schon fast den Namen »Kaufhaus« in Anspruch nehmen können. Das erfreulichste am ganzen war, daß die Firma seit ihrem Aufblühen, das ein halbes Jahrhundert zurücklag, praktisch keine Konkurrenz mehr gekannt hatte. Das traf auch jetzt noch zu, aber Berthold Culldorf sen. war ein Mann, der zwar jedes Jahr schon eine gründliche Kur in Bad Kissingen nötig hatte, um seiner Lebenserwartung wirksame Aufbesserung zuzuführen, der jedoch immer noch für potentielle geschäftliche Anfechtungen ein Gespür in seinem Finger hatte, wenn er ihn in den Wind hielt. Deshalb fühlte er sich seit dem diesjährigen Skatturnier in Heidenohl beunruhigt.

Das Skatturnier, das ein Anwachsen des Umsatzes in Claras Boutique zur Folge hatte, verfiel seitdem der Ablehnung durch Culldorf sen. Das Turnier habe sich überlebt, fand er.

»Wieso denn das plötzlich?« fragte ihn sein Sohn, als das Thema im Familienkreis besprochen wurde.

»Das möchte ich auch wissen«, pflichtete Katharina Culldorf, die Gattin des alten und Mutter des jungen Culldorf, letzterem bei.

»Seht ihr nicht«, fragte der Senior, »was sich seitdem bei der Konkurrenz tut?«

»Nein«, antworteten Gattin und Sohn wie aus einem Mund.

»Weil ihr Idioten seid«, wurde ihnen in nachsichtigem Ton gesagt.

»Wir haben doch gar keine Konkurrenz«, meinte der Junior.

»*Noch* nicht«, belehrte ihn der Alte. »Aber es könnte uns eine erwachsen.« Seine Stimme hob sich. »Und zwar von seiten dieser beschissenen Adeligen!«

»Sei nicht so ordinär«, ermahnte ihn seine Gattin, die mit dem Drang zu Höherem geboren war, sich aber zeit ihrer Ehe schwer damit tat, diesen Drang auszuleben.

»Kennst du die?« fragte der Senior den Junior.

»Vom Sehen.«

»Vom Sehen kenne ich sie auch«, sagte der Alte. »Ob du sie schon näher kennst, hätte mich interessiert. Anscheinend nicht.«

»Nein.«

»Warum nicht? Du vögelst doch alles, was nicht gerade einen Buckel hat oder auf Krücken daherkommt?«

»Berthold!« ertönte der Gattin mahnende Stimme.

»Ich konnte ja nicht wissen, daß dir das plötzlich als notwendig erscheint«, sagte der Sohn zum Vater.

»Dann leg sie schleunigst um.«

»Du sagst das, als ob es nichts Leichteres gäbe.«

»Gibt es auch nicht, bei keiner. Frag deine Mutter.«

Das war als Dämpfer für Katharina gedacht, als Lohn für ihre ständigen Zwischenrufe, mit denen sie ihren Alten nervte. Für eine Weile war damit Katharina auch zum Verstummen ge racht, wenn man von einem undefinierbaren Laut des Protestes absieht, der aus den Tiefen ihres verletzten Inneren aufstieg.

»Was soll ich also mit der machen, Vater?« setzte der Junior das informative Gespräch mit dem Senior fort.

»Zieh ihr die Würmer aus der Nase. Ein Vertreter verriet mir, daß sie nicht liquid ist. Das wäre natürlich das beste für uns, wenn sie zumachen müßte. Wenn nicht, müssen wir das Problem für uns auf andere Weise lösen.«

»Wie denn?«

»Am besten, indem wir sie unter unsere Fittiche nehmen, ehe sie zu stark wird.«

»Ich verstehe.«

»Man könnte vielleicht sogar ihren Laden dem unseren angliedern, das wäre nicht verkehrt in dieser Zeit, in der angeblich alles nach Boutiquen schreit. Mir persönlich geht allerdings schon der Name gegen den Strich.«

»Wann soll ich mich denn an die ranmachen?«

»Schleunigst, habe ich gesagt. Fick sie erst mal, daß ihr Hören und Sehen vergeht, das ebnet den Boden für alles Weitere.«

Katharina hatte sich inzwischen wieder so weit erholt, daß sie ihren Göttergatten fragen konnte, ob er sich nicht selber sagen müsse, daß solche Ausdrücke sogar in Kutscherkreisen zwischen Vater und Sohn nicht üblich seien.

Berthold Culldorf sen. winkte nur mit der Hand, holte sich seine Zigarre vom Aschenbecher und verließ das Zimmer.

Versehen mit dem Auftrag seines Erzeugers, kam also Berthold Culldorf jun. zu Clara v. Berg, deren Kundschaft normalerweise nicht aus Männern bestand. Schon deshalb erregte sein Erscheinen in der Boutique ein bißchen die Verwunderung Claras. Selbstverständlich war aber Clara bemüht, dies nicht erkennen zu lassen.

»In Ihrem Schaufenster liegt ein hübscher Schal«, begann der junge Berthold Culldorf. »Den möchte ich haben.«

»Welchen, bitte?«

»Den braun-grün gemusterten.«

Clara ging zum Schaufenster, um es von hinten zu öffnen.

»Aber ich will nicht, daß Sie Ihre Dekoration zerstören müssen«, beeilte sich Berthold zu sagen. »Es macht mir nichts aus, eine gewisse Wartezeit auf mich zu nehmen.«

»Ich habe noch andere fürs Fenster«, lächelte Clara.

Als sie Berthold den Schal in die Hand legte, tat sie dies mit den Worten: »Ein schönes Stück.«

»Können Sie sich in den Geschmack einer alten Dame hineinversetzen?« fragte Berthold.

»Ich hoffe es«, erwiderte Clara. »Wieso?«

Er hob ihr den Schal entgegen.

»Ich habe ihn für meine Mutter gedacht.«

»Wie nett«, sagte Clara, verstärkt lächelnd. »Er wird ihr sicher gefallen.«

Das Urteil, das sich Culldorf jun. aus der Nähe über Clara rasch schon gebildet hatte, war durchaus positiv: tadelloses Gebiß; volle Lippen; gerade Nase; schöne Augen; das ganze Gesicht hübsch; gepflegtes Haar; leckerer Busen und Hintern; die ganze Figur gut; nur die Beine etwas zu kurz für den Zeitgeschmack. Aber wo gab's schon noch einmal die vollkommene, die absolut lückenlose weibliche Schönheit, seit das antike Milo der Menschheit verlorengegangen ist.

Des Vaters Auftrag schien nicht seiner Reize für den Sohn zu entbehren.

Berthold befühlte den Schal, rieb den Stoff zwischen den Fingern.

»Reine Seide, ich führe nichts anderes«, sagte Clara. »Aber das haben Sie sicher schon bemerkt?«

»Das ist oft recht schwierig.«

»Nicht für Sie.«

Er blickte sie an.

»Wieso nicht für mich?«

»Sie sind doch Herr Culldorf, ein Fachmann also?«

»Sie kennen mich?«

»Vom Sehen.«

»Genau wie ich Sie«, lachte er.

Auch er war ein gutaussehender junger Mann, erfolgsgewohnt bei jungen Damen. Seine Schwächen lagen im Charakter, den seine Zugehörigkeit zum Heidenohler Geldadel verdorben hatte. Berthold glaubte, daß ihm die Tür jedes Schlafzimmers, das er ansteuerte, offenstehen *mußte.*

Diese Überzeugung verleitete ihn gern zu überstürztem Vorgehen. Seine Devise schien zu sein: Warum Zeit verlieren?

Auf den Schal zeigend, sagte er zu Clara: »Okay, packen Sie ihn mir ein, ich nehme ihn. Was kriegen Sie?«

»Zweiundvierzigneunzig«, sagte Clara, während sie sich anschickte, den Schal in eine Tüte zu stecken.

Seine Geldbörse ziehend, fragte Berthold: »Wann gehen Sie mit mir essen?«

Claras Hand mit dem Schal hielt auf halbem Weg in der Tüte inne.

»Sollte ich das?«

Berthold hielt das schon für eine Zusage.

»In Soltenau weiß ich ein prima Lokal, da fahren wir hin. Heute ist Donnerstag. Am Donnerstag bieten die immer besondere Wildspezialitäten. Am Freitag natürlich Fisch. Mögen Sie Wild?«

»Nein.«

»Fisch?«

»Nein.«

In Wahrheit aß Clara sowohl Wild als auch Fisch für ihr Leben gern.

»Was mögen Sie denn?« fragte Berthold ein bißchen unwillig.

»Zur Zeit gar nichts.«

»Sie fasten?« erkundigte er sich, ließ seinen unverhüllten Blick über ihre Figur gleiten und setzte hinzu: »Müssen Sie denn das?«

»Ständig.«

»Sie essen gar nichts?«

»Gar nichts.«

Also Nulldiät, dachte Berthold. Diesen Ausdruck kannte er. Seine Mutter, die mehr als zwei Zentner wog, führte ihn ständig im Mund und besaß nie die Kraft, ihn in die Praxis umzusetzen.

»Und wann ändert sich das wieder?« fragte er Clara.

»Nie.«

»Aber ...« Er verstummte, da es ihm dämmerte, daß er an der Nase herumgeführt wurde. Ungläubig stieß er hervor: »Sie veräppeln mich?«

So etwas traf ihn ganz unvorbereitet. Er sträubte sich dagegen, es für wahr zu halten. Im selben ungläubigen Ton fügte er hinzu: »Sie geben mir einen Korb?«

Clara zog die Hand mit dem Schal aus der Tüte heraus und ging wortlos zum Schaufenster. Doch schon nach zwei Schritten erreichte Bertholds Ruf sie: »Was machen Sie denn?«

»Ich vervollständige wieder meine Dekoration.«

»Aber nicht mit diesem Schal! Ich will ihn haben!«

»Der war doch nur ein Vorwand für Sie.«

»Und wenn schon! Sie sind doch Geschäftsfrau? Den Schal können Sie mir auf alle Fälle andrehen.«

»Andrehen?«

»Verkaufen.«

Clara reichte ihm den Schal so, wie sie ihn in der Hand hatte; ohne Tüte.

»Zweiundvierzigneunzig«, sagte sie.

Das Ungewohnte an Claras Verhalten irritierte Berthold sehr, es stürzte ihn in Verwirrung. Er dachte an seinen Vater, dem er das Fiasko, das er hier erlebte, würde eingestehen müssen.

»Der wird sich wundern«, entfloh es unwillkürlich seinen Lippen.

Kein Wunder, daß ihn Clara daraufhin fragend anblickte, während sie einen Fünfzigmarkschein von ihm in Empfang nahm.

»Mein Vater«, fuhr er fort, als ihn Claras fragender Blick nicht losließ, »hat sich das hier ganz anders vorgestellt.«

Die Fährte, auf die sich dadurch Clara gesetzt fühlte, war falsch.

»Ich denke, das Geschenk ist für Ihre Mutter bestimmt?« fragte sie, ihrer Kasse die Fünfzigmarkbanknote einverleibend und sieben Mark zehn aus ihr herauszählend.

Bertholds Lachen, mit dem er Claras Äußerung quittierte, war unecht. Dann packte ihn der Galgenhumor. Nachdem er erklärt hatte, daß es keine Rolle spiele, für wen dieses Geschenk sei, fuhr er fort: »Wissen Sie, was dieses Geschenk auf alle Fälle ist?«

»Was?«

»Eine klassische Fehlinvestition.«

Noch fragender wurde daraufhin Claras Blick, durch den sich Berthold genötigt fühlte fortzufahren: »Ich kann Ihnen nur so viel sagen, daß mein Vater mit Ihnen Kontakt gewinnen wollte und mich quasi vorgeschickt hat. Und das ging daneben«, seufzte er.

Zur Überraschung Bertholds ließ Clara das Gespräch nicht abreißen, sondern fragte: »Weshalb ist Ihrem Vater an einem Kontakt mit mir gelegen?«

»Können Sie sich das nicht denken?« erwiderte Berthold.

»Ich vermute etwas«, sagte Clara.

»Sicher vermuten Sie das Richtige«, nickte Berthold. »Und was halten Sie davon?«

Clara ließ eine kleine Pause des Nachdenkens verstreichen, ehe sie entgegnete: »Das muß ich mir erst noch länger überlegen.«

»Sie lehnen also nicht rundweg ab?«

»Nein.«

Entscheidend wird sein, dachte Clara, wie es mit Werner für mich weitergeht. Verliere ich ihn, kann ich auch in Heidenohl nicht mehr leben. Kommen wir wieder zusammen und bleiben wir zusammen, soll er mitbestimmen, was wir mit meinem Laden machen.

»Wann werden Sie sich schlüssig geworden sein?« fragte Culldorf jun.

»Bald.«

Er war erleichtert. Doch noch ein Ergebnis, dachte er, mit dem ich meinem Vater unter die Augen treten kann.

Es war ein Ergebnis ohne den ursprünglich für notwendig gehaltenen Umweg, den der Junior für die Firma gerne beschritten hätte.

»Wie verbleiben wir?« fragte er an der Ausgangstür Clara.

»Ich lasse von mir hören, wenn mir Verhandlungen zweckdienlich erscheinen«, erwiderte sie.

Auf einem hohen Roß sitzt die, wunderte sich innerlich Culldorf jun., gerade als ob sie Umsatzmillionärin wäre. Dasselbe sagte er kurze Zeit später seinem Vater, der dafür aber nur die Bemerkung übrig hatte: »Je hochnäsiger sie sich geben, desto weniger steckt dahinter. Die gehört uns schon.«

Gerti Maier ließ, als sie zu Werner Ebert in die Redaktion kam, von der ersten Sekunde an keinen Zweifel daran, daß ihr mehr vorschwebte als nur die Besichtigung einer ihr bis dato unbekannten Arbeitsstätte. Bildhübsch wie eh und je, erschien sie in einer Kleidung, der es nicht an Signalwirkung fehlte. Sie steckte nämlich in einem Dirndl. Weiß der Teufel, wo sie es herhatte. Wahrscheinlich in Heidenohl neu gekauft – woher sonst? Möglich war das schon, nachdem der Ausbreitung bayrisch/österreichischer Trachtenmode über ganz Mitteleuropa hinweg schon lange keine Grenzen mehr gesetzt waren.

Unterstützung fand Gertis Auftritt durch eine dezente Parfümwolke, in die eingehüllt sie über Werners Schwelle trat.

Soir de Paris, sagte er sich sofort. Das benützen die heute alle, die es sich leisten können. Soir de Paris ist in Mode.

»Herr Doktor«, begann Gerti nach der Begrüßung, »ich hoffe, Sie dachten sich, als ich Sie anrief, nichts Falsches.«

»Das kann leicht sein«, antwortete er.

»Was dachten Sie sich denn?«

»Daß ich Ihnen vielleicht nicht einmal einen Cognac oder Likör anbieten darf, wenn Ihr Informationsbesuch hier einsetzt.«,

»Dann haben Sie falsch gedacht«, lachte Gerti.

»Prima«, grinste auch er. »Man irrt sich in solchen Fällen gern. Was darf es sein?«

»Cognac, bitte.«

Nach zwei Gläsern sagte sie: »Und sonst haben Sie sich gar nichts Falsches gedacht?«

»Nein, nur Richtiges.«

»Was denn Richtiges?«

»Darüber reden wir später«, erwiderte er, jetzt schon eine scharfe Gangart einschlagend, nachdem von ihrer Seite die Ermunterung dazu deutlich genug vorlag.

Es waren da zwei zusammengekommen, die nicht lange um den heißen Brei herumgingen bzw. -redeten. Gerti ließ ihren Blick über Werners Schreibtisch gleiten, der das übliche chaotische Bild bot, und sagte: »Gearbeitet *wird* hier, das sieht man.«

»Sie können froh sein, diesen Beruf nicht ergriffen zu haben«, meinte Werner.

»Aber interessant ist er doch?«

»Die Vorstellungen, die sich Außenstehende von ihm machen, sind viel zu romantisch.«

»Haben Sie auch Kontakt mit Ihrer Leserschaft?«

»Sicher.«

»Wie sieht das aus?«

»Die Leute schreiben uns Briefe oder rufen uns an. Sie üben Kritik an uns, korrigieren uns, schimpfen oder loben. Heute überwiegt das eine, morgen das andere.«

»Woher stammen die Beiträge, die Sie veröffentlichen?«

»Aus den verschiedensten Quellen. Meistens sind es erklärlicherweise Fachleute, die uns ihre Mitarbeit anbieten.«

»Und ganz gewöhnliche Leser, schicken Ihnen die nichts ein?«

»Doch, kleinere Sachen. Ist aber selten etwas Brauchbares darunter.«

»Nie auch mal was Größeres?«

»Was denn?« antwortete Werner geringschätzig.

»Ein Roman zum Beispiel.«

»Nein – oder doch«, korrigierte er sich, »ich muß mich berichtigen. Ein einziges Mal wurde uns auch ein Roman eingesandt, sogar in neuerer Zeit erst. Von einer merkwürdigen Dame.«

»Wieso merkwürdigen?«

»Sie treibt bis zum heutigen Tage ein blödsinniges Versteckspiel mit uns.«

»Sie machen mich neugierig – welches Versteckspiel?«

Werner erstattete einen kurzen Bericht, an dem nichts Unkorrektes war. Von dem, was er erzählte, fiel nichts unter das Redaktionsgeheimnis. Namen nannte er keinen. Gerti konnte dem Bericht entnehmen, daß der eingesandte Roman bis zu einem gewissen Grade sogar Gnade vor den Augen Werners gefunden hatte und zu einer Veröffentlichung vorgesehen war. Auch die Illustrationen fanden Erwähnung. Werner stufte sie vorrangig vor allem anderen ein.

»Sind die denn so gut?« fragte Gerti.

»Sie können sich selbst überzeugen davon«, sagte Werner, die Schublade aufziehend. »Hier habe ich sie.« Er breitete einige Blätter auf dem Schreibtisch aus. »Ich weiß allerdings nicht, ob Sie . . .« Er verstummte.

»Was wissen Sie allerdings nicht?« antwortete ironisch

Gerti, sich den Illustrationen zuwendend. »Ob ich etwas davon verstehe?«

Werner grinste keineswegs verlegen.

»Tun Sie denn das?«

»Ich studiere dieses Fach an der Akademie.«

»An der Akademie?

»Malen und Zeichnen.«

»Dann irrte ich mich«, sagte Werner. »Ich dachte, Sie wären an der Universität immatrikuliert.«

»Habe ich das jemals behauptet?« fragte Gerti.

Werner rief sich den gemeinsamen Abend bei Helga und Frank ins Gedächtnis zurück.

»Nein«, erwiderte er dann. »Sie erwähnten nur, daß Sie studieren.«

»Sehen Sie!«

Gerti nahm jedes Blatt in die Hand, betrachtete es schweigend, tat dies jedoch nicht lange. Ihr Urteil war knapp und lautete: »Sie sind gut.«

»Sie sind so gut«, ereiferte sich Werner, während er die Blätter zusammenschob und wieder in der Schublade verstaute, »daß mir diese dumme Person noch lange auf der Nase herumtanzen kann, ohne Gefahr zu laufen, daß ihr ganzes Paket unveröffentlicht an sie zurückgeht.«

Gerti brach in helles Gelächter aus.

»Wenn diese dumme Person das wüßte!«

Das Telefon läutete. Am Apparat war Werners Verleger, der begann: »Doktor, ich rufe Sie aus Zürich an. Sie haben mir vorgestern eher scherzhaft gesagt, daß in Ihrer Wohnung ein echter Spitzweg hängt. Wir waren da beide nicht mehr ganz nüchtern. Ich hoffe aber, daß Sie das jetzt – in diesem Augenblick – sind und frage Sie: Stimmt das?«

»Das stimmt.«

»In Ihrer Wohnung hängt wirklich ein echter Spitzweg?«

»In meiner Wohnung hängt wirklich ein echter Spitzweg.«

»Für fünfzehntausend Mark?«

»Für fünfzehntausend Mark.«

»Ihr Glück«, sagte der Verleger. »Ich habe nämlich gestern abend hier mit einem alten Freund in einer Bar um fünftausend Mark gewettet, daß das zutrifft. So viel Vertrauen setze ich in Sie, Doktor. Kann ich also den Mann nächste Woche zu einem Augenschein mitbringen, damit er sich davon überzeugt, daß er um den genannten Betrag ärmer ist?«

»Ja.«

»Ich gebe dann auch einen kleinen Schluck für Sie aus.«

»Danke.«

»Wiedersehen.«

»Wiedersehen.«

Werner legte auf.

Mit reichlich erstaunter Miene blickte ihn Gerti an.

»*Was* hängt in Ihrer Wohnung?« fragte sie.

»Dieser Mensch«, erwiderte Werner, mit ärgerlicher Miene zum Telefonapparat hinnickend, »säuft anscheinend nur noch herum. Man kann ihm nichts mehr anvertrauen.«

»*Was* hängt in Ihrer Wohnung?« wiederholte Gerti. »Ein echter Spitzweg?«

»Interessiert Sie das?«

»Welche Frage! Ich habe Ihnen doch gesagt, daß ich Malerei studiere!«

»Richtig, ich erinnere mich«, grinste Werner.

»Bis jetzt habe ich solche Bilder nur in Museen gesehen, nicht in einer Privatwohnung. Deshalb fällt es mir schwer, das zu glauben.«

Werner erkannte *die* Chance, die sich ihm ohne weitere Umstände bot. Direkt unter dem Spitzweg, an derselben Wand, stand doch seine vielerprobte, stets parate Couch.

»Hängt er nun bei Ihnen?« fragte Gerti. »Oder hängt er nicht?«

»Er hängt«, nickte Werner. »Wollen Sie ihn sehen?«

»Wann?«

»Jederzeit.«

Und prompt erhob sich Gerti, als ob sie auch schon von jener Couch wüßte und nicht nur das Bild möglichst rasch sehen wollte.

Zwanzig Minuten später betraten beide Werners Wohnung, die auf Gerti allein deshalb schon einen ihr sympathischen Eindruck machte, weil ein fescher Junggeselle darin lebte. Doch auch vom Gemälde Spitzwegs war Gerti natürlich sehr begeistert. Sie stand davor und betrachtete es aus allen Perspektiven, von sämtlichen Seiten, von nah und fern. In ihrer Versunkenheit war für Gerti sogar Werner minutenlang vergessen. Die Kunst des Malens schien auf sie wirklich eine echte Anziehungskraft auszuüben.

Werner verstand sich als Gastgeber und ging deshalb in die Küche, um sich im Kühlschrank nach einem kleinen Imbiß umzusehen. Er fand jedoch nichts, von einer Thunfischkonserve abgesehen. Was hier schon tagelang fehlt, dachte er rasch, ist die Hand Claras. Das war aber nur ein flüchtiger Gedanke. Jetzt stand eine andere auf dem Programm – Gerti.

Er war voller Verlangen nach ihr. Sie ist das hübscheste Weib, das ich je gevögelt habe, dachte er. ›Habe‹ dachte er. Dabei war es noch gar nicht soweit. Lange sollte es aber – nach seinem Willen – nicht mehr dauern. Er ging ins Wohnzimmer zurück und fragte Gerti: »Haben Sie Hunger?«

Gertis Augen hingen noch an dem Bild

»Sie müssen unheimlich gerissen sein«, antwortete sie.

»Wieso?«

»Oder Sie haben das Bild geerbt.«

»Nein.«

»Also tatsächlich gekauft? Für fünfzehntausend?«

»Haben Sie etwas gegen Gerissenheit?«

Das war eine Antwort auf ihre Frage, die nach ihrem Geschmack war. Sie wandte sich ab vom Bild und sah ihn an.

»Nein«, sagte sie, »im Gegenteil. Ich wünschte nur, daß sich mir auch einmal eine solche Gelegenheit böte.«

»Haben Sie Hunger bzw. Appetit auf etwas?«

»Nein.«

Gerti setzte sich auf die Couch.

»Ich könnte Ihnen Thunfisch anbieten und zwei Eier, die ich aber erst noch kochen müßte«, sagte Werner.

»Großartig«, meinte sie ironisch. »Werden Sie denn nicht besser versorgt?«

»Von wem?«

»Von Ihrer Freundin.«

Er setzte sich neben Gerti.

»Die spielt verrückt.«

»Warum denn?«

»Wegen Ihnen.«

Sie blickten sich gegenseitig schweigend an. Er las in ihren Augen, sie in seinen, und was sie voneinander zur Kenntnis nahmen, war das gleiche: stumme Gier nach Lust.

Schließlich blickte Gerti zur Tür und fragte mit vibrierender Stimme: »Wo ist hier das Bad?«

Er wußte, warum sie das wissen wollte, und zeigte ihr den Weg. Dann setzte er sich abermals auf die Couch und wartete ungeduldig auf ihre Rückkehr. Als sie wieder ins Zimmer trat, übersprang sie eine Station, indem sie sich nicht mehr auf die Couch setzte, sondern gleich auf sie legte. Dabei sagte sie in der frivolen Art, die ihr eigen war: »Komm, laß uns den Grund nachliefern, der den Schwierigkeiten, die sie dir macht, die Berechtigung gibt.«

Sie hatte gar keinen Schlüpfer mehr an. Der lag im Bad. Werners unbeherrschte, gierige Hand traf diese Feststellung nicht erst nach sich mehr und mehr steigernden Präliminarien, sondern sofort. Und Gertis Hand, die es nicht weniger eilig hatte, stieß dort, wo sie sich zu schaffen machte, auf Verhältnisse, denen der Ausruf entsprang: »Nein! Der tötet mich!«

Dieses »Nein« war natürlich ein absolutes »Ja«. In solchen Situationen dürfen Frauen nicht mißverstanden werden.

Der »Tod« für Gerti, erlitten auf Werners Couch, dauerte bis zum einbrechenden Abend dieses Tages. Umgekehrt entsagte zusammen mit ihr und auf dieselbe Weise auch er ein halbes dutzendmal dem Leben. Zuletzt lagen die beiden ermattet nebeneinander, nachdem sich Werner die unvermeidliche Zigarette geholt hatte.

Plötzlich kicherte Gerti und sagte: »Direkt unter einem echten Spitzweg hat man das zum erstenmal mit mir gemacht.«

Auf sie eingehend, meinte er: »Wie fühlt man sich da als Frau?«

»Man fragt sich dabei: Wie mag's erst unter einem echten Rembrandt sein?«

»Leider wirst du auf diese Frage bei mir nie eine Antwort finden können.«

»Aber unterm Spitzweg schon noch des öfteren, hoffe ich.«

Beide lachten. Sie waren zwei, die zusammenpaßten.

»Du sagtest«, fuhr dann Gerti fort, »daß du dir bei meinem Anruf das Richtige gedacht hättest . . .«

»Ja.«

»Was denn?«

»Genau das, was kam«, entgegnete Werner. »Und du?«

»Ich auch.«

»Du wolltest also in deinem Leben gar nicht Journalist werden?«

»Habe ich das nicht schlau eingefädelt?«

»Warum warst du scharf auf mich?«

»Warum du auf mich?«

»Weil ich spürte, daß du scharf auf mich bist.«

»Und du auf mich.«

»Einfache Sache, nicht?« grinste er. »Hast du noch keinen Hunger?«

»Nein.«

»Ich schon.«

Ihr schien das egal zu sein. Sie fragte: »Was wird nun mit deiner Freundin?«

Er zuckte im Liegen die Achseln.

»Sag mir lieber, was mit dir wird.«

»Ich fahre morgen wieder zurück nach Düsseldorf. Ich war aber nicht zum letztenmal hier.«

Überrascht fragte er: »Morgen schon?«

»Ja.«

»Mit der Bahn?«

»Ja.«

»Dann bringe ich dich zum Bahnhof.«

Gerti war ein bißchen enttäuscht. Sie hatte damit gerechnet, daß er versuchen würde, sie umzustimmen. Er schwieg aber.

»Kommst du manchmal nach Düsseldorf?« fragte sie ihn.

»Manchmal ja.«

»Wirst du mich dann besuchen?«

»Sicher.«

»Ruf mich aber vorher an, damit's auch klappt. Laß mich nicht vergessen, daß ich dir noch meine Nummer gebe, ehe wir auseinandergehen.«

»Wann gehen wir denn auseinander?«

»Ich schlage vor: morgen früh.«

»Wollen wir hierbleiben?«

»Jede Minute.«

Mit einem Ruck setzte er sich auf.

»Dann muß ich aber rasch doch noch was zu essen besorgen. Oder hast du immer noch keinen Hunger?«

»Auf Thunfisch?«

»Sag mir, auf was«, grinste er, die Couch verlassend und sich hastig anziehend.

»Auf Hummer und Kaviar«, lachte sie.

»Nichts leichter als das«, lachte auch er. »In Heidenohl kriege ich Hummer und Kaviar an jeder Ecke.«

»Soll ich mich in der Zwischenzeit in mein Dirndl werfen, dessen du mich beraubt hast?«

»Untersteh dich. Wir werden beide nackt speisen wie im Paradies.«

»Beeil dich.«

Als Werner die Treppe hinunterlief, kam ihm jemand von unten entgegen. Er blieb stehen und war gleich darauf versucht, kehrtzumachen und die Treppe wieder hinaufzulaufen. Es war nämlich Clara, die er entdeckte. Clara hatte den ganzen Nachmittag in ihrem Geschäft mit sich gekämpft. Der Besuch des jungen Culldorf ging ihr nicht aus dem Kopf. Der Gedanke, darüber mit Werner zu sprechen, war immer stärker, verlockender geworden. Das Zerwürfnis zwischen ihnen hatte Clara ja schon zermürbt. Ehrlich gesagt, sah sie deshalb jetzt einen willkommenen Anlaß, zu Werner zu gehen und die Aussöhnung mit ihm in die Wege zu leiten, ohne sich allzuviel zu vergeben. Als sie nun mit ihm auf der Treppe zusammentraf, lächelte sie. Sie ahnte nicht, daß es eine kurze, eine vernichtende Begegnung für sie sein würde. Sie sagte: »Guten Abend, Werner.«

»Guten Abend.« Seine Stimme klang nicht so wie sonst.

»Ich muß dich sprechen.«

Er räusperte sich.

»Geht das nicht morgen?«

»Warum?«

»Ich muß weg.«

»Lange?«

»Ja.«

»Das macht nichts«, sagte sie. »Gib mir die Schlüssel, ich werde in deiner Wohnung auf dich warten. Notfalls kann ich mich hinlegen und schlafen, bis du zurückkommst. Läute, ich öffne dir.«

Sie streckte die Hand aus, um die Schlüssel in Empfang zu nehmen. Er blieb starr stehen.

»Oder nicht?« fragte sie, ihn unsicher anblickend.

Die Antwort fiel ihm nicht leicht.

»Nein, das geht nicht.«

»Warum nicht?«

»Du kannst nicht in meine Wohnung.«

Sie schwieg. Ihre Augen, mit denen sie ihn ansah, wurden weit. Dann fing sie an, blaß zu werden. Schließlich sagte sie mit tonloser Stimme: »Du mußt gar nicht weg?«

»Doch.«

»Aber nicht lange?«

»Nein«, erwiderte er. Es war ihm klar, daß es hier kein Ausweichen mehr gab.

»Du hast jemanden in deiner Wohnung?«

»Ja.«

»Eine Frau?«

»Ja.«

»*Diese* Frau?«

»Ja.«

Clara sagte nichts mehr, blickte ihn nur an. Als sie Frage auf Frage hatte folgen lassen, war zu sehen gewesen, daß sie mit jeder der Antworten Werners noch blasser geworden war. Nun stand sie da, weiß wie die Wand. Sie konnte nicht einmal mehr weinen, es fehlten ihr die Tränen.

Es gab nichts mehr zu sagen, weder für sie noch für ihn. Langsam, wie in Trance, wortlos wandte sich Clara ab und ging die Treppe hinunter. Sie mußte sich dabei am Geländer festhalten. Werner hatte das an ihr noch nie gesehen. Als das Haustor hinter Clara zufiel, spürte Werner, der ihr nachstarrte, daß von ihrer Seite aus etwas Endgültiges geschehen war.

13

Frank Petar mußte seit einiger Zeit feststellen, daß sich am Verhalten seiner Sekretärin irgend etwas geändert hatte. Das betraf nicht ihre Arbeit, die von ihr nach wie vor ordentlich verrichtet wurde. Er hatte aber das Gefühl, daß sie ihn beobachtete, und zwar gerade dann, wenn er sozusagen mit Außerdienstlichem Berührung hatte, wenn er z.B. mal im Büro die Zeitung durchblätterte, was auch vorkam. Oder wenn er ihr lachend sagte, daß ihr starker Kaffee seiner Frau Sorgen mache. Immer dann, wenn er seine Frau erwähnte, schien sich ein deutlich fragender Ausdruck in Sabine Melchiors Gesicht breitzumachen.

Einmal sagte er zu ihr: »Wissen Sie, was mich meine Frau gestern fragte?«

»Nein.«

»Warum Sie nicht heiraten?«

Sabine schwieg, wurde rot, ihr Blick verdunkelte sich. Frank schenkte dem keine Beachtung. Taktlos, wie Männer, besonders Chefs, sein können, fuhr er grinsend fort: »Und wissen Sie, was ich ihr antwortete?«

»Nein.«

»Hoffentlich tut sie das nie, damit ich mir keine neue Sekretärin suchen muß.«

Sabines Lachen, mit dem sie das quittierte, war unecht. Wartet nur, ihr beiden, dachte sie, ich werde eure Gespräche auf eine neue Grundlage stellen, eine Grundlage, die für mich nützlich sein wird.

Zwei Tage später erhielt Helga Petar einen anonymen Brief, dessen Inhalt nur aus drei mit Maschine geschriebenen Zeilen bestand, und zwar aus folgenden:

»Sie können einem leid tun. Und wissen Sie, warum? Weil Sie durchs Leben gehen und keine Ahnung haben, daß Sie Ihren Mann mal fragen sollten, wer Thekla Bendow ist.«

Helgas erster Impuls war, das Blatt ins Feuer zu stecken. Dann warf sie es aber nur angewidert in den Papierkorb. Und dann holte sie es aus dem Papierkorb wieder heraus, nachdem ihr angewidertes Gefühl einem bohrenden gewichen war. Trotzdem stand ihr Entschluß noch fest, ihrem Mann gegenüber kein Wort über die Angelegenheit zu verlieren. Sie wollte nur anhand des Briefes Betrachtungen anstellen, von wem er stammen könnte. Dazu fanden sich aber dann in (oder an) dem Schreiben keinerlei Anhaltspunkte. Also weg mit dem unergiebigen Fetzen! Helga warf ihn abermals in den Papierkorb und hatte auch die Kraft, ihn nicht noch einmal hervorzuholen, wenngleich ihr Blick immer wieder in die Richtung ging, wo der Papierkorb stand. Helga erkannte, daß der Brief sie wohl noch ein oder zwei Tage lang beschäftigen würde. Noch fester als zuvor stand aber ihr Entschluß, nicht mit Frank über ihn zu sprechen.

Frank kam heute etwas früher nach Hause, begrüßte Helga mit dem üblichen Kuß auf die Stirn, rieb sich, erfreut darüber, das Büro vom Hals zu haben, die Hände, warf sich in seinen Lieblingssessel, zündete sich eine Zigarette an und fragte: »Gibt's was Neues?«

»Nein«, erwiderte Helga.

»Bei mir auch nicht. War nicht viel los heute, deshalb bin ich schon da.«

»Ich soll dich nur etwas fragen.«

»Was?«

»Wer ist Thekla Bendow?« Ihrem Blick, mit dem Helga dabei ihren Gatten in die Augen sah, ermangelte es nicht an Aufmerksamkeit, ja an ungewollter Schärfe. Und leider mußte dieser Blick eine Reihe höchst verdächtiger Reaktionen auf seiten Franks wahrnehmen.

Frank zuckte zusammen, Röte schoß ihm ins Gesicht,

der Zeigefinger war nervös bemüht, drei-, viermal Asche von der Zigarette in den Aschenbecher zu schnippen, obwohl sie erst Sekunden zuvor angezündet worden war. Und heiser klang Franks Stimme, mit der er hervorstieß: »Wer?«

Helga hatte schon zuviel gesehen.

»Thekla Bendow«, antwortete sie kalt.

»Welche Thekla Bendow?«

Helga ging wortlos zum Papierkorb und kam mit dem zusammengeknüllten anonymen Bogen zurück, glättete ihn mit der flachen Hand auf dem Tisch vor Frank, tippte mit dem Zeigefinger auf den Namen und sagte: »Die!«

Frank nahm das Blatt in die Hand und las sehr langsam, sehr sorgfältig den Text. Er sah dies als Gelegenheit zu einer Atempause an, die er sich gönnen konnte. Dann zwang er sich zu einer geringschätzigen Grimasse, mit der er den Bogen auf den Tisch warf, wobei er verächtlich hervorstieß: »Ekelhaft.«

»Ist das alles, was du zu sagen hast?«

»Zu einem anonymen Fetzen hat man nicht mehr zu sagen.« Frank ergriff das Blatt wieder, dessen er sich soeben entledigt hatte, sprang auf und wandte sich zur Tür.

»Wohin willst du?« rief Helga.

Er zeigte ihr mit der ausgestreckten Hand das Blatt.

»Wohin das gehört! Aufs Klosett!«

Im nächsten Augenblick hatte ihm Helga den Bogen entrissen. Dabei blieb die Ecke, an der ihn Frank festgehalten hatte, in seiner Hand zurück.

Im Nu war ein böser Streit, den es zuvor in ihrer Ehe noch nie gegeben hatte, im Gange.

»Bist du denn verrückt?« schrie Frank.

»Nein – aber blind!« gab Helga nicht minder laut und wütend zurück. »Stockblind muß ich die ganze Zeit gewesen sein!«

»Wieso?«

»Weil ich nicht gesehen habe, daß du mich betrügst!«

»Woraus willst du das schließen? Aus diesen lächerlichen drei Zeilen?«

»Ja, daraus – und vor allem aus deinen Reaktionen, seit ich dir den Brief zu lesen gegeben habe! Sieh dich an, aus dir spricht doch das personifizierte schlechte Gewissen!«

»Dazu habe ich nicht die geringste Veranlassung!«

»Dann sag doch, daß das alles aus der Luft gegriffen ist!«

»Das ist es auch!«

Bei Frank hatte der Verstand ausgesetzt. Statt die Vernunft zu Wort kommen zu lassen und in Ruhe das wenige einzugestehen, das es zu bekennen gegeben hätte, stritt er alles ab.

»Diese Frau gibt es also gar nicht in deinem Leben?« fragte Helga lauernd.

»Nein.«

Mit einem Schlag wirkte Helga wieder ganz ruhig.

»Gut«, sagte sie. »Das läßt sich feststellen, es gibt ja ein Einwohnermeldeamt in Heidenohl.«

Damit schien sich das Blatt für Frank wieder gewendet zu haben. Er witterte Morgenluft.

»Sehr richtig«, höhnte er. »Die warten schon auf dich.«

Anschließend verkündete er, die Nase voll zu haben. Der Wahnsinn hier reiche ihm. Er zöge es vor, mit Werner ein Glas zu trinken.

Die Tür knallte wie ein Schuß, als er sie hinter sich zuwarf und eine verunsicherte Helga zurückließ, die nun doch wieder nicht mehr zu wissen glaubte, wie sie dran war. Wenn ich ihm unrecht getan habe, dachte sie, werde ich ihn um Verzeihung bitten. Nichts lieber als das. Aber woher dieser Brief? Woher dieser Name? Kann denn das alles aus der Luft gegriffen worden sein? Ich brauche Sicherheit, und die kann mir nur das Einwohnermeldeamt verschaffen.

Frank stürmte bei Werner herein, verfolgte jedoch dabei nicht den Zweck, mit ihm einen zu heben, sondern ihm den Kopf zu waschen. Er kochte. In seinen Augen konnte bei keinem anderen als bei Werner die Schuld an dem zu suchen sein, was sich so plötzlich, so völlig unvermutet über seinem Kopf entladen hatte.

Werner saß an seinem Schreibtisch in der Redaktion, wo ihn Frank fand, nachdem er zuerst vergeblich versucht hatte, ihn in seiner Wohnung aufzustöbern.

Die Auseinandersetzung begann mit Franks Ausruf: »Mit dir bin ich fertig!«

So unverhüllt die Wut Franks war, so groß war Werners Erstaunen über sie.

»Willst du dich nicht setzen?« antwortete er zuerst einmal.

»Nein!«

»Was ist denn passiert?«

Frank stützte beide Fäuste auf die Schreibtischplatte.

»Du hast mich in Teufels Küche gebracht.«

»Wieso?«

»Helga weiß Bescheid.«

»Über was weiß Helga Bescheid?«

»Über Thekla Bendow.«

Werner guckte sehr überrascht.

»Nicht von mir«, sagte er dann.

»Von wem sonst?«

Nun wurde auch Werner langsam zornig.

»Bist du plemplem? Glaubst du vielleicht, *ich* hätte ihr das mitgeteilt?«

»Ihr nicht!« fauchte Frank. »Aber jemand anderem!«

»Wem?«

»Das mußt *du* wissen, nicht *ich*!«

»Ich weiß gar nichts!« gab Werner in derselben Lautstärke zurück, besann sich aber dann und fuhr fort: »Hör mal zu, Frank, so kommen wir nicht weiter. Willst du mir nicht sagen, was eigentlich passiert ist? Ehe ich das nicht weiß, kann ich dazu nicht Stellung nehmen.«

Daraufhin erstattete Frank einen kurzen, einigermaßen zusammenhängenden Bericht. Er tat dies in wesentlich ruhigerer Form, nachdem er den ersten Dampf abgelassen hatte.

Er setzte sich dazu sogar. Als er fertig war, blickte er allerdings Werner wieder sehr aggressiv an und sagte: »So, nun bist du dran! Für das Ganze gibt es doch nur *eine* Erklärung – du mußt herumgequatscht haben.«

»Nein.«

»Dann möchte ich wissen, wie dieser Brief zustande gekommen ist.«

»Das möchtest nicht nur du wissen, sondern auch ich.« Beide verstummten. Frank brütete dumpf vor sich hin, Werner bemühte seine Erinnerung, ob ihm in der Vergangenheit nicht doch bei irgendeiner Gelegenheit in irgendeiner Umgebung eine unbedachte Bemerkung entschlüpft sein könnte. Das Ergebnis seiner Gewissenserforschung lautete: nein.

Die Stille zwischen den beiden unterbrach Frank, indem er sagte: »Eines ist jedenfalls klar ...«

Er erhob sich. Werner ahnte, was kommen würde.

»Mein Ausflug in die Literatur«, fuhr Frank in selbstquälerischer Ironie fort, »ist beendet. Den Schriftsteller Frank Petar gibt's nicht mehr.«

»Frank«, versuchte Werner zu retten, was noch zu retten war, »du mußt doch nicht gleich die Flinte ins Korn werfen. Einigen wir uns darauf, daß du eine Pause einlegst. Warte doch erst mal ab, ob da noch einmal etwas nachkommt.«

»Nein!« erklärte Frank kategorisch. »Ich habe die Nase voll. Weiß der Teufel, welche Minen da noch gelegt sind. Mit mir kannst du nicht mehr rechnen. Es reut mich zutiefst, mich überhaupt auf diese Sache eingelassen zu haben.«

»Was soll ich dann machen?« fragte Werner ratlos.

»Die Briefe selbst schreiben. Das hättest du von Anfang an tun sollen.«

Ein neuer – gar kein so schlechter – Gedanke schoß Werner durch den Kopf. Doch schon in der nächsten Sekunde wurde er ihm torpediert von Frank, der mit scharfer Stimme hinzusetzte: »Aber nicht unter meinem Namen, davor warne ich dich.«

Werner erkannte, daß er vor einem Scherbenhaufen stand, dessen Trümmer nicht mehr zu kitten waren.

»Wohin gehst du?« fragte er Frank, als dieser sich zur Tür wandte. »Nach Hause?«

»Nein, ein Pils trinken.«

»Ich komme mit.«

So erfuhr eine alte Männerfreundschaft, die in die Krise geraten war, doch wieder ihre Neubelebung.

Die seelische Verfassung Franks, die ganzen Umstände führten zu einem solchen Besäufnis von ihm, daß er sich am nächsten Morgen so schnell nicht in der Lage fühlte, sich aus dem Bett zu erheben. Mit elender Stimme bat er Helga, seine Sekretärin im Büro anzurufen und ihr eine plötzliche, sicherlich rasch wieder vorübergehende Erkrankung ihres Chefs zu melden. Wortlos begab sich Helga zum Apparat und erfüllte ihm seine Bitte. Dann traf sie Anstalten, das Haus zu verlassen. Sie holte einen ihrer leichten Mäntel aus dem Kleiderschrank im Schlafzimmer und zog ihn an. Dabei vermied sie es, Frank anzusehen oder mit ihm zu sprechen.

Er beobachtete sie von seinem Bett aus und fragte: »Du gehst weg?«

»Ja.«

»Darf ich wissen, wohin?«

»Das sagte ich dir gestern schon: zum Einwohnermeldeamt.«

»Wirst du dann wieder mit mir sprechen?«

»Das kommt auf die Auskunft an, die ich erhalte.«

Dieser Auskunft konnte Frank mit Gelassenheit entgegensehen. Sie fiel dann auch positiv für ihn aus. Helga kehrte als reuige Sünderin zurück. Frank lag noch immer im Bett. Mit einem ganz lieben Lächeln betrat Helga das Schlafzimmer und sagte: »Ich schäme mich.«

»Warum?«

»Das weißt du doch.«

Frank hatte Oberwasser.

»Etwa weil du beim Einwohnermeldeamt nichts erreicht hast?«

»Ja.«

»Die haben dir also gesagt, daß gar keine Thekla Bendow existiert?«

»Ja.«

»Der Tanz, den du mir gemacht hast, erfolgte demnach zu Unrecht?«

Obwohl Helga eine außerordentlich intelligente junge Frau war, kam sie nicht auf die Idee, daß auch außerhalb Heidenohls noch Mädchen lebten, von denen eine Thekla Bendow heißen konnte. Doch auch sehr klugen Menschen verstellt sich die Sicht auf die einfachsten Dinge öfter, als man denkt.

»Ich schwöre dir«, erwiderte Helga, sich auf den Bettrand setzend, »das passiert nicht wieder.«

Er zog sie an sich, unterließ es jedoch, sie zu küssen, da er einen fürchterlichen Geschmack im Mund hatte, von dem er ihr keine Kostprobe vermitteln wollte.

»Du mußt einen schlimmen Feind haben, der ein Interesse daran hat, dir solche Sachen ans Bein zu hängen«, sagte Helga.

»Es scheint so.«

»Ahnst du, wer das sein könnte?«

»Nein.«

Helga blickte auf ihn hinunter, betrachtete ihn.

»Du siehst furchtbar aus«, meinte sie mitfühlend.

»Ich fühle mich auch furchtbar«, erwiderte er, sich die Hand auf die Stirn legend.

»Wo wart ihr denn?«

»In unserer Kneipe.«

Helga schüttelte den Kopf.

»Wenn Werner der gute Freund wäre, den du in ihm immer siehst«, sagte sie dabei, »hätte er dich davon abgehalten, soviel zu trinken.«

»Der trank doch noch mehr als ich.«

»So? Aus welchem Anlaß?«

»Weil es aus ist mit Clara.«

»Deshalb?« sagte Helga. »Dann war das wohl ein Freudenrausch von ihm? Das sieht ihm ähnlich.«

»Irrtum«, widersprach Frank. »Freudenrausch war das keiner, sondern das Gegenteil.«

»Das Gegenteil? Wieso?«

»Der ist ziemlich fertig, Schatz.«

»Fertig? Von was?«

»Du wirst das nicht glauben, aber es ist der Bruch mit Clara, der ihm so zusetzt.«

»Nein!« stieß Helga ungläubig hervor.

»Doch, doch.« Frank grinste schief. »Ein Mann wie er will das natürlich nicht gerne zugeben, aber du kennst das ja – in vino veritas.«

»Und warum geht er dann nicht zu Clara und söhnt sich mit ihr aus?«

»Weil das, hatte ich den Eindruck, keine Aussicht auf Erfolg bei ihr hätte.«

»Soll das heißen, daß Clara diejenige ist, die absolut nichts mehr von ihm wissen will?«

»Ja.«

Helga war eine Frau und beurteilte deshalb die Sachlage als Frau. Sie wußte ja nicht, was sich in Werners Wohnung mit Gerti zugetragen hatte.

»Das glaube ich nicht«, sagte sie. »Und wenn, dann soll Clara nicht übertreiben. Nachdem ihm sein Benehmen leid zu tun scheint, kann sie ihm doch noch einmal verzeihen. Oder will sie dafür einen Bruch fürs Leben in Kauf nehmen? Ist es das wert? Schließlich war es doch nur ein Flirt mit einer anderen – wenn auch ein unverschämter –, den sie ihm zum Vorwurf machen kann.«

Frank räusperte sich. »Es war mehr, Helga.«

»Was?«

»Es war mehr als ein Flirt.«

Nun verstand Helga.

»Waaas?« dehnte sie. »Mit wem denn? Mit Gerti?«

»Ja.«

Helga verstummte. Das war natürlich eine ganz andere Sache, für die sie nicht mehr das geringste Verständnis aufbringen konnte. Ihr Blick wurde hart. Es verstrich eine Weile, bis sie meinte: »Im Grunde muß ich ja sagen, daß mich das weder von ihm noch von ihr wundert.«

Frank schwieg.

»Arme Clara«, murmelte Helga, vor sich hinblickend. »Aber sie hat recht. Unter diesen Umständen wäre der auch für mich ein für allemal erledigt.«

Sie war so glücklich, daß Frank nichts vom Charakter Werners an sich hatte.

»Was bin ich froh«, sagte sie, »daß du anders bist. Ich liebe dich, und ich möchte dir das zeigen. Soll ich zu dir ins Bett kommen?«

Seufzend entgegnete Frank: »Vergißt du denn meinen Zustand?«

»Keinesfalls«, lächelte Helga, erhob sich und fing an, sich rasch auszuziehen, wobei sie fortfuhr: »Es gibt ja Möglichkeiten, dir höchstes Glück ohne jede eigene Anstrengung für dich zu bescheren.«

Tage vergingen, die Nächte nicht zu vergessen, in denen im Hause Petar kein Wölkchen den Himmel des Glücks zu trüben schien, so daß Frank schließlich zu Helga sagte: »Du, wir müssen uns öfter streiten, wenn das zur Folge hat, daß im Anschluß daran alles nur noch schöner wird.«

»Das soll eine alte Erfahrung sein«, lachte Helga. »Aber ich möchte doch lieber darauf verzichten, sie allzu oft zu erproben.«

»Hörst du etwas von Clara?« fragte er.

»Leider nein, sie kommt nicht mehr zum Skatspielen,

obwohl gerade sie es gewesen ist, die den Vorschlag gemacht hatte, nach dem Turnier unsere Zusammenkünfte fortzusetzen.«

»Habt ihr sie denn nicht angerufen?«

»Doch, aber sie erfindet immer neue Ausreden.«

»Weißt du, was ich gestern gehört habe?«

»Was?«

»Sie löst ihr Geschäft auf.«

»Das sagst du mir jetzt erst? Von wem hast du das? Von Werner?«

»Nein, von der Melchior. Zwischen Werner und Clara besteht ja keinerlei Kontakt mehr.«

»Was macht denn Werner ohne sie?«

Frank zuckte die Achseln.

»Was wird er schon machen? Ersatz suchen, schätze ich.«

Während er dies sagte, wandte er sich zur Tür, denn es war an der Zeit, ins Büro aufzubrechen.

»Du bist noch gar nicht weg«, rief ihm Helga nach, »und ich habe schon wieder Sehnsucht nach dir.«

Er winkte lachend zurück.

Was bin ich glücklich, dachte sie, nachdem sie ihm aus dem Fenster nachgeblickt und auch noch eine Kußhand von ihm in Empfang genommen hatte.

Zwei Stunden später fühlte sie sich mit einem Schlag wieder alles andere als glücklich. Der Briefträger hatte ihr einen neuen anonymen Brief gebracht, in dem es hieß:

»Sie können einem wirklich leid tun. Fragen Sie Ihren Mann, ob er nicht einen postlagernden Briefwechsel mit Thekla Bendow unterhält. Sagt Ihnen das nicht alles – *postlagernd*?«

Helga ging mit Beinen, die ihr den Dienst versagen wollten, zum Telefon und rief Frank an.

»Du mußt sofort nach Hause kommen!«

»Was ist denn los?« fragte er.

»Ein solcher Brief ist wieder da«, antwortete Helga mit zitternder Stimme.

»Schmeiß ihn weg!«, rief er. Helgas Eröffnung war ihm durch und durch gegangen.

»Nein, Frank, ich will, daß du ihn liest.«

»Helga, hast du mir nicht geschworen, daß sich ein solcher Zirkus nicht wiederholt?«

»Darüber sprechen wir, wenn du hier bist.«

Er gab nach, sah, daß sie ihm keine andere Möglichkeit ließ.

»Also gut«, sagte er, »ich komme – aber erst in einer halben Stunde. Vorher muß ich noch einen dringenden geschäftlichen Anruf erledigen.«

Mit knirschenden Zähnen wählte er die Nummer Werners. Das war sein »geschäftlicher« Anruf. Als er Werner an der Strippe hatte, fauchte er: »Ein neuer Brief ist wieder da, soeben hat es mir meine Gattin mitgeteilt. Nun sag mir, was ich machen soll, du Idiot.«

»Was steht denn drin?«

»Das weiß ich noch nicht.«

»Warum weißt du das noch nicht?«

»Weil ich ihn noch nicht gelesen habe, du Schlaumeier.«

Nun wurde auch Werners Ton etwas ungehalten.

»Sei nicht so aggressiv, oder ich lege auf, bis du dich wieder beruhigt hast.«

»Untersteh dich! Ich brauche deinen Rat!«

»Wo bist du denn?«

»In meinem Büro.«

»Und der Brief?«

»Zu Hause bei Helga.«

»Bringt sie ihn dir?«

»Nein, ich soll zu ihr kommen.«

Werner dachte nach.

Heraus sprang dabei aber nichts, so daß er bald seufzte

und meinte: »Ich weiß auch nicht, was ich sagen soll. Ich kann dir keinen Rat geben.«

»Aber hineinreiten in diese Scheiße konntest du mich!«

Werner schwieg.

»Du hast mir die Suppe eingebrockt«, häufte Frank Vorwurf auf Vorwurf. »Jetzt will ich von dir auch wissen, wie ich sie auslöffeln soll.«

Werners Verteidigung stand auf schwachen Beinen.

»Du mußt mir zugute halten, daß diese Entwicklung nicht vorauszusehen war, Frank.«

»Mir war von Anfang an nicht wohl in meiner Haut, das kannst du nicht anders sagen.«

»Hast du denn überhaupt keinen Verdacht, von wem die Briefe stammen könnten?«

»Nein«, erwiderte Frank, »wenn man davon absieht, daß ich nach wie vor glaube, daß die undichte Stelle bei dir zu suchen ist.«

»Mit Sicherheit nicht, Frank.«

»Wo denn sonst?«

»Genauso könnte ich sagen: bei dir.«

Frank lachte bitter.

»Denkst du, ich bin so idiotisch, mich selbst in die Luft zu sprengen?«

Der Gedanke, der Werner plötzlich durch den Kopf schoß, war gar nicht so abwegig. Eigentlich mußte man sich wundern, daß er ihm nicht schon früher gekommen war. Auch Frank hätte ihn schon haben können.

»Dann gibt's eigentlich nur noch *eine* Möglichkeit . . .«, meinte Werner.

»Welche?«

»Thekla Bendow.«

Beide sagten eine Weile nichts mehr.

Thekla Bendow? Ausgeschlossen, dachte Frank. Aber wieso ausgeschlossen? Wieso nicht doch?

»Mann«, krächzte Frank, als er das Gespräch mit Werner fortsetzte, »das ja ein dicker Hund.«

»Weiß Gott«, pflichtete Werner bei. »Aber sag selbst, läge das nicht auf der Hand?«

»Eigentlich ja.«

»Je mehr ich darüber nachdenke, desto plausibler erscheint mir das.«

»Mir auch«, meinte Frank. »Aber warum macht sie das? Was soll das Ganze? Sie kennt mich doch gar nicht. Und Helga auch nicht. Was hat sie davon?«

»Das weiß der Teufel.«

»Ist sie verrückt? Echt verrückt?«

»Dagegen spricht ihr Roman.«

»Ach was«, sagte Frank und setzte in seiner Verwirrung hinzu: »Hölderlin war auch verrückt.«

Auf diesen Vergleich hätte Thekla Bendow stolz sein können.

»Weißt du, was für dich jetzt einzig und allein wichtig ist?« fragte Werner.

»Was?«

»Zeit zu gewinnen, verstehst du?« Werner wiederholte sich. »Du mußt Zeit gewinnen bei Helga. Die Person, von der die Briefe stammen, *kann* nur Thekla Bendow sein, dessen bin ich nun völlig sicher. Wer weiß denn von unserer Angelegenheit? Nur du und ich – und Thekla Bendow. Sonst niemand mehr, wenn von uns beiden keiner herumgequatscht hat. Und ich *habe* das nicht getan.«

»Ich auch nicht«, erklärte Frank zum x-ten Mal.

»Wir werden der das Handwerk legen«, versprach Werner, der ja in der Tat die Verantwortung für die Schwierigkeiten, in denen Frank steckte, nicht von sich weisen konnte. Er mußte zugeben, daß die Vorwürfe, die ihm sein Freund machte, ihre Berechtigung hatten.

»Wie soll das geschehen?« fragte Frank. »Wir wissen doch gar nicht, wer sie ist? Solange das der Fall ist, können wir sie nicht fassen.«

»Das muß sich nun wirklich ändern«, antwortete Werner. »Ich setze der das Messer auf die Brust, sie muß heraus aus ihrer Anonymität.«

»Wie denn?«

»Es wird mir schon was einfallen«, sagte Werner.

»Und was mache ich in der Zwischenzeit mit Helga?«

Werners Rezept war dasselbe wie vorher. Viel versprach es nicht. »Du mußt Zeit gewinnen, Frank. Laß dir auch was einfallen.«

Was denn? dachte Frank, als er wenig später die paar Stufen zu seiner Haustür hinaufstieg und im Wohnzimmer von Helga schweigend in Empfang genommen wurde. Sie war blaß. Der anonyme Brief lag auf dem Wohnzimmertisch. Helgas stummer Fingerzeig beantwortete Franks einleitende Frage, wo sie ihn habe.

Er las ihn, legte ihn wieder auf den Tisch, wandte sich Helga zu, blickte sie an und wartete, daß sie beginnen würde. Und das tat sie nun auch.

»Frank«, sagte sie mit spröder Stimme, »du erwartest, hast du am Telefon gesagt, daß sich hier kein Zirkus wiederholt. Ich soll dir keinen Tanz machen. Gut, ich mache dir keinen Tanz, ich werde ganz ruhig sein, und ich habe mir überlegt, was ich dir sagen werde. Vielleicht hättest du erwartet, daß ich auf diesen Brief überhaupt nicht reagiere, daß ich deinen Wunsch, ihn wegzuschmeißen, erfülle und zur Tagesordnung übergehe. Aber das kann ich nicht. Das erlaubt mir dieser Brief nicht, dazu ist sein Inhalt zu konkret, verstehst du? Ich kann aus meiner Haut nicht heraus. Der Brief würde mir keine Ruhe lassen. Ich könnte nichts mehr essen, nicht mehr schlafen, an nichts anderes mehr denken. Ich will ihm deshalb nachgehen, so, wie ich dem ersten Brief nachgegangen bin. Stellt sich heraus, daß es wieder unrecht von mir war, dir zu mißtrauen, gestehe ich dir jede Reaktion mir gegenüber zu, auch die schärfste. Aber erst«, schloß Helga, tief Atem holend, »muß ich das feststellen, ich kann nicht anders, es tut mir leid.«

»Und wie willst du das feststellen?« fragte Frank, nur um überhaupt etwas zu sagen.

»Auch das habe ich mir schon überlegt«, erwiderte Helga. »Ich gehe zur Post.«

»Zur Post?«

»Die können mir sagen, was es mit diesem postlagernden Briefwechsel auf sich hat.«

Das war, wie bei Helgas Gang zum Einwohnermeldeamt, wieder die Rettung! Frank hatte Mühe, nicht einen Laut des Jubels auszustoßen. Der ersehnte Zeitgewinn fiel ihm in den Schoß.

»Damit ich das richtig sehe«, sagte er. »Du willst von denen wissen, ob dort an mich postlagernde Briefe einer Thekla Bendow eingehen?«

»Oder ob umgekehrt dort postlagernde Briefe, die von dir stammen, von einer Thekla Bendow abgeholt werden.«

»Und du denkst, daß die dir das sagen?«

»Sicher.«

In seiner Euphorie hatte Frank schon wieder Oberwasser.

»Du könntest dir nicht vorstellen, daß die an gewisse Vorschriften gebunden sind?« spottete er.

Aber auch darüber hatte sich Helga schon ihre Gedanken gemacht.

»Doch«, nickte sie.

»Und wie willst du dieses Hindernis überwinden?«

»Ganz einfach – du kommst mit.«

»Aha, ich komme mit.«

»Und du wirst neben mir stehen?«

»Ja.«

»Was ist«, ließ Frank einen kleinen Probeballon steigen, »wenn ich mich weigere?«

»Dann weiß ich Bescheid.«

Frank erhob sich.

»Komm.«

»Wohin?«

»Zur Post«, sagte Frank. »Ich will mich nämlich gar nicht weigern. Du sollst dein Cannae erleben.«

Helga kannte diese Redensart. Die größte aller Niederlagen erleben heißt das im Sprachgebrauch der Menschen, seit in der Antike Hannibal gegen die alten Römer jene Schlacht gewonnen hat. Trotzdem hätte an Helgas Entschlossenheit, das Heidenohler Postamt aufzusuchen, nur noch eine plötzliche Naturkatastrophe etwas ändern können – wenn sich etwa eine Erdspalte aufgetan und das Postamt verschlungen hätte.

Der zuständige Schalter mit dem zuständigen Beamten war rasch gefunden. Und nun zeigte sich wieder einmal eine Laune des Schicksals. Jener Beamte war nämlich zufällig ein Mensch, der seit zwanzig Jahren grundlos unter der rasenden Eifersucht seiner Gattin zu leiden hatte. Sein Herz schlug deshalb für jeden, von dem er nur roch, daß er ein Leidensgenosse sein könnte. Und das zu riechen fiel ihm diesmal überhaupt nicht schwer. »Guten Tag«, grüßte Frank freundlich.

»Guten Tag«, grüßte auch nicht unfreundlich der Beamte, der den Rang eines dienstalten Hauptsekretärs bekleidete und Schmitt hieß.

Helga nickte nur stumm. Sie war sehr blaß. Genauso blaß wurde immer die Gattin des Hauptsekretärs, wenn sie sehen mußte, daß ihm von einer der Nachbarinnen in der Straße für seinen Gruß lächelnd gedankt wurde.

»Mein Name ist Petar«, fuhr Frank fort.

»Ja?«

»Frank Petar.«

Das war ein ungewöhnlicher Beginn. Postkunden pflegen sich nicht vorzustellen. Der Hauptsekretär guckte ein bißchen irritiert.

»Sie wünschen?« fragte er

Frank nickte hin zu Helga.

»Das ist meine Frau.«

»Freut mich«, nickte Schmitt.

»Wir sind gekommen«, fuhr Frank fort, »um einen eventuellen Brief für mich abzuholen.«

»Einen postlagernden?«

»Ja.«

»Darf ich mal Ihren Ausweis sehen?« sagte Schmitt, die Hand ausstreckend.

Frank reichte ihm seinen Paß. Schmitt sah sich den Namen in dem Paß an, stand auf, ging zu einem Regal an der Wand, entnahm ihm einen Stoß Briefe, fächerte ihn durch, steckte alle Briefe ins Regal zurück, kam wieder an den Schalter, setzte sich und sagte: »Keiner da.«

»Klar«, nickte Frank.

Was heißt ›klar‹, dachte Schmitt. Wenn du das vorher schon gewußt hast, warum bist du dann hergekommen? Die Überraschungen für ihn wurden aber noch größer.

»War gestern einer da?« fragte Frank.

»Nein, ich kann mich nicht erinnern.«

»Oder vorgestern?«

»Auch nicht.«

»Haben Sie mich hier schon jemals gesehen?«

»Nein.«

»Danke«, sagte Frank und blickte Helga an. »Genügt dir das? Können wir gehen?«

Mit einem Schlag sah der Hauptsekretär klar. Mitleid, das dem Märtyrer vor seinem Schalter galt, zog ein in sein Herz.

»Nein«, erwiderte Helga unerbittlich, »ich habe dir gesagt, was ich noch wissen möchte, Frank ...«

»Was denn?«

»Ob hier Briefe von einer Thekla Bendow abgeholt werden?«

»Danach mußt du dich schon selbst erkundigen.«

Die gleiche Frage richtete nun also Helga auch an den Hauptsekretär, in dessen Herz neben dem Mitleid für Frank zugleich auch Zorn gegen dessen Peinigerin eingezogen war.

»Sind Sie Staatsanwältin?« erwiderte er schroff.

»Nein, wieso?«

»Ich dachte es«, sagte Schmitt, »weil Sie hier so auftreten.«

»Entschuldigen Sie«, steckte Helga errötend zurück. »Ich wollte Sie ja nur bitten, mir meine Frage zu beantworten.«

»Das darf ich gar nicht.«

»Aber . . .« Helga brach ab.

Es habe keinen Zweck, sah sie ein. Sie nickte Frank zu. Gehen wir, hieß das.

In Schmitts Innerem spielte sich ein kurzer, aber heftiger Kampf ab. Mitleid rang mit Zorn, das Mitleid siegte. Per Zeigefinger winkte der Hauptsekretär Helga näher heran und fragte mit unterdrückter Stimme: »Wie soll die heißen?«

»Thekla Bendow.«

Er schien kurz nachzudenken, dann sagte er: »Genausowenig wie für Ihren Mann war auch für die noch nie ein Brief hier.«

»Danke.«

»Alles Gute.« Dies sagte Hauptsekretär Schmitt aber nicht mehr zu Helga, sondern zu Frank, ihm verständnisinnig zunickend.

Auf dem Weg nach Hause wurde zwischen Helga und Frank nichts gesprochen. Erst in der Wohnung lebte wieder ein Dialog auf, den Helga begann, indem sie sagte: »Nun liegt's bei dir.«

Sie kam sich klein und häßlich vor. Frank hingegen war ziemlich wütend. In ihm wirkte noch die Szene im Postamt nach.

»Was liegt bei mir?« antwortete er barsch.

»Ob du mich satt hast.«

»Rede keinen Blödsinn. Versprich mir lieber, daß du endgültig geheilt bist.«

»Ja.«

»Endgültig, sage ich!«

»Endgültig.«

»Dann sei das Ganze vergessen.«

»Frank!« erscholl Helgas heller Jubelruf. Und schon fühlte sie sich wieder obenauf. Sie kam auf ihn zu, nahm ihn an der Hand, wollte ihn zur Schlafzimmertür ziehen. Er widersetzte sich. »Nicht jetzt«, sagte er.

»Warum nicht?«

»Ich muß ins Büro«, erwiderte er, mit einem Blick auf seine Armbanduhr. Dieser Blick konnte als Zeichen dafür gewertet werden, daß Frank schon geliefert war.

»Nur ein Stündchen«, lockte Helga. »Zum Dank für dich.«

»Ein halbes.«

Nichts geht beim Sex den Ausübenden leichter verloren als der Zeitbegriff. Aus dem halben Stündchen Franks und dem ganzen Helgas wurde ein halber Tag, bis den beiden auch wieder mal das Büro einfiel.

14

Werner Ebert rief Clara v. Berg an.

»Kannst du heute abend zu mir in die Wohnung kommen?«

»Nein.«

»Kannst du nicht, oder willst du nicht?«

»Ich will nicht.«

»Kann *ich* in *deine* Wohnung kommen?«

»Nein.«

»Ich will aber!«

»Und ich will nicht!«

»Clara«, sagte Werner, sich zu einem ruhigen Ton zwingend, »hör zu, ich muß dich sprechen. Wenn das nicht in einer unserer Wohnungen stattfinden kann, dann in deinem Geschäft. Einverstanden? Ich komme hin.«

»In meinem Geschäft spreche ich nur mit Kunden.«

An diese Bemerkung Claras anknüpfend, fragte Werner: »Wie lange noch?«

»Warum interessiert dich das?«

»Weil ich gehört habe, daß du dein Geschäft aufgeben willst.«

»Ja.«

»Du verkaufst es an den Culldorf?«

»Ja.«

»Mach das nicht, der haut dich übers Ohr.«

»Und wenn schon«, erwiderte Clara kalt. »Es ist *mein* Ohr und nicht *deines.*«

Daraufhin mußte Werner erst einmal Luft holen, ehe er fortfuhr: »Nun gut, ich rufe dich nicht deshalb an, sondern wegen der Angelegenheit, die zwischen uns beiden noch schwebt.«

»Zwischen uns beiden?« Kurze Pause Claras. »Zwischen uns beiden schwebt gar nichts mehr.«

»Doch, dein Spitzweg.«

»Es ist deiner.«

»Du bist verrückt! Ich will ihn nicht!«

»Dann schenke ihn einem Museum.«

»Ich kann nicht etwas verschenken, das fremdes Eigentum ist – nämlich deines!«

»Du hast für ihn bezahlt.«

»Lächerliche fünfzehntausend Mark. Das ist kein Preis für so etwas. Wenn du mir einen solchen Handel zutraust, stempelst du mich zu einem Ganoven. Und das bin ich nicht! Das habe ich dir alles schon gesagt!«

Clara schwieg.

Werner fuhr fort: »Ich weiß inzwischen mit Sicherheit, daß das Bild mindestens den zehnfachen Betrag wert ist. Soviel Geld habe ich nicht und werde ich auch nie haben. Daraus geht hervor, daß das Bild auch in Zukunft nicht in meinen Besitz übergehen kann. Es ist und bleibt deines! Oder du hältst mich wirklich für einen Ganoven. Tust du das?«

Clara schwieg.

»Ich habe dich etwas gefragt«, sagte Werner.

»Was?«

»Ob du mich für einen Ganoven hältst?«

»Nein.«

»Danke«, sagte er. »Wann kann ich dir also das Bild bringen?«

»Werner«, sagte Clara, »das geht einfach deswegen nicht, weil ich dir deine fünfzehntausend Mark nicht zurückgeben kann, die dann fällig wären.«

Werners Herz hatte einen schnellen Schlag getan. Und warum? Nur weil Clara ›Werner‹ gesagt hatte. So stand es also um ihn.

»Gib sie mir dann, wenn du dazu in der Lage bist, Clara.«

»Leider sehe ich diese Möglichkeit überhaupt nicht.«

»Wieso, du verkaufst doch dein Geschäft?«

»Das bringt nicht soviel.«

»Wieviel denn?«

»Zehntausend.«

»Waaas?!« Es war geradezu ein Schrei Werners.

»Mehr will Culldorf nicht zahlen.«

»Dieser Gangster! Dieser Halsabschneider!«

»Ich könnte ja versuchen, ihm noch einmal die Daumenschrauben anzulegen.«

»Du dem?« Ungewollter Hohn klang aus Werners Stimme. »Da gehören andere Leute her dazu.«

Clara schwieg.

»Überlaß das mir«, sagte Werner.

»Nein«, stieß Clara hervor.

»Du darfst dich nicht mit einem solchen Betrag abspeisen lassen.«

»Ich werde ihn mir noch einmal vorknöpfen.«

Werner wurde grob.

»Hör mir auf mit deiner Vorknöpferei! Der lacht dich doch aus!«

So wie du mich, dachte Clara. Für dich war ich auch immer nur eine, über die man sich lustig macht.

»Warum willst du denn unter diesen Umständen dein Geschäft nicht lieber überhaupt behalten?« fragte Werner.

»Nein«, erwiderte Clara nur.

»Und was machst du dann?«

»Das wird sich ergeben.«

»Gehst du weg?«

»Ja.«

»Wegen mir?«

Clara schwieg. Keine Antwort ist aber auch eine Antwort.

»Das mußt du nicht, Clara«, meinte Werner.

»Doch.«

»Dann hör mal zu, was ich dir jetzt sage: Nicht *du* gehst weg aus Heidenohl, sondern *ich*. Damit ist das Problem dann auch gelöst. Nicht du hast das Zerwürfnis zwischen uns heraufbeschworen, sondern *ich*. Deshalb habe *ich* hier zu verschwinden.«

»Nein.«

»Warum nicht?«

»Du hast hier deine Position –«

»Und du dein Geschäft«, unterbrach er.

»Nein, das gebe ich auf alle Fälle auf.«

»Wieso denn?«

»Keine Lust mehr.«

»Das glaube ich dir nicht.«

»Dann kann ich dir auch nicht helfen.«

Werner Ebert war bei Clara v. Berg vollkommen untendurch. Ihr Ton ließ daran keinen Zweifel.

»Clara«, sagte Werner, »kann ich denn überhaupt nicht mehr mit dir reden?«

»Worüber?«

»Über diesen Wahnsinn mit den zehntausend Mark. Wenn du schon entschlossen bist, zu verkaufen – dann doch nicht für einen solchen Betrag!«

Ihm geht's um seine fünfzehntausend, dachte sie. Er will auch keinen Teilverlust hinnehmen. Er kann verlangen, daß ich ihm das nicht zumute. Sein gutes Recht.

»Dann mach das«, sagte sie.

»Was?«

»Verhandle du mit dem.«

»Dazu brauche ich aber eine Vollmacht von dir«, sagte er rasch. »Schickst du sie mir? Oder kann ich bei dir vorbeikommen?«

»Ich schicke sie dir.«

»Ich müßte dich aber trotzdem sprechen, damit du mich über eure bisherigen Verhandlungen informierst.«

»Das kann dir alles Culldorf sagen.«

Werner biß sich auf die Zähne. Nichts zu machen, dachte er. Die will mich nicht mehr sehen.

»Sonst noch was?« fragte Clara.

»Ja.«

»Was?«

»Ich möchte dich bitten, daß du noch über etwas nachdenkst.«

»Worüber?«

»Warum ich aus Heidenohl weggehe und nicht dir das aufzwinge, auch wenn das Geschäft verkauft ist.«

»Das hast du mir schon gesagt.«

»Eine Kleinigkeit, die dabei auch noch eine Rolle spielt, habe ich noch nicht gesagt.«

»Welche?«

»Daß ich dich liebe.«

Rasch legte er auf.

Der Blitz schlug wieder ein im Hause Petar. Es war das dritte- und letztemal. Überflüssig zu sagen, daß es abermals ein Blitz in Gestalt eines anonymen Briefes war.

Der Text lautete:

»Sie sind mehr als zu bedauern. Nun erfahren Sie hiermit auch noch, daß Thekla Bendow in Düsseldorf wohnt. Ist das nicht ein ganz anderer Rahmen als der einer Frau in Heidenohl? War Ihr Gemahl nicht kürzlich in Düsseldorf? Über Nacht?«

»Frank«, sagte Helga, als die unvermeidliche Auseinandersetzung über diesen Brief begann, »ich halte das nicht mehr aus.«

Alles an ihr zeigte in der Tat, daß sie fertig war. Der Postbote hatte ihr zur gewohnten Zeit, also am Vormittag, den Brief gebracht. Sie hatte diesmal Frank nicht mehr im Büro angerufen. Sie war auch nicht zu ihm gelaufen. Sie hatte gewartet und gewartet, bis er am Abend nach Hause kam. Dieses ewige Warten war furchtbar für sie gewesen. Sie sah zum Erschrecken aus. Man glaubt ja nicht, wie rasch innere Pein und Zerrissenheit einen Menschen, besonders eine Frau, auch äußerlich sichtbar in Mitleidenschaft ziehen können.

»Was hast du?« fragte Frank erschrocken, obwohl er schon ahnte, was sich wieder ereignet hatte. »Bist du krank?«

Sie gab ihm den Brief.

Wortlos legte er ihn, nachdem er ihn gelesen hatte, auf den Tisch. Siedendheiß war ihm geworden. Nach außen hin ruhig zu bleiben kostete ihn jetzt alle seelische Kraft, über die er verfügte. Der lautlose zweifache Paukenschlag in dem Schreiben, der ihm in den Ohren dröhnte, trug den Namen ›Düsseldorf‹.

In Düsseldorf war es gewesen, wo er die Axt an seine Ehe gelegt hatte. Frank empfand, um wieviel mit dem Auftauchen des Namens ›Düsseldorf‹ in dem anonymen Brief plötzlich der Faden des Damoklesschwertes über ihm noch dünner geworden war.

Weil er nichts sagte, begann Helga: »Mein Fehler war anscheinend, daß ich immer nur an Heidenohl gedacht habe.«

»Was hast du mir geschworen, Helga?« antwortete Frank.

»Warst du in Düsseldorf oder nicht?« fuhr Helga unbeirrbar fort.

»Du wolltest doch nie mehr –«

»Warst du oder nicht?« unterbrach sie.

»Ja, aber –«

»Über Nacht oder nicht?«

»Ja, aber –«

»Und dann verlangst du von mir, daß ich auf diesen Brief nicht reagiere?«

Frank fing unheimlich rasch an zu schwitzen.

»Du schwitzt«, stellte Helga fest. Daß Menschen mit schlechtem Gewissen leicht ins Schwitzen geraten, fügte sie nicht hinzu. Das war aber auch gar nicht mehr nötig. »Helga«, sagte Frank mit gequälter Miene, »ich schwitze, weil es hier drinnen so heiß ist. Außerdem weißt du ganz genau, warum ich nach Düsseldorf gefahren bin.«

»Ich weiß nur das, was du mir gesagt hast. Angeblich zu einem Vortrag.«

»Nicht angeblich, sondern wirklich.«

»Der dann ausgefallen ist.«

»Das ist er wahrhaftig, Helga. Du kannst dich ja erkundigen.«

»Kann ich auch Erkundigungen beim Einwohnermeldeamt in Düsseldorf einholen?«

»So wie hier in Heidenohl?«

»Ja.«

»Ich habe nichts dagegen.« Frank zuckte die Achseln. »Wenn du dich wieder blamieren willst – bitte.«

Thekla Bendow war höchstwahrscheinlich nur ein fiktiver Name, ein Pseudonym. Eine wirkliche Thekla Bendow gab es nicht. Frank glaubte, solchen Nachforschungen Helgas wirklich mit Ruhe entgegensehen zu können.

»Kann ich mich auch wieder an die Post wenden?« fragte Helga.

»Wo?« stieß Frank hervor.

»In Düsseldorf.«

Großer Gott, das war etwas anderes!

»Wozu?«

»Um zu erfahren, ob du einer Thekla Bendow postlagernde Briefe dorthin schreibst.«

Großer, allmächtiger Gott!

»Helga«, flehte Frank, »du hast doch hier diesen Hauptsekretär erlebt, wie der mit dir umgegangen ist. Willst du dir das noch einmal antun?«

»Ja«, erwiderte Helga eisern entschlossen, »denn zuletzt habe ich doch das erfahren, was ich erfahren wollte.«

»Doch nur, weil ich dabei war.«

»Das wirst du auch diesmal wieder sein.«

Der Punkt, an dem es nicht mehr weiterging, war erreicht.

»Nein!« sagte Frank so hart, wie er konnte.

»Was heißt nein?«

»Ich werde nicht wieder dabeisein, Helga. Ich war einmal dabei, und das reicht mir.«

Helga wurde blaß.

»Du weißt, was du damit sagst, Frank«, erwiderte sie. »Ich brauche ohne dich bei denen gar nicht aufzukreuzen.«

Er zuckte mit den Schultern.

»Tut mir leid, Helga.«

»Ist das dein letztes Wort?«

»Ja.«

Sie blickte ihn sekundenlang an, ihre Lippen begannen zu zittern. Sie sagte aber nichts mehr, ging zur Tür und verließ das Zimmer. Die Stille, die nun eintrat im Haus, wurde nach einer Weile unterbrochen durch Geräusche, die Frank verdächtig erschienen. Er ging ihnen nach und stellte fest, daß Helga dabei war, aus dem gemeinsamen Schlafzimmer aus- und ins Gästezimmer einzuziehen. Unfähig, dazu etwas zu sagen, wandte Frank sich stumm ab und verließ das Haus. Wie betäubt lief er kreuz und quer durch Heidenohl, hatte kein Ziel und war deshalb zuletzt eigentlich überrascht, zu entdecken, daß er vor Werners Tür stand.

Auch Werner war in keiner guten Verfassung, als er sich anhörte, was Frank zu berichten hatte.

»Mir scheint«, sagte er mit düsterer Miene, »wir zwei können uns die Hand reichen.«

»Du auch?« fragte Frank.

»Der Laufpaß, der mir gegeben wurde, übertrifft ja noch den deinen. Clara will mich nicht einmal mehr sehen.«

»Das kann mir mit Helga auch bald passieren.«

»Mann«, stöhnte Werner aus tiefster Seele, »diese gottverdammten Weiber, die machen uns fertig!«

»Bei dir war's ja bis jetzt immer umgekehrt, Werner, das mußt du zugeben – aber bei mir?!«

Franks Klage, die er an das Schicksal richtete, blieb im Raum stehen.

Beide verstummten, ließen die Nasen hängen, bedauerten einander. Weltschmerz überkam sie. Nach einer Weile meinte Werner: »Komm, laß uns einen Schnaps trinken.«

Aus dem einen wurden in rascher Folge für jeden drei. Nach dem vierten seufzte Frank: »Mich könnte nur eins retten – Thekla Bendow.«

»Darüber sind wir uns seit langem einig«, nickte Werner.

»Rührt sie sich immer noch nicht?«

»Nein.«

»Der Teufel soll das Miststück holen!«

In diesem unglaublichen, unwahrscheinlichen, nicht für möglich gehaltenen Augenblick meldete sich das Schicksal. Sowohl Werner als auch Frank gerieten darüber noch Jahre später in Aufregung, wenn sie sich daran erinnerten.

Das Telefon läutete. Werner hob ab und meldete sich. Die Stimme Evelyn Herzers aus Düsseldorf drang an sein Ohr.

»Guten Abend, Werner, ich bin's! Überrascht?«

»Guten Abend, Evelyn. Ja.«

»Unangenehm?«

»Natürlich nicht.«

»Was machst du gerade?«

»Ich trinke einen Schnaps, zusammen mit meinem Freund.«

»Ich einen Likör«, lachte Evelyn. »Trifft sich das nicht gut?«

»Ja.«

»Aber ich trinke ihn allein.«

Evelyns Lachen war von einer Art, die darauf schließen ließ, daß sie schon länger drangewesen war, ›einen‹ Likör zu trinken. Diesbezüglich unterschied sie sich also nicht von Werner mit seinem ›einen‹ Schnaps.

»Likör mögen wir nicht«, sagte Werner. Darin erschöpfte sich sein ganzer momentaner Geistesreichtum.

Doch sogar auch darüber konnte Evelyn wieder lachen. Sie mußte also schon ganz schön dem Alkohol zugesprochen haben. Der Grund war der, daß sie sich hingesetzt hatte, um sich planmäßig den Mut, Werner anzurufen, anzutrinken, nachdem sie wochenlang vergeblich auf ein Lebenszeichen von ihm gewartet hatte.

»Du weißt ja, was übermorgen für ein Tag ist, Werner«, sagte sie.

»Übermorgen?« Er dachte nach. Vergeblich. »Was denn für einer?«

»Du nimmst mich auf den Arm. Das weißt du nicht?«

»Nein.«

»Dein Namenstag.«

»Tatsächlich?!« rief Werner.

»Sag mir nicht, daß du das wirklich übersehen hättest.«

»Aber sicher! Und soll ich dir sagen, warum?«

»Es wäre nur ein Grund denkbar: daß es in eurer Familie üblich war, den Geburtstag, und nicht den Namenstag, zu feiern.«

»Erraten«, lachte er. »Deshalb bin ich das von klein auf gewöhnt.«

»Und gerade deshalb wird es höchste Zeit, daß du auch mal ans Feiern deines Namenstages denkst.«

»Na schön, ich werde mir von meiner Sekretärin einen Blumenstrauß schenken lassen.«

»Nicht von deiner Sekretärin.«

»Von wem sonst?«

»Von mir«, erwiderte Evelyn. »Und dazu wirst du nach Düsseldorf kommen. Ich hoffe es wenigstens. Betrachte dich als eingeladen.«

Werner zögerte keine Sekunde.

»Das ist zwar reizend von dir, aber es geht nicht.«

»Warum nicht?«

»Wegen der Arbeit.«

Darauf war Evelyn vorbereitet, deshalb gab es nun für sie kein Zögern.

»Siehst du«, sagte sie, »mit diesem Einwand von dir habe ich gerechnet. Darum habe ich, um dich umzustimmen, etwas getan, das ich mir niemals verzeihen werde – etwas aber, das dir helfen wird, deinen Widerstand aufzugeben.«

»Was denn?«

»Ich habe mich um die Adresse gekümmert, die du von mir haben wolltest.«

Ihm fehlten vor Überraschung die Worte, er schwieg.

»Oder hast du sie schon, Werner?«

»Nein.«

»Du erhältst sie von mir, wenn du herkommst.«

Noch einmal schwieg er.

»Siehst du nun, was du aus mir gemacht hast?« fragte Evelyn.

»Evelyn«, erwiderte er mit bemühter Stimme, »ich weiß nicht, was ich sagen soll . . .«

»*Ich* weiß es!«

»Was denn?«

»Daß du kommst.«

»Ich komme.«

»Werner!« jubilierte Evelyn. »Wann?«

»Wie erwünscht: an meinem Namenstag.«

»Ich erwarte dich in meiner Wohnung. Ich habe mir schon Urlaub genommen.«

Nach diesem Telefonat, dem Frank keine Beachtung geschenkt hatte, schien es Werner einige Mühe zu bereiten, gleich wieder in die Situation zurückzufinden, die zuvor geherrscht hatte. Es sah aus, als ob er die Anwesenheit seines Freundes vergessen hätte. Mit abwesendem Gesichtsausdruck starrte er vor sich hin. Nur langsam gewann seine Miene wieder Gegenwartsbezogenheit. Frank bemerkte von alldem nichts, sondern bediente sich aus der Flasche, die auf dem Tisch stand. »Das glaubt man nicht«, murmelte Werner.

»Worum geht's?« fragte Frank mit gar keinem Verlangen, das auch zu erfahren.

»Um deine Rettung.«

»Wie oft soll ich das noch wiederkäuen? Meine Rettung wäre nur Thekla Bendow.«

»Du sagst es«, nickte Werner grinsend.

»Sei nicht blöd.«

»Ich bin nicht blöd.«

»Dann hör auf, dich mit deinem Gegrinse über mich auch noch lustig zu machen.«

»Ich mache mich über dich nicht lustig, sondern im Gegenteil.«

»Was heißt ›im Gegenteil‹? Sprich nicht in Rätseln mit mir, wenn du mein Freund bleiben willst«, sagte Frank mit einer Zunge, die schon gewisse Schwierigkeiten hatte, ihrer Aufgabe gerecht zu werden.

»Weißt du, wer das war?« fragte Werner, auf den Apparat zeigend. Auch er war nicht mehr ganz nüchtern, jedoch noch nüchterner als Frank, der einen Vorsprung von zwei Gläsern gewonnen hatte, als Werner mit seinem Telefonat beschäftigt gewesen war.

»Wer denn schon«, antwortete Frank, »eines deiner Weiber.«

»Die Posträtin aus Düsseldorf.«

»Die du gebumst hast?«

»Habe ich dir das gesagt?«

»Nein, hast du nicht, aber das war mir trotzdem klar.«

»Du solltest mir dankbar sein.«

Frank verdrehte die Augen.

»Auch das noch.«

»Halte dich fest, sie wird mir sagen, wer Thekla Bendow ist.«

Frank starrte Werner an. Eigentlich war es schon mehr ein Glotzen als ein Starren, da seine Augen bereits trüb waren. Endlich stieß er hervor: »Was wird die dir sagen?«

»Wer Thekla Bendow ist.«

»Wann?«

»Übermorgen.«

»Wo?«

»In Düsseldorf.«

»Du lügst mich nicht an?«

»Nein.«

Frank sprang auf, warf die Arme hoch.

»Mensch, Werner!« rief er. »Das ist tatsächlich die Rettung für mich!«

Er sollte sich böse irren.

Als zwei Tage später Evelyn zur Begrüßung Werners an dessen Hals hing und ihn nicht mehr loslassen zu wollen schien, sprang alles, was sich in ihr an physischer Sehnsucht nach ihm aufgestaut hatte, rasch auch auf ihn über, und da es von der Diele zum Schlafzimmer nur wenige Schritte waren, bedeutete es keine Strapaze für ihn, sie hochzuheben und zu ihrem Bett zu tragen. Für Evelyn kündigte sich damit die rasche Erfüllung dessen an, wovon sie in den Wochen, die hinter ihr lagen, geträumt hatte, geträumt fast bis zur Unerträglichkeit, deren Grenze ohne das Gegenmittel der Selbstbefriedigung überschritten worden wäre.

Evelyns Liebe zu Werner war eine aussichtslose Angelegenheit. Darüber gab sich Evelyn keinem Zweifel hin. Der Altersunterschied zwischen ihr und dem wesentlich jüngeren Werner gestattete ihr keine Illusionen. Sie würde ihn nie gänzlich für sich gewinnen können, das wußte sie. Er würde aus ihrem Leben wieder verschwinden. Trotzdem konnte diese Perspektive ihr momentanes Glück nicht schmälern. Sie dachte an heute und nicht an morgen. Jede Frau in ihrer Lage tut das gleiche.

Werner lief im Bett Evelyns auch heute wieder zu großer Form auf, obwohl selbst dabei sein Schmerz um Clara nicht ganz zum Verklingen kam. Das war etwas ganz Normales bei ihm, denn er machte nicht den Fehler, Vergleiche zwischen dem Orgasmus anzustellen, den er nun wieder zusammen mit Evelyn erzielte, und dem Orgasmus, der im Zusammenwirken mit Clara zustande zu kommen pflegte. Es war etwas anderes, das ihn auch in den Armen Evelyns immer wieder an Clara denken ließ – seine Seele. Und dagegen war nichts zu machen. Schlechtes Gewissen hatte er trotzdem keines. Clara hatte ihm den Laufpaß gegeben, damit auch den Freipaß zu dem, was er mit Evelyn tat und noch mit vielen, vielen anderen tun würde. Das war der Blickwinkel, unter dem er sein Verhalten sah.

Evelyn erlebte einen Taumel, der die von ihr ausgestoßenen Schreie der Lust länger und länger werden ließ, bis sie zusammenflossen zu einem anhaltenden, den Orgasmus begleitenden Geheule.

Und dann kam der Moment, den sie als kalte Dusche empfinden mußte, obwohl er zu erwarten gewesen war. Werner sagte: »Bekomme ich jetzt die Adresse?«

Für Evelyns Empfinden wurde dadurch der Liebesakt, der stattgefunden hatte, zu einem »Geschäft« herabgewürdigt. Doch damit war, wie gesagt, zu rechnen gewesen. Schließlich hatte Evelyn selbst den Anstoß zu diesem »Handel« gegeben. Trotzdem sagte sie: »Ich hatte gehofft, du würdest das vergessen.«

»Nein«, erwiderte er ohne Hemmung, »das geht nicht; davon hängt zu vieles ab.«

»Für dich?«

»Für meinen Freund.«

Das erleichterte sie wieder etwas.

»Ich muß dir aber nicht sagen«, meinte sie, »daß ich mich dir, wenn du die Adresse von mir bekommst, in die Hand gebe? Mir könnte daraus enormer beruflicher Schaden entstehen.«

»Wenn du mir zutraust, daß so etwas, von mir ausgehend, eintreten könnte, dann verzichte ich allerdings auf die Adresse.«

Sie blickte ihn an.

»Nein«, sagte sie dann, schlug die Decke zurück und stieg aus dem Bett, wobei sie hinzusetzte: »Ich habe sie dir aufgeschrieben, Moment, ich bringe dir den Zettel ...«

Nackt lief sie aus dem Schlafzimmer ins Wohnzimmer und zog irgendeine Schublade auf. Das konnte man hören. Im Liegen, dachte inzwischen Werner, sieht sie ja nackt noch prima aus, da gibt es nichts zu deuteln. Aber in der Senkrechte?

Vor seinem Auge tauchte Claras Busen auf ...

Evelyn erschien wieder, mit dem Zettel in der Hand, den sie ihm, ehe sie erneut ins Bett stieg, überreichte. Werner las:

Gertraud Maier, Martinstraße 16/3

Werner wischte sich über die Augen, las noch einmal:

Gertraud Maier, Martinstraße 16/3

Das ist unmöglich, dachte er. Aber auch ein drittesmal las er:

Gertraud Maier, Martinstraße 16/3

Er hielt Evelyn den Zettel hin und sagte: »Das kann nicht stimmen.«

»Was kann nicht stimmen?«

»Diese Adresse.«

»Die stimmt sehr wohl.«

»Ausgeschlossen.«

»Wieso ausgeschlossen?«

»Weil ich die kenne.«

»Ob du die kennst oder nicht – die Adresse stimmt!«

In Werners Miene spiegelte sich absolute Verständnislosigkeit wider. Und noch einmal blickte er auf den Zettel, wobei er kopfschüttelnd sagte: »Das begreife, wer will.«

Evelyn beobachtete ihn und mußte plötzlich lachen.

»Weißt du, wie du aussiehst?« fragte sie ihn.

»Du würdest an meiner Stelle nicht anders aussehen«, erwiderte er.

»Wie einer, der vom Mond heruntergefallen ist.«

»Genauso komme ich mir auch vor.«

»Und wieso?«

»Wenn das so einfach wäre, dir das zu erklären«, seufzte er.

»Du kennst die, sagtest du?«

»Ja.«

»Näher?«

»Nein«, log Werner und schickte sich an, aus dem Bett zu steigen.

»Was machst du?« fragte ihn Evelyn.

»Kann ich mal telefonieren?«

»Natürlich.«

Werner suchte sein Jackett, in dem das Notizbuch mit der Telefonnummer steckte, die er benötigte. Als er die Nummer hatte, ging er zum Apparat und rief Gerti an. Er hatte Glück, sie war zu Hause und meldete sich mit »Hallo?«

»Verzeihung«, begann er, »spreche ich mit Frau Gertraud Maier?«

»Ja.«

»Maier mit a-i?«

»Ja. Und wer sind Sie?«

»Werner Ebert.«

»Werner!« rief Gerti. »Was soll der Unsinn? Entschuldige, daß ich dich nicht gleich erkannt habe. Aber deine Stimme klang anders, irgendwie dumpf.«

»Vielleicht hat eure Post eine neue Technik. Oder das macht euer Smog hier.«

»Was heißt ›hier‹?« erwiderte Gerti. »Du befindest dich doch nicht etwa in Düsseldorf?«

»Doch«.

Typisch war, was Gerti darauf sagte: »Du befindest dich in Düsseldorf und hast nicht das unwiderstehliche Bedürfnis, mich zu sehen?«

»Und wie ich das habe!« Das wirst du dann rasch merken, setzte er in Gedanken hinzu – aber anders, als du es erwartest.

»Warum bist du dann nicht schon bei mir?«

»Ich wollte mich zuerst vergewissern, ob du auch zu Hause und nicht in der Akademie bist.«

»Jetzt weißt du's. In die Akademie muß ich erst heute nachmittag. Beeil dich. Die Adresse hast du ja.«

Die habe ich, dachte er wieder grimmig. Und ich werde mich auch beeilen.

Zuerst waren jedoch noch einige Schwierigkeiten zu überwinden, die Evelyn machte, als sie sah, was er vorhatte. Sie war sehr enttäuscht, weinte schier und ließ sich sogar dazu hinreißen, zu erklären, daß er gar nicht mehr zurückzukommen brauche.

»Ich *komme* aber zurück«, entgegnete er. »Und zwar möglichst bald *und* hungriger denn je.«

»Hungriger?«

»Nach Liebe.«

Da war sie wieder froh.

Bei Gerti, die wieder ihren altbekannten Soir-de-Paris-

Duft verströmte, fackelte Werner dann nicht lange. Entgegen ihrer Erwartung, von ihm in die Arme gerissen und gierig geküßt zu werden, erntete sie nur einen blanken Gruß.

»Tag, Thekla«, sagte er.

Als er so mit der Tür ins Haus fiel, wäre darüber eine andere als Gerti erschrocken – nicht sie. Ohne mit der hübschen Wimper zu zucken, antwortete sie vergnügt: »Tag, Werner. Du bist also dahintergekommen?«

»Ja.«

»Ist das der Grund deines Besuches?«

»Ja.«

»Nicht der, daß du Sehnsucht nach mir hattest?«

»Nein.«

»Oh«, sagte Gerti leicht verstört. »Das ist aber eine ganz neue Erfahrung für mich. Du mußt sehr geladen sein. Warum? Wegen meines Pseudonyms?« sie lächelte ironisch. »Habe ich als Künstlerin nicht das Recht dazu?« Sie standen immer noch in der Diele.

»Können wir uns nicht setzen?« fragte Werner.

»Natürlich.«

Gerti führte ihn in das große Wohnzimmer ihrer kleinen Wohnung. Auf dem Tisch stand eine ziemlich neu aussehende Schreibmaschine, in der ein halb beschriebener Bogen steckte. Aus einem Aschenbecher neben der Maschine stieg noch Rauch einer Zigarette auf, die von Gerti nicht gründlich genug ausgedrückt worden war, als es an der Tür geläutet hatte.

»Das ist lustig«, sagte Gerti. »Bei deinem Anruf war ich gerade dabei, wieder einen Brief an deinen Freund Frank zu beginnen.«

»Das kannst du dir in Zukunft schenken.«

»Warum denn?«

»Frank will nicht mehr.«

Gerti war keine Frau, die sich leicht in die Defensive drängen ließ.

»Fühlt er sich beleidigt?« spottete sie. »Oder was sonst?

So wie du dich auch, deinem Gesicht nach zu schließen?« Und ehe Werner etwas äußern konnte, fuhr sie fort: »Nun macht euch mal nicht lächerlich, ihr zwei.«

»›Zwei‹ ist zuviel gesagt, meine Liebe. Frank weiß noch gar nichts von deiner Identität mit Thekla Bendow. Diese Neuigkeit muß ich ihm erst noch unterbreiten.«

»Dann tu das doch nicht«, meinte Gerti prompt. »Keiner kann dich dazu zwingen.«

Werner blickte sie ein Weilchen an, schüttelte den Kopf, sagte: »Du bist einmalig.«

In den Augen Gertis war das ein Kompliment, das sie fröhlich stimmte.

»Das weiß ich«, lachte sie.

Immer noch kopfschüttelnd, fuhr er, ihr ›Pseudonym‹ verwendend, fort: »Wie war das nun, Thekla Bendow? Was hast du dir bei deinem neckischen Spielchen gedacht? Wie ist es überhaupt dazu gekommen?«

»Zuerst absolut ungewollt von mir«, begann Gerti bereitwillig zu erzählen. »Ich wußte ja weder von dir etwas noch von Frank. Ich hatte den Roman geschrieben. Grins nicht, das habe ich selbst auch gemerkt, daß ich nicht schreiben kann. Aber das können viele nicht, und sie tun's trotzdem. Das wichtigste waren mir von Anfang an die Illustrationen. Gut zeichnen konnte ich schon in der Schule. Frag Helga« – silberhell klang dabei Gertis Lachen auf –, »sie wird dir bestätigen, daß der Zeichenlehrer von mir begeistert war. Inzwischen bin ich ja nun, wie du weißt, an der Akademie gelandet. Der künstlerische Drang, verstehst du, hat mich soweit gebracht. Vielleicht steckt in mir wirklich etwas –«

»Ganz sicher steckt in dir etwas«, unterbrach Werner zweideutig.

Gerti fühlte sich aber keineswegs indigniert.

»Danke«, nickte sie lachend und fuhr fort: »Aus diesem Drang sind vor etwa einem Jahr die Illustrationen entstanden, denen ich ein Thema – den Roman – geben wollte, weil ich mir sagte, daß ich auf solche Weise vielleicht eher bei einem Verlag beziehungsweise einer Redaktion einen Start finden kann. Per Zufall stieß ich auf eure Zeitschrift, in deren Impressum ich eure Heidenohler Adresse las. Kein Wunder, daß ich mich als alte Heidenohlerin angesprochen fühlte. So kam es zur Einsendung meines Werks an euch, allerdings nicht unter meinem richtigen Namen, da ich eitel bin und mich – im Falle einer Ablehnung, mit der ein Anfänger immer rechnen muß – keinerlei Gefahr einer Blamage ausgerechnet in Heidenohl aussetzen wollte. Gerade eine Kleinstadt ist diesbezüglich doch das gefährlichste Pflaster, das man sich vorstellen kann. Als ich dann nicht die Enttäuschung einer Ablehnung, sondern das Gegenteil erleben durfte, zog es mich natürlich mit Macht nach Heidenohl, wo ich ein bißchen herumschnuppern wollte – inkognito immer noch. Was ist das für eine Redaktion? Wer ist dieser Dr. Ebert, der verantwortliche Redakteur? Und so weiter. Meine Neugierde war geweckt. Sie zu stillen, bestanden wiederum in der Kleinstadt die besten Aussichten. Also fuhr ich hin, nahm Verbindung zu meiner alten Freundin Helga auf, die inzwischen Frank geheiratet hatte, der mit dir befreundet war. Auf eine solche Kette günstiger Zufälle hatte ich natürlich nicht hoffen können, die fielen mir in den Schoß. Du weißt ja, wie sich das entwickelte. Von diesem Moment an begann mein Versteckspiel. Du bist anscheinend der Auffassung, ich hätte die Karten auf den Tisch legen müssen. Aber warum eigentlich? Kam irgend jemand dadurch zu Schaden? Nein. Ihr wurdet ein bißchen an der Nase herumgeführt. Na und? Glaub mir, ich hatte meinen Spaß dabei. Soll ich das leugnen? Darauf kannst du lange warten. Ich bedaure sogar, daß damit jetzt Schluß ist. Wie bist du eigentlich dahintergekommen?«

»Mir fiel auch ein Zufall in den Schoß«, grinste Werner. Nur er selbst konnte diesem Grinsen die richtige Bedeutung beimessen.

»Das kann nur über die Post hier gegangen sein.«

»Nicht im entferntesten«, stellte Werner dies ganz und gar in Abrede.

»Eine andere Möglichkeit gibt's aber nicht.«

»Such mal bei dir eine.«

»Bei mir? Machst du Witze?«

»Wie erklärst du dir dann, daß Helga anonyme Briefe bekommt, in denen ihr die Nase auf Franks Verbindung mit einer Thekla Bendow gestoßen wird?«

Helga zuckte die Achseln.

»Das kann ich mir nicht erklären.«

»Aber *ich* kann das!« sagte, zum Angriff übergehend, Werner.

»So?«

»Weil ich nämlich jetzt weiß, von wem die Briefe stammen.«

»Von wem denn?«

»Von dir.«

Gerti starrte Werner an. Dann lachte sie.

»Bist du verrückt?«

»Nein.«

»Wie käme ich denn zu einem solchen Blödsinn?«

»Es gibt nur einen Grund . . .«

»Welchen?«

»Du willst deren Ehe zerstören und so Frank an dich ziehen.«

Zum zweitenmal starrte Gerti Werner an.

»Habe ich recht?« fragte er sie.

»Nein!«

»Nein?« zweifelte Werner.

»Nein, überhaupt nicht!«

»Das müßtest du mir beweisen.«

»Hat Frank mit dir über mich gesprochen?« erwiderte Gerti.

»Nein, er weiß ja, wie gesagt, noch gar nicht, daß ich hier auf dich gestoßen bin.«

»Dann nimm zur Kenntnis, daß ich ihn niemals heiraten würde. Der Beweis, den du verlangst, sind seine Verhältnisse.«

»Seine Verhältnisse?« Werner dachte an Liebesverhältnisse. »Er hat keine.«

»Doch«, korrigierte ihn Gerti. »Vermögensverhältnisse.« Und als Werner verblüfft guckte, setzte sie hinzu: »Er wäre mir als Ehemann bei weitem nicht reich genug.«

Das war ein Argument, das überzeugte – aus dem Mund einer Frau wie Gerti Maier jedenfalls.

Nachdem sich Werner von seiner Überraschung erholt hatte, meinte er: »Ich muß sagen, du verstehst es, eine Katze aus dem Sack zu lassen.«

»Dein Verdacht zwingt mich ja dazu.«

»Du zwingst mich auch zu etwas«, grinste Werner.

»Zu was?«

»Zur Selbsterkenntnis.«

»Inwiefern?«

»Auch ich wäre, wie Frank, nie ein Mann für dich. Meine Verhältnisse gleichen nämlich den seinen.«

»Irrtum.«

»Wieso?«

»Du hast einen Spitzweg.«

Da blieb ihm ein bißchen die Luft weg, und das passierte einem Mann wie Werner Ebert selten.

»Was noch nicht heißt«, fuhr Gerti, frei heraus lachend, fort, »daß ich schon morgen mit dir zum Standesamt gehen möchte.«

»Ich danke dir für deine Aufrichtigkeit«, grinste auch Werner.

»Ich möchte jetzt etwas anderes mit dir, Werner . . .«

»Was denn?«

»Schlafen«, erwiderte sie, und ihre Aufrichtigkeit, in der sie offenbar nicht mehr zu bremsen war, übertrug sich auch auf Werner, der antwortete: »Das wäre nur eine Enttäuschung für dich.«

»Wieso?«

»Weil ich gerade aus dem Bett einer anderen Frau komme.«

Die andere Frau störte Gerti nicht so sehr wie die zu vermutende Schwächung Werners. Sie hatte ja noch einen Mann aus dem Lehrkörper der Akademie in petto, der ständig darauf wartete, nur von ihr in Anspruch genommen zu werden.

»Außerdem muß ich zu der zurück«, ergänzte Werner. Unter diesen Umständen übte Gerti Verzicht auf ihn.

»Wenn du das nächstemal nach Düsseldorf kommst«, sagte sie jedoch, »gibt's das aber nicht mehr. Richte dich danach ein.«

»Das nächstemal kommst du nach Heidenohl«, entgegnete Werner.

»Wegen des Romans?«

»Auch wegen des Romans«, nickte er. »Das muß jetzt in Ordnung gebracht werden. Außerdem mußt du aber – und das ist noch wichtiger – mit Helga sprechen. Die anonymen Briefe haben die verrückt gemacht. Sie hat durchgedreht. Ihre Ehe mit Frank ist in höchster Gefahr. Sag ihr, daß du Thekla Bendow bist. Sag ihr, wie das Ganze gekommen ist. Sag ihr, daß überhaupt nichts dahintersteckt. Dir wird sie glauben, dir *muß* sie glauben!«

Gerti schien zu überlegen.

»Sprich erst mit Frank«, sagte sie dann.

»Worüber?«

»Ob auch er der Ansicht ist, daß ich mit Helga sprechen soll?«

»Natürlich, was denn sonst!« meinte Werner. »Nur Thekla Bendow könne ihn noch retten, sagt er doch dauernd.«

Gerti beharrte auf ihrem Standpunkt.

»Sprich mit ihm und gib mir Bescheid«, sagte sie abschließend noch einmal. »Und vergeßt eins nicht: Ihr wißt immer noch nicht, wer die anonymen Briefe schreibt.«

15

Werner löste das Versprechen, das er Evelyn gegeben hatte, ein. Er kam zu ihr zurück und enttäuschte sie auch nicht, als sie auf den Hunger nach Sex pochte, den mitzubringen er in Aussicht gestellt hatte. Dann trat er die Rückreise nach Heidenohl an. Zurück blieb ein endgültig angebrochenes Frauenherz.

In Heidenohl angekommen, meldete sich Werner telefonisch bei Frank. Zehn Minuten später stürmte dieser bei ihm ins Zimmer, und zwar mit überraschend vergnügter Miene. Darüber konnte Werner nur staunen. Vor seiner Reise nach Düsseldorf hatte er nur noch einen total erledigten Frank gekannt. Was war passiert?

Frank steckte voller Leben. Er verschmähte es sogar, sich hinzusetzen.

»Stell dir vor«, verkündete er, »Helga ist wieder zur Vernunft gekommen.«

»So?«

»Sie schläft nicht mehr im Gästezimmer.«

»So?«

»Ich hatte ihr gebeichtet.«

»Was hattest du ihr gebeichtet?« fragte Werner.

»Alles.« Frank lief zum Fenster, kam zum Schreibtisch zurück. »Die Geburt war gar nicht so schwer, wie ich befürchtet hatte. Helga hat mir nur ein bißchen den Kopf gewaschen. Sie konnte nicht verstehen, daß ich ihr nicht von Anfang an die Wahrheit gesagt habe. Und ich muß sagen, ich verstehe das jetzt auch nicht mehr. Ich habe ihr mitgeteilt, warum du nach Düsseldorf gefahren bist. Nun wartet sie nur noch auf Thekla Bendow, damit diese ihr die Richtigkeit von alldem bestätigen kann, was ich ihr gesagt habe.«

»Setz dich«, sagte Werner.

Frank nahm Platz.

»Nun bist du an der Reihe«, meinte er dabei. »Wer ist sie?«

Werner machte es kurz.

»Gerti Maier.«

»Welche Gerti Maier?« fragte Frank, der von der Realität so weit entfernt war wie der Pluto von der Venus.

»Eure Gerti Maier.«

»Unsere –«

Das Wort war Frank im Mund erstorben.

»Da bist du von den Socken, was?« sagte Werner.

Nun kam Frank auf die Lösung.

»Du verarscht mich wohl?«

»Keineswegs.«

»Dann hör auf mit dem Quatsch.«

»Das ist kein Quatsch.«

Langsam merkte Frank, daß Werner hier keine Witze riß. Seine Stimmbänder drohten ihm deshalb wieder die Gefolgschaft zu versagen. Wie hinweggewischt war seine gute Laune.

»Spuck dich aus«, krächzte er.

Werner berichtete, was er in Düsseldorf erlebt hatte. Für Frank war das, was er zu hören bekam, so unbegreiflich, daß er, nachdem Werner geendet hatte, nur völlig konsterniert sagen konnte: »Ich verstehe das nicht.«

»Ich war nicht weniger überrascht als du«, meinte Werner.

Dann zog Frank aus allem die Konsequenz für sich.

»Es ist aus«, sagte er mit müder Stimme.

»Was ist aus?«

»Ich bin fertig.«

»Wieso denn?« fragte Werner. »Die kommt doch her und spricht mit Helga. Sie ist dazu bereit.«

Frank lachte bitter.

»Ist sie das?«

»Ja.«

»Weißt du, was sie Helga dann als erstes erzählen kann?«

»Was denn?«

»Daß ich mit ihr geschlafen habe.«

»Was?!« rief Werner. »Du auch?!«

Das Eingeständnis Werners, das darin enthalten war, übergehend, sagte Frank: »Ich weiß nicht, wie mir das passieren konnte.«

»Das mußt du mir erzählen.«

»Gib mir erst einen Schnaps . . .«

Franks Beichte nahm erhebliche Zeit in Anspruch, da sie durchflochten war von Unterbrechungen, in denen er, nachdem ein Anfang gemacht war, immer wieder das Glas leerte, das ihm Werner füllte. Werner vergaß sich dabei selbst auch nicht. Zum Schluß sagte Frank, daß er damals von allen guten Geistern verlassen gewesen sein müsse.

»Aber mit der kannst du doch reden«, versuchte ihm Werner wieder Mut einzuflößen. »Ihr müßt euch beide nur einig werden, daß Helga von eurer Sache nichts erfährt.«

Frank schüttelte den Kopf.

»Zwecklos.«

»Wieso denn?«

»Weil ich weiß, wie das laufen würde. Gerti ist wahnsinnig abergläubisch. Das hat mir Helga erzählt.«

Werner blickte Frank fragend an.

»Worauf willst du hinaus?«

»Helga wird Gerti fragen, ob sie bestimmt nichts mit mir gehabt hat . . .«

»Naja, und Gerti wird sagen: nein.«

»Auf das wird Helga sie schwören lassen . . .«

»Sie schwören lassen«, mokierte sich Werner. »Hat sie Gerichtsbefugnisse? Wie will sie das machen?«

»Ganz einfach – so wie viele das machen: Gerti bei ihrem Augenlicht schwören lassen, daß das, was sie sagt, die Wahrheit ist. Oder bei ihrer Schönheit.«

»Und?« stieß Werner nur hervor.

»Und Gerti wird das niemals tun.«

»Warum denn nicht, verdammt noch mal?!« rief Werner.

»Weil sie abergläubisch ist. Ich sagte das doch.«

»Ich dachte, wir leben im zwanzigsten Jahrhundert. Die –«

Werner brach selbst ab, da ihm klar sein mußte, auf wie schwachen Beinen dieses sein Argument stand.

»Dann sieht's in der Tat böse aus für dich«, erkannte er.

»Ich weiß«, sagte Frank mit müder Stimme.

»Vielleicht verzichtet Helga auf dieses Treffen. Könntest du ihr das nicht einreden?«

»Nein.«

»Versuch's doch mal.«

»Du kennst meine Frau nicht«, sagte Frank ohne jede Hoffnung und ließ sich wieder sein Glas füllen.

Damit setzte sich das, was schon begonnen hatte, fort und weitete sich aus zu einem enormen Besäufnis des Freundespaares.

»Wo warst du?«

Dies fragte am nächsten Morgen Helga ihren Mann, als er das Schlafzimmer betrat, nachdem er die ganze Nacht nicht nach Hause gekommen war. Er sah verheerend aus. Helgas Frage war deshalb überflüssig.

»Bei Werner«, antwortete er, ohne sie anzublicken, ging zum Schrank und fing an, wahllos ein paar Sachen von sich – Hosen, Hemden usw. – herauszuholen und auf sein Bett zu werfen.

»Das häuft sich in letzter Zeit«, räsonierte Helga verständlicherweise. »Muß denn das sein? Die ganze Nacht? Du hättest mich anrufen können.«

Er schwieg und fuhr in seiner Tätigkeit fort.

»Was machst du da?« fragte sie ihn.

»Ich gehe.«

Helga richtete sich im Bett auf.

»Was heißt, du gehst?«

»Ich komme dir zuvor und befreie dich von meiner Anwesenheit, bevor du mich hinauswirfst.«

Helga blickte ihn an. Man konnte sehen, wie es hinter ihrer Stirn arbeitete.

»Wo sind die Koffer, bitte?« fragte er.

»In der Dachkammer.«

Er wollte zur Tür gehen.

»Komm her«, sagte sie.

Zögernd leistete er ihrer Aufforderung Folge, kam aber nicht so nahe, wie sie es gern gesehen hätte, sondern blieb — mit hängenden Schultern — zwischen Schrank und ihrem Bett stehen.

»Was war los?« fuhr Helga fort. »Ihr zwei habt getrunken — und?«

»Ich würde dir das gerne verschweigen«, erwiderte Frank, »aber ich weiß, daß das keinen Zweck hat . . .« Frank hatte sich entschlossen, tabula rasa zu machen. Für ihn galt das alte Sprichwort ›Lieber ein Ende mit Schrecken als ein Schrecken ohne Ende‹.

»Ich hatte dir gesagt«, fuhr er fort, »warum Werner nach Düsseldorf gefahren ist . . .«

»Um Thekla Bendow ausfindig zu machen — oder nicht?«

»Doch.«

»Ist ihm das nicht gelungen?«

»Doch.«

»Dann hat er ja sein Ziel erreicht. Wer ist sie?«

»Gerti.«

»Welche Gerti?« fragte Helga, die von der Realität so weit entfernt war wie die Venus vom Pluto.

»Deine Freundin.«

Die Szene, die sich am Tag zuvor in Werners Redaktion ereignet hatte, wiederholte sich. Gestern war Frank die personifizierte Verständnislosigkeit gewesen — heute galt das für Helga.

»Gerti Maier?« sagte sie wie vor den Kopf geschlagen.

»Ja.«

»Das verstehe ich nicht.«

»Ich verstand's auch nicht«, nickte Frank.

»Sie ist Thekla Bendow, sagst du?«

»Ja.«

In Helga war jäh das Mißtrauen erwacht. Sie wußte, was sie von Gerti zu halten hatte.

»Und du hast mit ihr diesen Briefwechsel geführt?« fuhr sie fort.

»Ja.«

»Sonst war nichts mit ihr?«

Frank schwieg.

»Du weißt«, setzte ihm Helga das Messer auf die Brust, »daß ich sie fragen werde.«

»Ja«, nickte Frank mit immer leiser werdender Stimme.

»Was wird sie mir sagen?«

»Daß ich mit ihr geschlafen habe.«

Das Ende des Gesprächs war rasch genau das, was Frank vorausgesehen hatte. Helga verfügte in ihrer maßlosen Enttäuschung, ihrer Wut, ihrem tiefen Schmerz die sofortige Trennung Franks von ihr. Wenn er nicht gegangen wäre, hätte umgehend sie das Haus verlassen. Frank fand vorläufigen Unterschlupf in Werners Wohnung.

Werner und Clara sahen sich nicht mehr, sondern telefonierten nur noch miteinander, dies allerdings ziemlich oft. Das ließ sich nicht vermeiden, da sich bei Werners Verhandlungen mit Culldorf sen. über den Verkauf der Boutique Claras immer wieder Fragen ergaben, die mit Clara abgeklärt werden mußten. Clara sagte zwar ständig zu Werner, daß er absolut freie Hand habe, doch er sträubte sich verständlicherweise dagegen, davon allzu bedenkenlosen Gebrauch zu machen.

Die Verhandlungen nahmen einen sehr positiven Verlauf für Clara. Sie mußten allerdings oft ausgesetzt werden, da Culldorf sen. bei jedem Tausender, um den die Verkaufssumme von Werner weiter in die Höhe getrieben wurde, gesundheitlichen Anfechtungen – in der Regel Herzanfällen – ausgesetzt war. Die letzte Einigung erfolgte bei fünfunddreißigtausend – das war das Dreieinhalbfache von dem, was Clara von Culldorf ursprünglich geboten worden war und worauf sie um ein Haar schon eingegangen wäre.

Werner rief Clara an und meldete ihr das Endergebnis. »Fünfunddreißigtausend?« staunte Clara. »Was mache ich denn damit?«

»Fünfzehntausend kriege ich«, sagte Werner trocken.

»Sicher«, pflichtete Clara bei. »Plus Zinsen.«

»Blödsinn.«

»Keineswegs.«

»Dann bestehe ich darauf, daß du mir für den Spitzweg eine Hängegebühr abverlangst.«

»Mach dich nicht lächerlich.«

»Und du dich auch nicht.«

»Also gut«, sagte Clara, um weder über das eine noch über das andere eine uferlose Debatte entstehen zu lassen. »Wann bringst du mir das Bild?«

»Wohin? Ins Geschäft oder in die Wohnung?«

»Das überlasse ich dir.«

»Besser wäre natürlich, gleich in die Wohnung; an seinen angestammten Platz.«

»Einverstanden«, sagte Clara nach kurzem Zögern. »Und wann?«

»Heute abend?«

»Zwischen sieben und acht?«

»Um sieben«, sagte Werner. »Ja?«

»Ja.«

Er hat's eilig, dachte Clara, damit er die lästige Sache bald hinter sich haben wird.

Und Werner dachte: um sieben sehe ich sie eher als um acht.

Am Abend ließ ihn Clara mit wohlabgewogener Freundlichkeit in ihre Wohnung ein. Die Abgewogenheit hätte in die politischen Sendungen der deutschen Fernsehanstalten gepaßt, so abgewogen war sie.

»Ich hätte auch jemanden bei dir vorbeischicken können, dann hättest du dich nicht selbst bemühen müssen«, sagte Clara. »Verzeih mir.«

»Denkst du, ich hätte dieses unersetzliche Stück irgendeinem Boten anvertraut?« antwortete Werner.

Der Nagel in der Wand war nicht mehr da. Werner fragte nach seinem Verbleib.

»Ich habe ihn entfernt«, sagte Clara.

»Warum denn?«

»Ich dachte nicht, daß das Bild zurückkommt«, erwiderte Clara, wobei sie nicht vermeiden konnte, daß sie ein bißchen rot wurde.

Sie hatte sogar das Loch, das in der Wand entstanden war, auch selbst zugegipst.

Werner fragte: »Hast du einen anderen Nagel?«

»Ich hole dir einen«, antwortete Clara, zur Wohnzimmertür gehend.

»Bring auch einen Hammer mit«, rief er ihr nach.

Was er aber dann zuwege brachte, kam einer kleinen Katastrophe gleich. Seine Hammerschläge waren so ungeschickt, daß drei verbogene, unbrauchbar gewordene Nägel auf der Strecke blieben und ein Loch in der Wand gähnte, das mit jedem Schlag größer wurde und aus dem Mauerteilchen herausbröselten. Die Krönung war ein Schlag auf den eigenen Fingernagel, so kraftvoll, daß der Grundstein zu einem rasch erblühenden Bluterguß gelegt war.

Clara litt mit Werner, konnte ihm aber dies nicht so sehr zeigen, wie sie es gerne getan hätte. Immerhin schien ihr eine Frage nach seinem Schmerz erlaubt.

»Tut's weh?«

»Nein«, log er mannhaft.

»Ich bringe dir ein Pflaster.«

»Nicht nötig.«

Clara schaffte das Pflaster trotzdem herbei und schreckte

auch nicht vor der Erfüllung ihrer Samariterinnenpflicht zurück, indem sie Werner den kleinen Notverband mit eigener Hand anlegte. Dabei verringerte sich vorübergehend die körperliche Distanz zwischen den beiden notwendigerweise auf ein Mindestmaß, so daß sich Claras Parfüm bei ihm in Erinnerung brachte.

»Du riechst gut«, sagte er.

»Ich hoffe, der Nagel geht dir nicht ab«, antwortete sie. In der Verfolgung seines Grundsatzes, angefangene Dinge auch zu vollenden, wollte Werner dann noch einmal zum Hammer greifen. Clara verwehrte ihm dies jedoch. Sie wolle ja, sagte sie, nicht um ihre Leukoplastvorräte gebracht werden.

Darüber mußten beide lachen. Dies schien Werners Erstaunen zu erregen.

»Weißt du«, sagte er, »was sich soeben gezeigt hat?«

Sie blickte ihn fragend an.

»Daß wir zwei wenigstens noch zusammen lachen können«, fuhr er fort.

»Ich werde den Hausmeister bitten«, erwiderte sie, zur Wand zeigend, die dazu verurteilt war, noch ein bißchen länger ihren schönsten Schmuck zu entbehren.

Er lächelte bedauernd.

»Tut mir leid«, sagte er, »daß ich dir nicht dienlicher sein konnte.«

Clara blickte auf seine Hände, die Spuren von der beschädigten Mauer zeigten, und schickte ihn ins Bad. »Du weißt ja, wo es ist«, sagte sie.

Während er sich die Hände wusch, dachte er: Die Signale sind deutlich, sie will mich loshaben. Meine Aufgabe hier ist als erledigt anzusehen. Ich soll verschwinden. Hau ab, denkt sie. Nun gut, ich werde ihr den Gefallen erweisen. Eine andere Wahl habe ich ja auch gar nicht mehr.

Er kam zurück ins Wohnzimmer, ließ die Tür gleich offen, damit sich sein sogenannter Abtritt von der Bühne vereinfachte, und sagte: »Vergiß nicht, daß Culldorf auf dich wartet.«

»Nein.«

Sie standen sich gegenüber, blickten einander an, wußten, daß es keinen Sinn hatte, den Abschied noch länger hinauszuzögern. Die Entscheidung war doch schon gefallen. Vor Wochen. Auf der Treppe zu seiner Wohnung.

Werner sagte: »Tja . . .«

Clara sagte nichts.

Werner blickte zur offenen Tür.

»Hast du eigentlich schon etwas gegessen?« fragte ihn Clara.

Sein Herz tat einen schnellen Schlag.

»Nein.«

»Dann mußt du doch Hunger haben?«

»Nein – aber Durst.«

Sein Mund war ganz trocken.

»Ich kann dir eine Flasche Bier anbieten«, sagte Clara. »Leider nicht aus dem Kühlfach, so wie du sie gern hättest.«

»Bring sie mir siedend, Clara.«

Da mußten sie beide erneut lachen.

Werner trank dann von dieser Flasche nur in winzigen Schlückchen und konnte dadurch einen wachsenden Zeitgewinn erzielen. Clara sah ihm eine Weile zu und sagte dann: »Ich habe auch noch eine zweite Flasche.« Er hat's gar nicht so eilig, hatte sie nämlich gedacht.

Werners Herz hatte zwei schnelle Schläge getan.

»Darf ich sie mir ins Kühlfach stecken?« fragte er.

»Nicht nötig«, antwortete sie. »Da steckt sie schon.«

So kamen die beiden Schrittchen für Schrittchen aufeinander zu. Manchmal glaubte Clara, die Augen schließen zu müssen, wenn sie ihn ansah, weil sie sich ängstigte, daß er erkennen könnte, wie sehr sie ihn noch liebte. Mehr denn je. Und Werner dachte: Ich kann nicht ohne sie sein! Ich kann nicht ohne sie sein! Ich kann nicht ohne sie sein!

»Da fällt mir ein«, sagte er, »ich hätte auch die Versicherungspolice für das Bild mitbringen müssen. Das habe ich vergessen. Ich war so aufgeregt.«

»Macht nichts«, meinte Clara, »ich werde sowieso eine neue auf meinem Namen abschließen müssen.«

»Nein.«

»Was nein?«

»Das mußt du nicht. Die läuft schon auf deinem Namen.«

Sie blickte ihn an.

»Und wie hast du das mit der Bezahlung gemacht?«

»Auch auf deinem Namen.«

»Für wie lange?«

»Fünf Jahre, länger ging's nicht.«

Ihr Blick wurde so verräterisch, daß sie sich rasch zwingen mußte, zornig zu werden.

»Bist du wahnsinnig?« schimpfte sie.

»Nein.«

»Du kriegst das Geld von mir zurück!«

»Nein.«

»Da kannst du gar nichts dagegen machen, ich leg's zu den fünfzehntausend dazu.«

»Ich habe mir das überlegt, ich brauche auch nicht die fünfzehntausend.«

»Was?« stieß Clara hervor.

»Ich leihe sie dir noch länger.«

»Wozu denn? Ich führe doch meinen Laden nicht mehr weiter.«

Die Überraschungen für Clara nahmen kein Ende.

»Und warum nicht?« erwiderte Werner. »Es steht dir doch immer noch frei, dem Culldorf einen Korb zu geben.«

Bin ich verrückt oder er? fragte sich Clara. Die ganzen Verhandlungen, wozu will er die wochenlang geführt haben?

»Nein«, sagte sie, »ich mache Schluß.«

»Aber du bleibst in Heidenohl?«

»Du auch?« lautete Claras Antwort.

»Ja, wenn du nichts dagegen hast.«

»Du gehst nicht nach Düsseldorf?«

»Nein.«

»In letzter Zeit bist du aber schon mehrmals hingefahren?«

»Wer sagt das?«

»In Heidenohl bleibt nichts geheim.«

In diesem verdammten Nest! dachte er.

»Wen triffst du dort?« fragte Clara.

Alles stand damit wieder auf Messers Schneide. Werner spürte das, aber es wäre das dümmste gewesen, zu lügen.

»Ich weiß, worauf du hinauswillst«, sagte er.

»So, weißt du das?« entgegnete Clara. »Dann frage ich dich ganz offen: Hast du sie wieder getroffen?«

»Ja.«

Jäh wurde aus Claras hübschem, lebhaftem Gesicht eine starre Maske. Und kalt war ihre Stimme, mit der sie sagte: »Das habe ich mir gedacht.«

Werner räusperte sich.

»Clara, ich weiß, was du jetzt denkst . . .«

»Es wäre besser für dich, wenn du das nicht wissen würdest.«

»Du tust mir aber unrecht.«

»Ach nee«, höhnte sie.

»Hör zu –«

»Nein!« unterbrach ihn Clara, zur Tür blickend. »Ich will dir nicht mehr zuhören! Was ich will, ist, daß du –«

»Hör zu, verdammt noch mal!« fuhr er ihr grob über den Mund. »Sonst geht wieder alles kaputt. Diesmal – ich betone: diesmal! – tust du mir nämlich wirklich unrecht.«

Grobheit übt oft die richtige Wirkung aus, indem sie einschüchtert, so auch jetzt. Clara schwieg und ließ Werner reden.

»Ja, ich bin nach Düsseldorf gefahren, das ist richtig«, begann er. »Ich bin aber nicht hingefahren, um dieses Weib zu treffen . . .«

Das war allerdings etwas, das Clara nicht ungern hörte: ›dieses Weib‹. Wenn er, dachte sie, ›dieses Weib‹ sagt, trieft das nicht gerade von Leidenschaft für sie.

». . . sondern um eine Thekla Bendow aufzustöbern, von der ich auch dir schon erzählt hatte. Ich hoffe, du erinnerst dich. In Düsseldorf hat sich dann herausgestellt, daß die beiden ein- und dieselbe Person sind. Davon hatte ich aber vorher nicht die geringste Ahnung, das schwöre ich dir. Kannst du mir folgen?«

»Nein.«

»Das dachte ich mir«, sagte er mit einem Seufzer. »Deshalb muß ich ausholen . . .«

Und er tat dies. Clara lauschte gebannt. Sie kam aus dem Kopfschütteln nicht mehr heraus. Das war ja alles der helle Wahnsinn. Was sagt man zu einem solchen Frauenzimmer? dachte Clara unentwegt.

»Hattet ihr denn überhaupt keine Anhaltspunkte, welche auf die hingewiesen hätten?« fragte sie, nachdem Werner seinen Bericht beendet hatte.

»Nur zwei sehr geringe. Frank und ich haben uns inzwischen eingehend über dieses Thema unterhalten. Der eine Anhaltspunkt war ihr Parfüm. Darauf kamen wir aber erst im nachhinein . . .«

»Wieso ihr Parfüm?«

»Die Briefe, die uns von Thekla Bendow erreichten, rochen nach Soir de Paris. Gerti Maier auch.«

»Das tun viele Frauen.«

»Eben.«

»Und der zweite Anhaltspunkt?«

»Gerti Maier hatte plötzlich gewußt, daß Frank ein paar Semester in Düsseldorf studiert hatte. Weder Frank noch ich hatten ihr das gesagt. Es stand in einem Brief Franks an Thekla Bendow. Auch dieses Licht ging uns erst auf, als praktisch alles vorbei war.«

Der Name Frank war ein paarmal gefallen.

»Er wohnt jetzt bei dir«, sagte Clara.

»Ja«, nickte Werner. »Von wem weißt du das?«

»Die ganze Stadt weiß es.«

Werner blickte vor sich hin, seufzte.

»Es ist schlimm mit ihm.«

»Man sagt, er trinkt.«

»Noch nicht, aber er ist auf dem Weg dazu.«

»Kannst du ihn nicht davon abhalten?«

»Nein«, erwiderte Werner. »Das könnte nur *ein* Mensch auf der ganzen Welt – Helga.«

»Ich weiß, daß es auch ihr nicht gutgeht.«

Werner machte eine wegwerfende Handbewegung, aus der ein konsternierendes Maß an Ablehnung gegenüber Helga hervorging. Das mußte überraschen bei einem Mann, der die ganzen Jahre hindurch als Freund Helgas – in allen Ehren natürlich – zu bezeichnen gewesen war.

»Sie wird's überstehen«, sagte er kalt. »Er nicht, er geht kaputt.«

»Du magst sie nicht mehr?«

»Ich hab' sie anders eingeschätzt, Clara. Was die jetzt treibt, disqualifiziert sie für mich. Sie zerstört einen Menschen, den sie angeblich einmal mehr geliebt hat als alles andere auf der Welt. Aber das kann nie der Fall gewesen sein.«

Clara raffte sich zur Verteidigung Helgas auf.

»Er hat sie betrogen, vergiß das nicht.«

»Ja, im Suff, nachdem Gerti mit ihm durch zehn oder fünfzehn Lokale gezogen war. Nachdem sie ihn in ihre Wohnung hineingelockt hatte. Nachdem er von vornherein auf ihrer Abschußliste gestanden hatte. Nachdem für sie der Gedanke, daß es sich um den Mann ihrer besten Freundin handelte, überhaupt keine Rolle gespielt hatte. Nachdem –«

»Das war zweifellos die größte Gemeinheit von ihr«, unterbrach Clara.

»Mit mir hat sie's doch ähnlich gemacht«, sagte Werner rasch, die Gunst des Augenblicks nutzend.

Aber das wollte ihm Clara nicht durchgehen lassen, damit für alle Zukunft klare Verhältnisse geschaffen waren.

»Wieso?« fragte sie.

»Sie kam doch auch in meine Redaktion, um mich zu verführen.«

»Warst du betrunken?«

»N . . . nein«, antwortete er zögernd.

»Hat sie dich in ihre Wohnung hineingelockt?«

»N . . . nein.«

»Oder du sie in die deine?«

»Clara, wir –«

»Oder du sie in die deine?« bohrte sie unerbittlich.

»Ja.«

»Dann vergleiche dich nicht mit Frank.«

Die Wechselbäder, denen auf diese Weise Werner von Clara unterzogen wurde, peinigten ihn.

»Du hast ja recht«, sagte er zerknirscht.

»Frank zeigt auch, daß er das, was er getan hat, zutiefst bereut«, fuhr Clara fort.

»Denkst du, ich nicht?«

»Er deutlicher als du.«

»Was heißt denn das?« regte sich Werner auf. »Muß ich denn auch zu saufen beginnen?«

»Nein, das nicht«, lachte Clara, und ihm war dadurch wieder etwas leichter zumute.

»Das Thema ›Frank‹ war noch nicht abgeschlossen.«

»Was kann man tun?« fragte Clara.

Werner zuckte die Achseln.

»Ich weiß es nicht.«

»Sprich doch du mal mit Helga. Vielleicht weiß sie gar nicht, was mit ihm los ist, wie er leidet, wie tief seine Reue ist.«

»Sinnlos«, sagte Werner. »Sie empfängt mich überhaupt nicht. Und wenn ich anrufe, legt sie auf. Ich habe das alles schon versucht. Sie sieht in mir einen Anstifter, wenn nicht Mittäter.«

»Mit Recht.« Werner senkte den Blick.

Jetzt reicht's aber, dachte Clara, nun habe ich ihm lange genug zugesetzt. Daß ich bei ihm gewonnenes Spiel habe, ist absolut klar. Er bei mir auch. Wir hatten wohl beide unsere Seelenlagen völlig falsch eingeschätzt. Ich bin darüber ja so glücklich.

»Weißt du«, sagte Werner, »wovon ich mir vielleicht mehr versprechen würde?«

»Wovon?«

»Wenn *du* zu Helga gingest.«

»Ich?« erwiderte Clara überrascht.

»Ja.«

»Wieso ich?«

»Ihr seid doch Skatschwestern.«

»Das dürfte in diesem Falle nicht reichen«, meinte Clara. »Sie würde, befürchte ich, trotzdem sagen: Was mischen Sie sich da ein?«

»Einen Versuch wär's, meine ich, immerhin wert.«

Clara zögerte kurz, dann sagte sie: »Gut, ich mache es. Weil es dein Freund ist«, setzte sie hinzu.

Sie blickte ihn an, er sie. Die Entscheidung bahnte sich an.

»Das Glück meines Freundes«, sagte er, »ist dir sehr wichtig?«

»Ja.«

»Und meines?«

Kurze Pause, dann passierte es. Sie fielen einander einfach in die Arme. Der Kuß, den sie sich gegenseitig abnahmen, war endlos. Wenn nicht jedem von ihnen der Erstickungstod gedroht hätte, hätten sie überhaupt nicht mehr damit aufgehört. So mußten sie es danach doch tun.

»Ich muß also nicht von Heidenohl weggehen?« sagte, Atem holend und mit einem Grinsen des Glücks, Werner.

»Du kannst gehen, wohin du willst.«

»Was?« stieß er noch einmal erschrocken hervor.

»Ich folge dir überallhin.«

»Clara!« rief er. »Dann sage ich dir gleich unser nächstes Ziel . . .«

»Welches?«

»Das Standesamt.«

»Ja!« Es war ein Jubelruf. Das Glück drohte Clara zu überwältigen. Trotzdem behielt sie jedoch noch Witz genug, um nach einem Weilchen hinzuzufügen: »Ich weiß aber unser allernächstes Ziel . . .«

»Was für eins?«

Sie blickte zur Tür, die ins Schlafzimmer führte.

Seit Helga allein war, interessierte sie sich für die Dinge, die früher ihren Tag ausgefüllt hatten, kaum mehr. Sie hielt das Haus nur noch notdürftig in Ordnung. Kochen und Backen – Tätigkeiten, die sie früher gern ausgeübt hatte – entfielen fast ganz. Die Anzeichen im Garten – daß ihn niemand mehr pflegte – mehrten sich. Einladungen ergingen keine mehr. Helga kapselte sich völlig ab. Einer der wenigen Menschen, der für sie noch als eine Kontaktperson mit dem Leben außerhalb ihres Hauses gelten konnte, war der Briefträger. Seinem täglichen Erscheinen blickte sie noch mit einer gewissen Spannung entgegen, die von der Frage am Leben erhalten wurde: Bringt er wieder einen anonymen Brief oder nicht?

Er brachte keinen mehr. Er brachte überhaupt nie mehr einen. Wer die Briefe geschrieben und abgesandt hatte, blieb so für immer im Dunkeln. Sabine Melchior stellte ihr Wirken ein, nachdem es ihr gelungen war, Frank und Helga auseinanderzubringen, und nahm es auch nicht wieder auf, als sich ihre Hoffnungen nicht erfüllten, die sie für ihr persönliches Leben an jene Trennung geknüpft hatte.

Es läutete an der Haustür Helgas. Es war am frühen Abend. Der Briefträger konnte es also nicht sein. Die Geschäfte hatten noch nicht lange geschlossen. Als Helga, die eigentlich gar nicht öffnen wollte, es dennoch tat, sah sie sich Clara v. Berg gegenüber.

Clara erschrak innerlich, es gelang ihr aber, dies nicht nach außen dringen zu lassen. Helga sah erbärmlich aus. Claras Begrüßung wurde von Helga zwar freundlich erwidert, Helga sprach aber keine Einladung, näherzutreten, aus. Clara fragte deshalb von sich aus: »Darf ich reinkommen?«

»Bitte«, nickte daraufhin Helga.

Im Wohnzimmer sagte sie: »Ich kann Ihnen leider nichts anbieten, ich habe buchstäblich nichts im Haus.«

»Wenn Sie mir nur erlauben würden, daß ich mir eine Zigarette anstecke«, antwortete Clara, die sehr mit Nervosität zu kämpfen hatte.

Und dann stellte sich heraus, daß sie gar keine Zigaretten bei sich hatte. Das Päckchen mußte noch in der Boutique liegen, wo sie es vergessen hatte.

Auch in dieser Notlage bedauerte Helga, nicht aushelfen zu können.

»Macht ja nichts«, lächelte Clara.

»Mögen Sie ein Glas Milch? Ein Glas Milch könnte ich Ihnen offerieren.«

»Nein danke.«

»Ich kann mir denken«, sagte nun Helga, »warum Sie gekommen sind, Clara. Sie wurden abgesandt, um mich in die Skatrunde zurückzuholen.«

»Nein, Sie irren sich, Helga.«

»Was dann?«

»Ich war bis gestern in der gleichen Situation wie Sie«, packte Clara den Stier bei den Hörnern.

Ein kurzes Schweigen trat ein. Helga starrte vor sich hin. Dann schüttelte sie den Kopf.

»Nein«, sagte sie mit tonloser Stimme. »Niemand ist in der gleichen Situation wie ich.«

»Sie irren sich, Helga, ich *war* es, und ich habe auch die gleichen Fehler gemacht wie Sie.«

»Ich sehe keine Fehler, die ich mache. Laßt mich bitte deshalb alle in Ruhe.«

»Nein, Helga«, widersprach Clara, die sich vorsehen mußte, sich nicht in Hitze zu reden. »Ihr Mann geht zugrunde.«

»Ich auch.«

»Sehen Sie, das *ist* ja der Wahnsinn. Genauso war es bei Werner Ebert und mir. Er wäre kaputtgegangen. Ich wäre kaputtgegangen. Und wer hätte sich ins Fäustchen gelacht? Dieselbe minderwertige Person wie bei Ihnen. Und dann sagen Sie, Ihre Situation wäre eine andere. Worin denn?«

Helga war erstarrt.

»Ich weiß nicht, von wem Sie da sprechen«, sagte sie und fügte, um diese Diskussion gleich abzuwürgen, hinzu: »Es interessiert mich auch gar nicht.«

»Einverstanden«, nickte Clara, »reden wir nicht mehr über das Luder. Reden wir über etwas anderes, das mir viel wichtiger erscheint. Es wird Ihnen aber auch das nicht schmecken, tut mir leid, Helga. Man behauptet nämlich, Ihr jetziges Verhalten sei der Beweis, daß Sie Ihren Mann nie geliebt haben, da Sie ihn sonst nicht so vor die Hunde gehen lassen könnten.«

Eine Wandlung, die mit Helga vorzugehen schien, zeichnete sich ab. In Helgas Stimme kehrte Leben zurück, wenn es auch Feindseligkeit war, die den Ton prägte.

»Wer sagt das?«

»Zum Beispiel Werner Ebert.«

»Ausgerechnet der.« Helgas Augen, die tot gewesen waren, funkelten plötzlich. »Der hat's nötig.«

»Sie mögen ihn nicht mehr?«

»Ich hasse ihn!«

»Das habe ich auch versucht.«

»Er hat Ihnen dazu auch den größten Anlaß, der denkbar ist, geliefert.«

»Haarscharf denselben, den Ihnen auch Ihr Mann geliefert hat.«

»Sehen Sie!«

»Trotzdem schaffte ich es nicht, ihn zu hassen.«

»Warum nicht?«

»Weil ich ihn liebe«, sagte Clara schlicht und brachte Helga damit zum Verstummen.

»Deshalb habe ich ihm auch verziehen«, fuhr Clara nach einem Weilchen fort. Sie zuckte die Achseln. »Ich konnte nicht anders. Ich wollte zwar anders, aber ich konnte nicht. Ich war machtlos gegen mich selbst. Die Liebe war stärker.«

Helgas Mundwinkel begannen zu zucken.

»Und ich kann nicht glauben«, schloß Clara, »daß zwischen Ihnen und mir ein Unterschied bestehen sollte.« Mit Helga ging noch einmal eine Wandlung vor sich. Sie fing ganz plötzlich an, herzzerreißend zu weinen. Die Tränen stürzten nur so über ihre Wangen. Es schüttelte sie. Sie weinte so sehr, daß es ihr unmöglich war, etwas zu sagen, selbst wenn sie es gewollt hätte.

Clara ließ ihr Zeit. Ich bin ein Schaf, dachte sie. Bei der rannte ich die ganze Zeit offene Türen ein, und ich merke das jetzt erst.

Das Telefon läutete. Helga ging nicht an den Apparat, sie ließ es läuten, hörte aber dadurch auf zu weinen. Mit einem Blick auf ihre Hände, die vor Nässe beinahe tropften, weil kein Taschentuch greifbar war, sagte sie: »Entschuldigen Sie, Clara.«

Clara lächelte.

»Ich habe auch viel geweint, Helga. Aber jetzt nicht mehr. Wir heiraten in vier Wochen.«

Spontan rief Helga. »Sind Sie verrückt?!«

»Warum?«

»*Den* wollen Sie heiraten?!«

»Ja«, nickte Clara glücklich.

»Dann werden Sie sich alles, was kommt, selbst zuzuschreiben haben.«

»Wissen Sie, was er mir gesagt hat?« antwortete Clara lachend.

»Was?«

»›Liebling, das, was passiert ist, wird mir eine Lehre sein. Ich bin geheilt. Du kannst gewiß sein, daß sich so etwas nicht wiederholt. Deshalb mußt du eigentlich froh sein, daß ich den nötigen Anstoß zu dieser Lehre für mich geliefert habe.‹«

»Arme Clara!«

»Nicht?« seufzte Clara mit tragischer Miene, die ihr wunderbar gelang.

»Wenn mir der meine das auch sagt, bin ich aber endgültig fertig mit ihm.«

»Helga!« rief Clara.

»Ja?«

»Haben Sie das gehört?«

»Was?«

»Ihr eigenes bedeutungsvolles Wort, das Ihnen soeben entschlüpfte?«

»Welches?«

»›Der meine‹.«

»Ziehen Sie daraus keine voreiligen Schlüsse, Clara. So schnell, wie das anscheinend bei Ihnen geht, läuft das bei mir nicht. Er muß mit einem längeren Prozeß rechnen.« Clara traf Anstalten, sich zu erheben.

»Wollen wir ihn holen?« antwortete sie dabei. »Damit der längere Prozeß beginnen kann?«

Helga blieb sitzen, schüttelte den Kopf.

»Nein, es wäre mir lieber, wenn er käme. Wo ist er denn?«

»Bei Werner«, erwiderte Clara. »Werner möchte ihn nicht mehr aus den Augen lassen.«

»Warum?«

Claras Ausdruck wurde plötzlich wirklich ernst.

»Weil, das sage ich Ihnen ganz bewußt, Helga, verhindert werden muß, daß Ihr Mann nach St. Pauli fährt.«

»Nach St. Pauli?« stieß Helga hervor.

»Im dortigen Milieu will er sich eine Pistole besorgen.« Helga riß es aus ihrem Sessel hoch.

»Kommen Sie!« rief sie. »Wir fahren mit dem Wagen, den er mir dagelassen hat . . .«